Paris-Seoul
Limited
Express

기차 덕후 오기사의 국제선 열차 탑승기

파리발 서울행 특급열차

오영욱 글 · 그림

PARIS - SEOUL

페이퍼스토리

열차에 올라 다른 나라에 도착하면
그곳 특유의 냄새가 가장 먼저 반긴다.
공항에 내려도 맡을 수 있지만
기차역의 생생한 자극에 비할 바 아니다.

Prologue

전성기의 기억

이 이야기는 전성기에 관한 것이다. 어느덧 끝나버린 전성기라는 표현이 더 맞겠다.
확실히 우리는 예전에 더 잘나갔다. 지금보다 인기가 많았고 체력이 좋았다.
지금보다 시선이 예리했고 눈치가 빨랐다. 지금보다 공기가 맑았고 인정이 넘쳤다.
무엇보다 더 여유로웠고 훨씬 많이 웃었다. 이제는 그렇지 못하다.

모든 시간은 형태가 완전치 못한 기억을 낳는다.
추상적으로 분해된 조각들이 모여 과거를 완성한다. 서투름의 흔적이 숨결을 불어넣는다.
시간은 다시 현재로 이어진다. 이 과정에서 없었던 일마저 현실이 된다.
잘나갔던 시절이 돌아오지 못하는 이유다.

초라해진 자신을 돌아보며 위로하거나 부인하는 게 능사가 아니다.
버릴 건 얼른 버리되 그렇지 않은 건 지킨다. 그럴 만한 게 꽤 있다. 조금 케케묵은
것일지라도 나의 시대를 지탱하게 해주었던 대견함 같은 것이다.
이젠 굳이 내가 제일 잘나갈 필요가 없다.

버릴 대상을 잘못 선택하는 까닭에 많은 과거가 폄하된다. 미련을 두지 않아야 하는
추억이나 박제가 어울리는 기억은 붙잡지 말아야 한다.

빠름이 대세다. 대표적으로 비행(飛行)은 일상으로 진화 중이다.
무선통신망 덕분에 산소보다 훨씬 많은 정보가 공기를 구성한다.
애써 확인할 필요도 없이 연필로 쓰는 글씨와 종이 위에 인쇄된 지도,
잃어버리면 큰일 나는 승차권과 간접조명으로 비추는 간판 같은 것들의
전성기는 이미 오래전에 끝났다.

한 시대를 풍미했던 철도를 따라 국경을 넘어 다니며 유럽에서 대한민국에 이르는
육로 여정을 택할 때 나는 나의 전성기에 대해 생각했던 것 같다.
냉정하자면 진짜 있었던 건지도 의문인,
모든 게 내 중심으로 움직이고 있었던 시절이 떠올랐다.
누구라도 그랬을 것이다.

과거는 증명하려는 시도에 의해 남루해진다. 그렇기에 철도여행이나 대륙횡단을 권하는
마음으로 책을 쓰지 않았다. 너무 많은 채널을 가진 텔레비전 앞에서 정작 마음을
둘 만한 곳이 없어 이리저리 리모컨만 괴롭히다 우연히 멈추게 된 화면처럼 형체가 없는
시간의 일부를 공유하고 싶었을 뿐이다.

이 책은 한반도 대륙 시대에 찾아올 제2의 철도 전성기를 준비하는
거창한 이야기로 보여도 좋겠지만, 그냥 천천히 움직이는 대륙횡단열차 안에서의
멈춰진 시간 속에서 예전에 더 잘나갔지만 지금이 더 좋다고 다짐하는
공백의 기록으로 읽혀도 좋겠다.

Contents

기록의 방식

 표기된 거리는 변경 가능 수치임

철도 개선 작업 및 노선 변경 등에 의해 제공되는 거리표가 일률적이지 않았던
이유로 일부 구간의 거리는 임의로 선정했다.

 현지 소리를 기준으로 표기했음

일부 지명의 경우는 통용되는 우리말 표기명이 없었기에 현지에서 들었던 소리를
따라 적었다.

 환율 적용은 다음을 따름

2018년 4월 기준으로 1유로는 1,320원으로, 1루블은 17원으로, 1위안은 170원
으로 계산했다.

 시간 표기는 현지 시각 기준임

총 여덟 시간의 시차가 있는 구간을 지나는 여정이므로 현지 시각을 기준으로
표기했으며, 서유럽 구간은 서머타임 적용된 시각을 적용했다.

 바다를 가상의 이름으로 표기한 부분이 있음

유라시아 대륙을 바탕으로 한 여정을 부각시키기 위해 국가명으로 표기하기도
하는 일부 바다는 소태평양, 동아시아해와 같은 희망이 넘치는 이름으로 변경
했다.

탑승 준비
기차표와 비자

벨라루스 대사관은 이태원에 있었다. 낡은 단독주택을 개조한 곳이었다.
예약해둔 기차표와 여행자보험 증명서 사본을 제출한 뒤 이틀짜리
통과비자를 신청했다. 비자 발급비 60유로 송금 영수증을 가지고 1주일 후에
다시 찾아오라고 했다.

이틀짜리 통과비자는 서유럽-모스크바 철도 노선을 이용하는 여행자를 위한
것이었다. 발급받기 까다롭다는 벨라루스 비자였지만 기차여행자에겐 조금
관대한 모습을 보였다. 직원은 꼼꼼하게 날짜를 확인했다.
하지만 기차가 연착되어 지정한 날짜보다 늦게 도착하면 어떻게 되는지 묻는
질문에 그녀는 대답하지 못했다. 당장 몇 가지 예상 가능한 난감한 상황들이
떠올랐다. 그건 그때 가서 생각할 일이다. 아직 하루 이상 연착된 기차는
타보지 못했으니 별일이 없거나 인생에서 손꼽히게 운이 나쁜 특별한 경험을
하는 정도일 것이다.

일주일 후 벨라루스 비자가 발급되었다.

다음은 몽골 비자 차례였다. 사실 대한민국 여권은 가장 많은 나라에서
무비자 입국이 가능한 통행증이다. 비교적 이른 시기부터 두 나라가 원만한
관계를 유지해왔음에도 불구하고 대부분의 주요 국가에 무비자 권한을
부여하는 몽골이 우리에게만 비자를 요구하는 이유가 궁금했다.
몽골 비자는 대사관이 아닌 신용산역 인근, 별도의 발급 사무실에서

취급했다.

15,000원을 추가하면 당일 급행도 가능했다. 신청서에 몽골 체류 주소를 써넣는 칸이 있었다. 아무 호텔이나 쓸까 잠시 고민하다가 'In the Train (Transit)'이라고 적었다. 제출 서류를 훑던 깐깐해 보이는 몽골인 여자 직원 앞에 잠시 서 있는 동안에 기차 번호도 같이 썼어야 했나 고민했지만, 그녀의 시선은 나의 체류지를 무심히 지나쳤다.

한 시간 후 몽골 비자가 발급되었다.

중국 비자는 처음부터 여행사를 통해 발급받을 예정이었다. 한중 관계가 다소 경색되며 최근 2년간 3회 이상 중국을 방문했던 사람만이 1년짜리 복수비자를 신청할 수 있는 상태였다.
어쩌다 보니 최근 2년간 정확히 세 번 중국에 다녀왔다.
여행사 직원은 10분 전에 지하철역 즉석사진기에서 찍어온 내 사진이 2년 전 찍었던 여권상의 사진과 너무 다르다는 사실에 잠시 콧잔등을 찌푸렸고, 이어 머리카락이 왼쪽 눈썹을 살짝 가리고 있음을 우려했다.
공포 마케팅은 판매자와 소비자 모두를 만족시킨다. 덜컥 겁이 나야 소비자는 기꺼이 추가 요금을 내게 되고 판매자는 이익을 얻는다. 비자 발급 수수료로 생계를 이어가는 여행사 직원이 걱정스러운 표정으로 내게 말했다.
발급 여부는 저희가 지금 뭐라고 말씀드릴 수 없어요. 사진에서 눈썹이랑 귀가 가려지면 안 되는데….
모든 문제는 모호한 경계에서 발생한다. 만약 눈썹을 확실하게 가린 사진이었으면 아예 접수가 되지 않았을 테고 이마가 훤히 드러난 사진이었으면 아무 일도 없었겠지만, 이건 가려진 것도 드러난 것도 아닌 그 중간의 어디쯤이었고 그건 곧 명확하지 못한 경계선 같은 것이 되었다.
수많은 국경분쟁이나 위기에 빠진 연애처럼 중국 비자의 미래가 어두워졌다.

개인으로 신청했으면 더 난감해졌을 수도 있었던 일이다.
역시 여행사에 신청하길 잘했다고 생각했다.
며칠을 조마조마해야 했지만 닷새 후 새 중국 비자 스티커가 붙은 여권을
돌려받았다.

이번 여정의 마지막은 북한을 통과해야 하는 부분이다. 아직 내겐 이 구간의
기차표나 비자는 물론 예약할 능력도 없지만 중국 단둥역에서 출발해 평양과
개성을 거쳐 서울역에 도착하는 계획이라도 우선 짜기로 했다(어찌될지 모른다).
가까운 미래엔 한국철도공사(Korail)의 국제선 매표소에서 북한 통과
기차표를 예매할 수 있고, 비자나 통행증 같은 서류는 서울 어딘가에 생길
연락사무소에서 발급이 가능할 것이다.

마지막 구간만 비워둔 채 모든 열차표 구입과 환승 지점에서의 숙소 예약,
그리고 무비자 협정이 체결되지 않은 나라의 비자 발급을 마쳤다.
장거리 기차여행은 계획적일 필요가 있었다.
세계가 공통의 시간 기준을 갖기 시작한 것은 기차의 출도착 시간을
공유하기 위해서였다. 여정 계획을 세우는 것 자체가 철도가 이룬 제도를
따르는 의식이었다. 특히 여러 나라를 지나는 열차의 자리는 한정되어 있었다.
자칫 표를 얻지 못하면 3등칸의 딱딱한 의자에 앉아 냉전 시대의
기차여행객처럼 밤을 지새야할지도 모르는 위험이 있었다.

여정은 단순했다. 파리에서 출발해 2박 3일간 기차를 타고 모스크바에
도착한다. 1박 후 모스크바를 출발해 4박 5일간 기차를 타고 이르쿠츠크에
도착한다. 다음 연결편을 타기 위해 2박 한다. 이후 이르쿠츠크를 출발해
2박 3일간 울란바토르를 거쳐 베이징에 도착한다. 다시 1박 후
베이징을 출발해 밤기차로 단둥 압록강 철교 앞에 도착한다.

네 구간 모두 인터넷으로 예약이 가능했다. 다만 중국 통과 노선은
현지에서 실제 탑승권과 교환하는 예약증만 발급됐다.
마지막으로 단둥을 출발해 서울에 도착한다. 이르쿠츠크나 울란우데에서
환승하는 대신 시베리아 횡단열차에서 내리지 않고 블라디보스톡까지
간다면 갈아타는 수고와 비자 발급의 번거로움이 조금 줄겠지만,
총 아홉 개 국가의 수도를 거치는 몽골 종단 여정이 더 마음에 들었다.

여행 과정에서 가장 마음이 요동치는 순간은 어쩌면 떠났던 곳으로
다시 돌아오는 시점일지도 모른다. 행복과 아쉬움, 그리움과 슬픔,
후련함과 노곤함이 여행자 인원만큼이나 많은 가짓수의 비율로 조합된다.
긴 철도여행 끝에 미지의 세계에 이르는 느낌 이상으로 아주 먼 곳에서
내가 살던 곳까지 육로를 통해 돌아오는 기분이 궁금했다. 흔히 시베리아
횡단열차를 타기 위해 러시아 극동지역으로 날아가 서쪽을 향해 출발하는 것과
달리 동쪽으로 돌아오는 경로를 택한 이유다.

파리와 모스크바와 베이징에서 호텔을 정하는 기준은 역과의 거리였다.
오늘날의 호텔은 19세기 중반 철도개발로 인해 탄생한 숙박 시스템이었다.
기존의 여관과 달리 초기 호텔들은 불안한 표정으로 두리번거리는 외지인으로
가득한 기차역 앞에 생겼다. 마치 그때로 돌아간 것처럼 호텔방에서 기차역
정면이 보일 만한, 호텔 예약 사이트에서 역과 가장 가까운 아무 곳으로
골랐다. 호텔 자체가 별로 없었던 이르쿠츠크와 단둥의 경우에는 몇 개의
선택지 중 평점이 가장 높은 곳으로 정했다. 훗날 굳이 중간에서 갈아탈 필요
없는 유럽 직통 열차길이 열린다고 하더라도 허리가 끊어지고 싶지 않다면
최소 중간의 한두 도시에는 머물게 될 것이다. 철도여행자로서 미리 그 경험을
해보는 셈 쳤다.

Hotel **Holiday Inn Paris - Gare de l'Est**
5 Rue Du 8 Mai 45 Paris 75010

	Arrival Date	Departure Date	Staying time	Distance
	-	16:58 26-Apr		0

Train EN453/024Й **Paris → Moscow**

Country	City	Station	Arrival	Stop	Departure	Time Zone	Distance	Distance to Seoul	Journey time	Total Journey time	Date
France	Paris	Paris Gare de l'Est			16:58	UTC+2(CEST)	0	12,371	-	-	26-Apr
	Strasbourg	Gare de Strasbourg	21:40	20m	22:00	UTC+2(CEST)	397	11,974	4h 13m	4h 13m	26-Apr
Germany	Karlsruhe	Karlsruhe Hauptbahnhof	23:04	18m	23:22	UTC+2(CEST)	518	11,853	5h 22m	5h 22m	26-Apr
	Frankfurt	Frankfurt-na-Maine	0:43	2m	0:45	UTC+2(CEST)	650	11,721	6h 56m	6h 56m	27-Apr
	Berlin	Berlin Hauptbahnhof	6:09	4m	6:13	UTC+2(CEST)	1,340	11,031	12h 22m	12h 22m	27-Apr
	Frankfurt(Oder)	Frankfurt/Oder	8:48	7m	8:55	UTC+2(CEST)	1,443	10,928	13h 50m	13h 50m	27-Apr
Poland	Rzepin	Rzepin	9:16	5m	9:21	UTC+2(CEST)	1,466	10,905	14h 18m	14h 18m	27-Apr
	Poznan	Poznań Główny	10:40	3m	10:43	UTC+2(CEST)	1,622	10,749	15h 42m	15h 42m	27-Apr
	Warsaw	Warszawa Wschodnia	15:06	30m	15:36	UTC+2(CEST)	1,806	10,565	20h 8m	20h 8m	27-Apr
	Terespol	Terespol	17:52	35m	18:27	UTC+2(CEST)	2,015	10,356	22h 54m	22h 54m	27-Apr
Belarus	Brest	Брест-Центральный	20:13	2h 10m	22:23	UTC+3(MSK)	2,022	10,349	1d 0h 15m	1d 0h 15m	27-Apr
	Baranovichi	Баранавічы-Цэнтральныя	0:21	2m	0:23	UTC+3(MSK)	2,224	10,147	1d 4h 23m	1d 4h 23m	28-Apr
	Minsk	Минск-Пассажирский	2:03	15m	2:18	UTC+3(MSK)	2,367	10,004	1d 6h 6m	1d 6h 6m	28-Apr
	Orsha	Орша-Восточная	4:38	15m	4:53	UTC+3(MSK)	2,579	9,792	1d 8h 40m	1d 8h 40m	28-Apr
Russia	Smolensk	Смоленск	6:15	4m	6:19	UTC+3(MSK)	2,699	9,672	1d 10h 17m	1d 10h 17m	28-Apr
	Vyazma	Вязьма	7:58	23m	8:21	UTC+3(MSK)	2,875	9,496	1d 12h 0m	1d 12h 0m	28-Apr
	Moskva	Москва Белорусский	10:53			UTC+3(MSK)	3,118	9,253	1d 14h 55m	1d 14h 55m	28-Apr

Hotel **Hilton Moscow Leningradskaya**
Kalanchevskaya 21/40 Moscow 107078

	Arrival Date	Departure Date	Staying time	Distance
	10:53 28-Apr	23:45 29-Apr	1d 12h 52m	5

Train 002Щ **Moscow → Irkutsk**

Country	City	Station	Arrival	Stop	Departure	Time Zone	Distance	Distance to Seoul	Journey time	Total Journey time	Date
Russia	Moskva	Москва Ярославский			23:45	UTC+3(MSK)	3,123	9,248	-	3d 3h 39m	29-Apr
	Vladimir	Владимир-Пассажирский	2:28	26m	2:54	UTC+3(MSK)	3,328	9,043	2h 43m	3d 6h 22m	30-Apr
	Nizhniy Novgorod	Нижний Новгород	5:38	12m	5:50	UTC+3(MSK)	3,579	8,792	5h 53m	3d 9h 32m	30-Apr
	Semenov	Семенов	6:40	2m	6:42	UTC+3(MSK)	3,648	8,723	6h 55m	3d 10h 34m	30-Apr
	Kirov	Киров-Пассажирский	11:59	20m	12:19	UTC+3(MSK)	4,035	8,336	12h 14m	3d 15h 53m	30-Apr
	Balezino	Балезино	15:35	26m	16:01	UTC+3(MSK)	4,272	8,099	15h 50m	3d 19h 29m	30-Apr
	Perm	Пермь-2	19:46	20m	20:06	MSK / UTC+5	4,515	7,856	20h 1m	3d 23h 40m	30-Apr
	Ekaterinburg	Екатеринбург-Пассажирский	1:06	28m	1:34	MSK / UTC+5	4,896	7,475	1d 1h 21m	4d 5h 0m	1-May
	Tyumen	Тюмень	5:49	20m	6:09	MSK / UTC+5	5,222	7,149	1d 6h 4m	4d 9h 43m	1-May
	Ishim	Ишим	9:59	15m	10:14	MSK / UTC+5	5,511	6,860	1d 10h 14m	4d 13h 53m	1-May
	Omsk	Омск	13:20	42m	14:02	MSK / UTC+7	5,794	6,577	1d 13h 35m	4d 17h 14m	1-May
	Barabinsk	Барабинск	17:30	30m	18:00	MSK / UTC+7	6,118	6,253	1d 17h 45m	4d 21h 24m	1-May
	Novosibirsk	Новосибирск-Главный	21:21	20m	21:41	MSK / UTC+7	6,421	5,950	1d 21h 36m	5d 1h 15m	1-May
	Mariinsk	Мариинск	2:56	34m	3:30	MSK / UTC+7	6,798	5,573	2d 3h 11m	5d 6h 50m	2-May
	Bogotol	Боготол	5:17	2m	5:19	MSK / UTC+7	6,931	5,440	2d 5h 32m	5d 9h 11m	2-May
	Achinsk	Ачинск-1	6:10	2m	6:12	MSK / UTC+7	6,999	5,372	2d 6h 25m	5d 10h 4m	2-May
	Krasnoyarsk	Красноярск-Пассажирский	9:01	22m	9:23	MSK / UTC+7	7,183	5,188	2d 9h 16m	5d 12h 55m	2-May
	Kansk	Канск-Енисейский	12:58	1m	12:59	MSK / UTC+7	7,430	4,941	2d 13h 13m	5d 16h 52m	2-May
	Ilanskaya	Иланская	13:34	22m	13:56	MSK / UTC+7	7,462	4,909	2d 13h 49m	5d 17h 28m	2-May
	Taishet	Тайшет	16:00	2m	16:02	MSK / UTC+8	7,601	4,770	2d 16h 15m	5d 19h 54m	2-May
	Nizhneudinsk	Нижнеудинск	18:34	10m	18:44	MSK / UTC+8	7,765	4,606	2d 18h 49m	5d 22h 28m	2-May
	Tulun	Тулун	20:22	2m	20:24	MSK / UTC+8	7,881	4,490	2d 20h 37m	6d 0h 16m	2-May
	Zima	Зима	22:29	29m	22:58	MSK / UTC+8	8,020	4,351	2d 22h 44m	6d 2h 23m	2-May
	Angarsk	Ангарск	1:46	1m	1:47	MSK / UTC+8	8,231	4,140	3d 2h 1m	6d 5h 40m	3-May
	Irkutsk	Иркутск Сортировочный	2:20	2m	2:22	MSK / UTC+8	8,263	4,108	3d 2h 35m	6d 6h 15m	3-May
	Irkutsk	Иркутск-Пассажирский	2:37			MSK / UTC+8	8,271	4,100	3d 2h 52m	6d 6h 31m	3-May

Hotel **International Sayen**
13b Karl Marx Irkutsk 664003

	Arrival Date	Departure Date	Staying time	Distance
	02:37 3-May	03:08 5-May	2d 0h 31m	0

Train #4 Irkutsk → Beijing

Country	City	Station	Arrival	Stop	Departure	Time Zone	Distance	Distance to Seoul	Journey time	Total Journey time	Date
Russia	Irkutsk	Иркутск-Пассажирский			3:08	MSK / UTC+8	8,271	4,100	-	8d 6h 2m	5-May
	Slyudyanka	Слюдянка 1	5:11	2m	5:13	MSK / UTC+8	8,397	3,974	2h 58m	8d 9h 0m	5-May
	Ulan-Ude	Улан-Удэ	10:00	45m	10:45	MSK / UTC+8	8,727	3,644	7h 47m	8d 13h 49m	5-May
	Dzhida	Джида	14:11	1m	14:12	MSK / UTC+8	8,939	3,432	11h 58m	8d 18h 0m	5-May
	Naushki	Наушки	14:57	1h 50m	16:47	MSK / UTC+8	8,982	3,389	12h 44m	8d 18h 46m	5-May
Mongolia	Sukhe-Bator	Сухбаатар	22:29	1h 45m	0:14	UTC+8(ULAT)	9,005	3,366	15h 16m	8d 21h 18m	5-May
	Darkhan	Дархан өртөө	1:41	18m	1:59	UTC+8(ULAT)	9,103	3,268	18h 28m	9d 0h 30m	6-May
	Dzun-Khara	Зүүнхараа	3:45	15m	4:00	UTC+8(ULAT)	9,212	3,159	20h 32m	9d 2h 34m	6-May
	Ulan-Bator	Улаанбаатар	6:50	40m	7:30	UTC+8(ULAT)	9,384	2,987	23h 37m	9d 5h 39m	6-May
	Choir	Чойр	11:20	15m	11:35	UTC+8(ULAT)	9,631	2,740	1d 4h 7m	9d 10h 9m	6-May
	Sain-Shanda	Сайншанд	14:47	33m	15:20	UTC+8(ULAT)	9,858	2,513	1d 7h 34m	9d 13h 36m	6-May
	Dzamyn-Ude	Замын-Үүд	18:50	1h 45m	20:35	UTC+8(ULAT)	9,888	2,483	1d 11h 37m	9d 17h 39m	6-May
China	Erlyan	二连站	21:00	5h	2:00	UTC+8(CST)	9,898	2,473	1d 13h 47m	9d 19h 49m	6-May
	Jining	集宁南站	6:37	18m	6:55	UTC+8(CST)	10,058	2,313	1d 23h 24m	10d 5h 26m	7-May
	Beijing	北京站	14:35			UTC+8(CST)	10,740	1,631	2d 7h 22m	10d 13h 24m	7-May

Hotel Jianguo Hotspring

	Arrival Date	Departure Date	Staying time	Distance
No.5 Jianguomen-South Street Dongcheng District Beijing 100005	14:35 7_May	17:27 8-May	1d 2h 52m	0

Train K27 Beijing → Dandong

Country	City	Station	Arrival	Stop	Departure	Time Zone	Distance	Distance to Seoul	Journey time	Total Journey time	Date
China	Beijing	北京站			17:27	UTC+8(CST)	11,037	1,631	-	11d 16h 16m	8-May
	Tianjin	天津站	19:03	6m	19:09	UTC+8(CST)	11,174	1,494	1h 36m	11d 17h 52m	8-May
	Tangshan	唐山站	20:29	3m	20:32	UTC+8(CST)	11,297	1,371	3h 2m	11d 19h 18m	8-May
	Shanhaiguan	山海关站	22:36	6m	22:42	UTC+8(CST)	11,475	1,193	5h 9m	11d 21h 25m	8-May
	Shenyang	沈阳站	3:18	22m	3:40	UTC+8(CST)	11,892	776	9h 51m	12d 2h 7m	9-May
	Benxi	本溪站	4:42	6m	4:48	UTC+8(CST)	11,976	692	11h 15m	12d 3h 31m	9-May
	Fenghuangcheng	凤凰城站	6:30	3m	6:33	UTC+8(CST)	12,109	559	13h 3m	12d 5h 19m	9-May
	Dandong	丹东站	7:22			UTC+8(CST)	12,169	499	13h 55m	12d 6h 11m	9-May

Hotel Hilton Garden Inn Dandong

	Arrival Date	Departure Date	Staying time	Distance
No 30 Shiwei Rd Zhenxing District Dandong 118000	07:22 9-May	18:00 10-May	1d 10h 38m	0(42)

Ferry Dandong Dandong → Incheon)

Country	City	Station	Arrival	Stop	Departure	Time Zone	Distance	Distance to Seoul	Journey time	Total Journey time	Date
China	Dandong	丹东港			18:00	UTC+8(CST)	12,508	457	-	13d 16h 49m	10-May
Korea	Incheon	인천항	9:00			UTC+9(KST)	12,371	0	14h	14d 6h 49m	11-May

Metro Line1 Incheon → Seoul)

Country	City	Station	Arrival	Stop	Departure	Time Zone	Distance	Distance to Seoul	Journey time	Total Journey time	Date
S. Korea	Incheon	인천역			9:39	UTC+9(KST)	-	-	2h 6m	14d 8h 55m	11-May
	Seoul	서울역	10:47			UTC+9(KST)	-	-	1h 8m	14d 10h 3m	11-May

Train TE506 Dandong → Seoul

Country	City	Station	Arrival	Stop	Departure	Time Zone	Distance	Distance to Seoul	Journey time	Total Journey time	Date
China	Dandong	丹东站			9:00	UTC+9(KST)	11,872	499	-	13d 16h 49m	10-May
N. Korea	Sinuiju	신의주역	10:10	10m	10:40	UTC+9(KST)	11,875	496	10m	13d 16h 59m	10-May
	Pyongyang	평양역	13:12	10m	13:22	UTC+9(KST)	12,111	260	2h 42m	13d 19h 31m	10-May
	Gaeseong	개성역	15:51	3m	15:54	UTC+9(KST)	12,298	73	5h 51m	13d 22h 40m	10-May
S. Korea	Seoul	서울역	17:30			UTC+9(KST)	12,371	0	7h 30m	14d 19m	10-May

Home in Seoul

	Arrival Date	Departure Date	Staying time	Distance
Itaewondong Yongsangu Seoul	13:00 11-May	Soon	?	∞

파리로 가는 길
비행기와 고속열차

파리발 열차에 오르기 위해선 먼저 그곳으로 가야 했다. 인천공항에서
편도 항공편으로 프랑크푸르트 공항으로 간 다음 파리행 고속열차를 타기로
했다. 대륙횡단 기차의 시발점으로 바로 가지 않은 이유는 두 가지였다.
우선 마일리지로 살 수 있는 티켓 중 프랑크푸르트행 항공편만 남아 있었다.
두 번째 이유는 훨씬 장황하고 누군가에겐 따분한 내용이 될 수도 있는데
다음과 같다.

인간 사회는 크게 철도 이전 시기와 철도 이후 시기로 나뉜다. 그 사이에
수많은 정치-사회-경제 체제와 철학-문화 사조가 피어났다 졌는데
큰 흐름을 바꾼 것은 결국 철도(기계)였다. 기차가 다니기 전의 세상은
셀 수 없이 많은 위업에도 불구하고 인간의 신체 능력 범위를 벗어난 적이
없다. 경이로운 피라미드조차 운이 없어 노예로 태어난 세상 대부분의
사람들에 의해 다들 힘을 합쳐 조금만 힘을 쓰면 쓰러뜨릴 수 있는 나무를
도구로 이용해 만들어졌다. 철도가 놓이기 전엔 귀족을 포함한 누구나 가까운
곳으로만 여행(혹은 수렵채집)을 다녔다.
철도 탄생 이후 세상은 인간의 육체로부터 자유로워졌다. 증기기관차에 몸을
맡긴 채 딱딱한 나무의자나 짚더미 위에 앉아 허리의 고통을 견디면 전혀
다른 언어와 기후의 새로운 세계를 경험할 수 있었다. 단지 사람과 물자의
이동만이 아니었다. 자본주의와 공산주의, 민주주의와 사회주의, 모더니즘과
포스트모더니즘 역시 열차에 태워 먼 곳으로 보내졌다. 철도는 전쟁의 규모를
확대시켰고 올림픽을 개최할 수 있게 했으며 열대의 무더운 해변에 앉아

코코넛 주스를 마시는 휴가의 기회를 제공했다.

다들 현재의 변화 속도가 어떤 과거보다 빠르다고 말한다. 다만 아직까지의 변화는 모두 기계에 의해 인간 신체 능력 이상의 물리적 힘으로 시간과 속도를 제어하게 된 철도혁명의 영향권 내에 있다. 기차와 전혀 상관없어 보이는 스마트폰조차 저 높은 하늘 위에서 빠른 속도로 날아다니는 위성이 없다면 의미가 없다. 과학자들이 모여 인공위성 덩어리를 아무리 세게 던진다고 해도 지금처럼 높은 곳까지 날릴 수는 없다. 여전히 인류는 200년 전 도래한 초육체의 시대에 머물러 있다.

1차 혁명이 육체에 자유를 선사하는 것이었다면 2차 혁명은 정신에 자유를 부여하는 것이 될 수 있다. 아직까지 200년 전 선배들이 개척해 놓은 세상에서 큰 불만 없이 살고 있는 나는 다음 시대가 언제 어떤 모습으로 올지 알 수 없다. 요즘 여기저기에서 이야기되는 인공지능과 가상현실이 과연 다음 시대로 넘어가는 계기를 만들지 회의적이기도 하다. 여전히 새로운 기술은 신체를 보다 자유롭게 만드는 방향에 치중할 뿐이라고 보기 때문이다.

영국에서 증기기관차가 끄는 열차가 처음 등장했을 때 사람들은 심한 충격을 받았다. 숨을 헐떡이는 말이나 인력거꾼도 없이, 시끄러운 소리와 연기만 내는 거대하고 흉측한 무엇인가가 엄청나게 무거운 것을 옮기고 있었던 것이다. 상상력의 한계를 뛰어넘어버린 쇼크였다. 아메리카 대륙의 원주민이 아무 데로나 총을 쏴대는 유럽인들을 처음 봤을 때도 그렇게 놀라지는 않았을 것이다. 물리법칙을 초월하여 내 눈앞의 사람이 갑자기 공중에 뜨거나 사라져버리지 않는 이상 현재 개발되는 어떤 첨단 기술에도 그다지 충격을 받지는 않을 것 같다는 점에서 육체가 자유를 추구하는 철도의 시대에 내가 여전히 속해 있음을 당연하게 여긴다.

인간이 하늘을 날 수 있게 만든 비행기와, 한 가족이 어디든 갈 수 있게 해준 자동차 역시 철도문명의 연장선상에 있다. 기계의 입장에서 보면 기차에 날개가 달린 것이 비행기고 기차가 좌석별로 잘게 쪼개진 것이 자동차일 뿐이다. 사람들은 이동하는 행위에 생각보다 시간이 많이 필요하지 않는다는 것에 열광했고 세상은 여행의 시대가 되었다.

기차의 권력이 비행기와 자동차로 이동되는 가운데 고속열차가 등장했다. 곧 비행기보다 효율적이고 자동차보다 빠르게 세상을 연결하는 고속철도의 시대가 되었다. 1980년대에는 이미 시속 200km 이상으로 달리는 여러 모양의 기차들이 세상에 등장했다.
19세기 초 세계에서 가장 먼저 기차의 가능성을 구상했지만 최초와 종주국이라는 명예를 영국에게 빼앗겼던 프랑스는 고속열차에서는 그러고 싶지 않았다. 다행히도 영국은 고속열차를 개발하기엔 그들의 섬이 그리 크지 않았고, 고속열차를 운행시킬 만한 식민지들이 어느 순간 모두 독립해버렸기에 프랑스의 고속질주를 무력하게 지켜봐야만 했다. 하지만 일본이 앞섰다. 1964년 저 먼 동쪽에서 시속 200km로 운행하는 신칸센新幹線의 운행이 시작됐다. 영국보다 인구도 많았고 긴 섬에서 살고 있었던 덕분이다. 프랑스는 1981년에야 고속열차의 첫 운행을 개시했다. 땅의 크기로만 보자면 고속철도 시대를 주도할 가능성이 가장 높았던 미국은 자신의 대륙이 생각보다 너무 컸던 바람에 비행기로 관심을 돌려버리는 한편 근거리 이동은 자동차로 바꿔 19세기 철도강국의 영예를 스스로 버렸다. 고속열차의 세상은 일본과 프랑스 주도 하에 기술 분야에서라면 괜히 지고 싶지 않았던 독일이 뒤따르는 방식으로 발전하게 되었다. 스웨덴 역시 발 빠르게 움직였으나 내수의 규모가 크지 않기 때문이었는지 화려하게 부상하지는 못했다.

일본과 프랑스, 독일 세 나라는 자신의 철도 기술을 세계에 전파하기 위해 경쟁했다. 비행기나 자동차와 달리 기차는 여전히 일정 규격의 철로를 기반으로 다품종 소량생산 체제를 유지하고 있었는데 슬슬 품종을 줄여 효율을 높이고 싶어졌던 것이다. 대량생산 시스템과 그로 인한 자동화는 제조품에서 사람의 손길을 점차 배제하게 된다. 기업가는 이를 두고 생산성을 높이고 불량률을 줄이는 합리적 행위라 하겠지만 기계에 담겼던 섬세한 낭만 또한 줄어드는 것을 피하지 못한다. 쿠바에서 지금도 굴러다니는 20세기 중반의 미국산 자동차들이 갖는 멋을 최근 생산되는 차들이 갖지 못하는 이유다. 기차 역시 기술력 중심의 대량생산품이 되는 과정에 있다. 누구도 기차가 어떤 동물의 형상을 갖출지 고민하지 않는다. 공기저항을 줄이고 탈선을 방지하는 것이 디자인의 주요한 목적이 되었다. 그 대표적인 상품이 고속열차였다. 열심히 개발해 복제 가능하게 만든 뒤 다른 나라에 철도 시스템 자체를 가져다 팔아야 본전을 뽑은 뒤 이익을 창출할 수 있었다.

과거에 저질렀던 죄가 컸던 이유였을 것이다. 독일과 일본 기차의 앞선 기술력에도 불구하고 초기 고속열차 시장의 승자는 프랑스였다. 대표적으로 한국이 프랑스 TGV 고속열차 시스템을 수입했다. 파리 북역에서 보던 기차가 경부고속철도 구간을 신나게 달렸다. 네덜란드와 벨기에에서 프랑스로 연결되는 고속열차는 TGV의 외장 디자인을 바꾸고 탈리스Thalys라는 이름을 붙여 운행했다. 영국과 프랑스를 연결하는 유로스타 Eurostar 역시 TGV가 가장 많은 지분을 갖고 참여했고, 자체 고속열차를 개발하고자 했던 중국과 스페인과 이탈리아도 기술력의 한계로 프랑스의 시스템을 일부 도입했으며, 미국에서도 워싱턴 D.C.-보스턴 간 한 개 노선에 한해 유럽 철도의 신기술을 받아들였다.

독일은 접경국이 많은 덕에 시스템을 수출하는 것보다는 기존의 시스템을 확장하는 일에 신경을 썼다. 차츰 스페인과 러시아에도 진출했으며 결정적으로 중국으로 진출해 CRH3형 고속열차 시스템 구축에 참여했다. 일본은 고속열차 기술의 선두주자였음에도 한동안 대만의 고속철도 사업에 채택되는 것으로 만족해야 했다. 그러다 중국이라는 거대한 철도 시장이 열리며 CRH2형 열차의 바탕을 제공했다. 중국은 세련된 디자인의 일본 신칸센과 독일 ICE를 들여와 조금 투박하게 느껴지는 디테일을 가미한 뒤 화해호和諧号라는 이름을 붙여놓고 엄청난 수의 열차편들을 대륙 곳곳으로 퍼뜨렸다.

이런 정세를 놓고 봤을 때 고속철도의 시초는 프랑스와 독일이라 할 만했다. 가장 먼저 고속철도의 시대를 열었던 일본의 기술은 어쩐지 다른 범주에 넣고 싶다. 일본 신칸센은 열도 안에서만 존재하며 그곳에 가야만 타볼 수 있을 때 더 매력적일 것 같다는 개인적인 바람이 있기 때문이다.

인천공항을 출발해 도착한 곳이 프랑크푸르트였던

두 번째 이유를 말하자면, 대륙횡단에 앞서 오늘날의 대표 기차 문명인 고속열차를 타기 위해서였다. 특히 프랑스의 TGV와 독일의 ICE를 타는 것이 의미가 있었다. 긴 철도여행을 앞두고 마치 준비운동을 하는 것처럼 각각 한 구간씩의 고속철도를 타보기로 했다.

TGV는 파리 북역에서 205km 떨어져 한 시간 정도면 갈 수 있는 릴Lille 구간을 타기로 했다. 릴은 파리와 브뤼셀, 런던을 연결하는 고속열차들의 분기점이기도 하다.

ICE는 프랑크푸르트에서 파리까지 타기로 했다. 사실 이 구간은 파리에서 모스크바로 향하는 이번 대륙횡단의 첫 기차가 운행하는 길이다.

같은 철도를 한 번은 고속열차로, 다른 한 번은 상대적으로 느릿느릿 움직이는 특급열차로 이동해보는 게 의미가 있었다.

여행을 기억하는 방식은 어차피 둘 중 하나다. 누군가에게 자랑하거나 아니면 혼자만의 의미를 부여하거나. 영혼이 혼미해질 정도로 기차에 오래 올라타 있는 건 부러워할 사람이 그리 많진 않을 것이기에 이번 여정에서는 세세한 시간들 하나하나에 차곡차곡 개인적인 의미를 담기로 했다. 이 여정이 파리가 아닌 프랑크푸르트에서 시작되어야 했던 것도 그런 까닭이다.

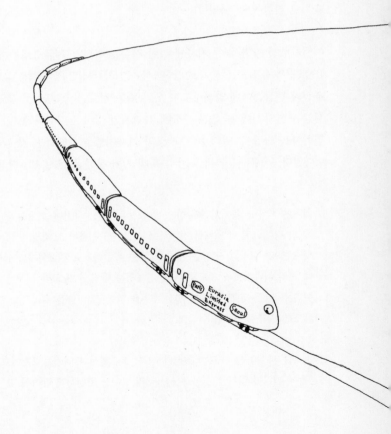

기차를 택한 이유

맛있는 음식을 먹기 위해 꼭 재료와 요리법을 알 필요는 없지만
알고 나면 더 입맛이 좋아지는 경우가 있다. 철도여행도 다르지 않다.
다만 오늘날의 철도 시스템을 이해하기엔 기술이 너무 앞섰다. 잠깐 공부해
습득할 만한 양이 아니다.

여행자로서 알면 좋을 기차에 관한 지식은 어쩌면, 지금으로부터 123년 전인
1895년에 유길준 선생이 출간한 《서유견문》(허경진 역, 서해문집, 2004)에서
조선의 백성들에게 알려주고자 했던 내용 정도면 충분할 것 같았다. 비록
서양 문헌의 내용을 옮긴 문장에 가깝지만 당시의 기대와 설렘, 그리고
절박함을 느낄 수 있다. 마치 지금의 기차여행을 설명하는 것 같은 생생함은
덤이었다. 《서유견문》제 18편 가운데 기차 부분을 옮겨보면 다음과 같다.

1. 기차(증기차)는 증기기관의 힘을 빌려서 움직이는 차인데, 화륜차라고도 한다. 앞
   차 한 량에다 증기 기계를 장치하여 기관차라 이름하고, 기관차 한 량으로 다른
   차 2, 30량 내지 4, 50량을 끈다. 기차는 육중하고도 견고하게 만들며 차량마다
   네 개의 쇠바퀴로 달리므로, 보통 길에서는 달릴 수가 없다. 기차가 달리기 위하
   여 길을 닦은 뒤에, 두 줄의 철선(레일)을 깔아 그 이름을 철로라고 한다. 이제 그
   제도를 대략 들어보자.

2. 철로를 가설하는 재료는 철선과 침목이다. 철선의 너비는 2촌이고, 그 두께도
   4촌에 지나지 않지만, 침목은 서까래의 앞뒤를 평평하게 깎아서 만든 것인데 그

길이가 3척 남짓 된다. 길을 단단하게 닦은 뒤에 침목을 6, 7촌 사이사이에 옆으로 놓고, 그 위에 철선 두 줄을 좌우로 가설한다. 천만리의 먼 길도 반드시 이와 같이 한다. 철로는 굽으면 쓰지 못하고, 비탈진 언덕을 오르내리기도 쉽지 않으며, 시냇물을 건너지도 못한다. 그러므로 길을 만들 때에는 반드시 곧게 하고, 작은 언덕은 깎아서 평평하게 하며, 큰 산악은 밑을 뚫어서 백 리까지 가기도 한다. 바닷가에 물이 들어와 깎인 땅은 둑부터 만들고 그 위에 오가는 길을 만들며, 강을 만나면 철교나 나무다리를 만든다. 강물의 흐름이 너무 넓어서 다리를 놓기가 아주 어려운 곳에는 기선 위에다 철로를 깔고, 기차가 오면 그 위로 운반하여 건네준다. 철로를 까는 비용은 지형이 험한지 평평한지에 따라 같지 않지만 대략 평균 수치로 우리나라 1리 되는 거리에 3천 원이 든다.

3. 이제 기차를 만드는 형식에 대해서 잠깐 기록해 보자. 굳은 나무로 정교하게 만드는데, 그 너비가 4, 5척에다 높이는 7척 이상에 이르며, 길이는 20척을 넘는다. 옅은 누른색 또는 잡색의 기름을 칠하여, 비나 눈 때문에 습기가 스며드는 것을 방지한다. 좌우의 창문은 유리로 꼭 닫혀 있으며, 비단이나 모직으로 휘장을 친다. 양쪽 철의자는 가죽이나 모직으로 화려하게 꾸몄으며, 차 바닥에 못으로 고정시켰다. 한 의자에 두 사람이 나란히 앉을 수 있으니, 한 차에 20명 이상 3, 40명까지 태울 수 있다. 네 개의 쇠바퀴를 철봉으로 연결하고, 용수철로 모든 차를 묶었으며, 쇠갈고리로 여러 차를 연결한다. 사람이 오르내리는 곳은 차 앞뒤에 있고, 양쪽 판자벽에는 드나드는 문을 만들지 않는다. 또 멀리 가는 차는 밤낮을 가리지 않기 때문에 차 안에다 침구를 갖춰 놓았는데, 낮에는 걷어서 차벽에 걸어 두고, 밤에는 내려서 평상처럼 된 상하 2층의 침대를 만든다. 또 음식차(식당차)가 있어서 하루 세 끼를 제공하고, 세면실과 변소의 위치도 조리 있게 배치되어서 아주 편리하다. 철로와 차바퀴가 서로 맞물린 제도가 일정한 규모로 뻗어나가, 만 리 밖까지 이르러도 조그만 오차가 없다. 또 차를 타는 자는 차표를 산 뒤에야 탈 수 있으므로, 차표를 미리 산다. 기차가 달리는 속도는 기선보다 빨라서, 급히 달리는 것은 한 시간에 300리나 간다고 한다.

4. 기차가 도착하고 출발하는 것도 일정한 시간이 정해져 있다. 여러 기차가 같은 철로를 따라 오가기 때문에 서로 충돌하는 위험을 피하기 위해서다. 그러므로 기차가 오가는 규칙을 정해 놓았는데, 어느 곳에 있는 기차는 몇 시에 출발하고, 또 어느 곳에 있는 기차는 몇 시에 출발하여, 몇 시에 중간 어느 곳에서 서로 만나게 한다. 그곳에는 여러 줄의 철로를 가설하여서 먼저 도착하는 기차는 그 옆 다른 줄에 잠시 정지시켜 놓고, 뒤에 오는 기차가 지나간 뒤에 출발시켜 정상적으로 가게 한다. 또 오가는 철로가 따로 있더라도, 두 기차가 서로 지나칠 때에는 속도를 줄여서 뜻밖의 사고를 방지한다.

5. 철로는 평평하고 곧아야 하기 때문에, 남의 논밭이나 산림을 관계치 않고 길을 닦게 된다. 철로 회사가 그 주인과 상의하여 시행하지만, 그 값을 절충하는 방법은 공평한 사람의 중립적인 결정에 따른다. 만약 땅 주인이 불응하면 회사가 법원에 소송을 걸어 법관의 판결에 따른다. 철로는 편리하게 운송하여 대중에게 큰 이익을 주며 나라에도 부강과 번영을 더해 주기 때문에, 법관도 반드시 회사의 청구를 허락하여 준다. 그래서 땅 주인이 사유물이라고 해서 팔지 않을 수는 없다. 회사가 이같이 특별한 권리를 가지고 있는 만큼, 국민들도 회사에 대해 특별한 권리를 주장한다. 인구가 적은 시골 지방에는 이익이 적다고 기차 세울 시간이 아까워 그 부근에 정거장을 만들지 않으면, 그 마을에 사는 사람들은 정거장이 꼭 필요한 이유를 법원에 호소하여 정거장 설치하는 명령을 회사에 내리도록 한다.

6. 대도시 인구 조밀한 곳에는 철로를 가설할 수 없다. 그래서 영국 서울 런던에는 땅속으로 굴을 뚫어 철로를 가설하였는데, 사방팔방으로 통한다. 미국 무역항 뉴욕에는 큰길 가운데 서너 길 되는 쇠기둥을 세우고, 그 위에 철로를 가설하여 굉장한 공사를 마쳤는데, 이들은 다 세계에 이름난 것들이다 (주:이는 백 년 후에 다시 뉴욕의 명물 공중정원인 하이라인으로 거듭난다).

7. 기차도 기선과 같은 때에 시작되었지만, 실제로 사용된 것은 몇 년 뒤부터다. 서기 1784년에 학자 머독이 기차의 모형을 만들었지만, 작고 가벼운 장난감을 제공했을 뿐이었다. 그 뒤 20년 동안은 마음을 쓰는 자가 없었으며, 1802년에 증기기관이 크게 성공했지만 이것을 차에다 이용하지는 못하였다. 1812년에 이르러서야 영국 사람 스티븐슨이 기차를 처음 만들어 석탄 운송에 사용하였으니, 이것을 기차의 시초라고 말한다. 그러나 철로는 아직 만들지 못하였는데, 1825년에 그의 기술로 수십 리의 철로를 처음 가설하였으니, 이것이 바로 세계에서 첫 번째로 철로를 달린 기차다. 기차에 관한 제도들은 이에 이르러 크게 갖춰졌다고 말할 수 있다. 그 신기하고도 경이로운 규모와 신속하고도 간편한 방도가 세상 사람들의 이목을 넉넉히 놀라게 하였으며, 마음을 뛰게 하였다. 그러나 혐오하고 시기하는 무리들도 있어서, "기차가 운행할 때에 나는 시끄러운 소리가 천둥 같아서 소나 말이 놀라 흩어지며, 또 석탄 연기가 양털을 오염시켜 목축에 방해되므로 좋지 않다"라고 하며 항의하는 여론이 자자하였다. 그러나 마침내는 서양 여러 나라들이 증기기관차 제도를 채용하게 되었다. 각 나라마다 종횡하는 철로가 다달이 더해지고 해마다 늘어나, 여객을 싣고 화물을 운송하며 동서남북으로 달리니, 기차는 육지의 좋은 배와 같아졌다. 각지에 있고 없는 물산들을 교역하여 물가를 고르게 하고, 도시와 시골을 간편히 오가게 하며, 인정을 서로 통하게 하였다. 그래서 사회적인 교류와 상업이 일신하게 되었다.

《서유견문》이 출간되기 4년 전인 1891년, 그때까지는 친미파였던 이완용은 우리나라 최초의 경인선 철도 부설권을 미국에 주려 했다. 그러던 중 1894년 일본이 그 권리를 날름 먹어버렸다. 역시 조선의 철도 부설권에 관심이 많았던 러시아와 독일, 프랑스는 이를 용납하지 않고 간섭하여 무산시켰다. 우여곡절 끝에 1896년 경인선 부설권은 다시 미국으로 넘어갔으나 재정이 넉넉하지 않았고 결국 1898년에 일본에 팔아넘겼다. 1년 후 인천역과 노량진역 사이를 운행하는 우리나라 최초의 철도가 개통되었다. 거대한 철마를 본 조선의 백성들은 깜짝 놀랐지만 곧 익숙해졌다.

식민 지배를 정당화하려는 이들은 일본이 있었기에 우리의 근대화가
이루어질 수 있었다고 한다. 실상은 다들 관심이 많았던 걸 일본이 먼저
갈취했을 뿐이다. 심지어 경의선은 대한제국에서 직접 깔려고 했던 걸
러일전쟁의 긴박한 상황을 이유로 일본이 빼앗아갔던 것이다.

100여 년 전 세상에서 거대한 쇳덩어리 기계는 단순한 운송 수단만은
아니었다. 제국주의의 비호 아래 여러 사람들의 기대와 감성을 수집해 미지의
세계로 떠나는 여행의 도구로 발돋움하고 있었다.

철도는 거대한 야심과 잔인한 욕망을 감추기 위해 편리와 교만,
떠남과 기다림, 그리고 그리움과 아픔을 담아냈다. 지금이라고 크게 다르단
생각이 들지는 않는다.

공항철도 급행의 사연

모든 편리에는 대가가 따른다. 전철역의 스크린 도어는 소음과
위험으로부터 승객들을 보호하지만 누군가 정성들여 만들었을 기차의
모습을 숨긴다. 사람은 때가 되면 저절로 열리는 문을 통해 형체가 없는
기차에 올라 목적지로 향할 뿐이다.
서울역 지하 7층에서 출발하는 공항철도 급행 플랫폼은 스크린 도어가 높고
견고해 기차역이라는 것조차 잊게 만들었다. 공항철도 노선 자체도 대부분
지하에 위치하고 마주 오는 기차가 많은 것도 아니기에 인천공항까지 가는
길은 딱히 기차를 타고 있다는 기분이 들지도 않는다. 열차 자체가 그리
매력적으로 생기지 않아 다행이긴 하다.

의성어와 의태어가 발달한 한국과 일본이지만 기차를 표현하는 대표적인
의성어는 차이가 있다. 한국에서는 여전히 증기기관차 시대의 칙칙폭폭을
기차의 대표적인 의성어로 사용한다. 일본에서는 가탕고통이라는,
기차 바퀴가 레일의 이음새를 지나며 내는 디젤동차 특유의 소리를 표현한
의성어가 있다. 물론 우리에게도 덜컹덜컹이라는 비슷한 표현이 있으나
덜커덩에서 비롯된 것이다. 기차 소리에서 파생된 단어는 아니다.
가끔 기차를 탈 때마다 칙칙폭폭을 대체할 만한 오늘날 우리만의 단어를
찾고 싶었다. 딱히 전례가 없다 보니 드겅드겅이니 츠텅츠텅이니 되도 않는
표현만 생각해보다가 진짜 가탕고통이 제일 좋은 것인가 하는 회의와 좌절을
겪기도 했다. 결국 덜컹덜컹이라는 표현이 우리의 기차와 가장 어울리는
표현이라는 결론에 이르렀다. 유래야 어쨌든 기차를 가장 잘 드러내는,

몸이 흔들리는 승차감까지 담긴 단어였던 것이다.
공항철도를 비롯해 지하 선로를 따라 움직이는 신식 전철에서는 특유의
기차 소리가 나지 않는다. 기술이 발전될수록 칙칙폭폭이 사라지는 것처럼
덜컹덜컹도 사라질 것이다.

공항철도 급행에 올라 인천공항까지 가는 길은 무난했다. 한국철도공사의
시설물 전반에 걸쳐 만연한 디자인 파멸 현상은 공항철도공사의 역사나
객차에서도 그대로 이어져 전반적으로 멋은 덜했지만 견딜 만했다.
(디자인 파멸 현상(DDP, Destruction of Design Phenomenon)이란 사업의 모든
과정에서 디자인을 책임지는 전문 본부나 독립예산 없이 그때그때 각 조직별로 적당히
모양새를 정해 알아서 하는 분위기로 주요 부분의 최종 디자인 선택 권한이 디자인
전문가가 아닌 기껏해야 등산복 패션을 좋아하는 사장이나 임원들에게 주어지며,
그것만이면 다행이지만 거기에 한술씩 떠서 이상한 게 덧붙여지는 일이 비일비재하고,
디자인 감리 공정은 존재하지 않으며, 세세한 요소들 역시 따로 디자인 예산이
책정되지 않아 담당자들이 자신의 감각을 동원해 적당히 만들어놓는 공기업 특유의
현상으로 특히 한국과 중국에 만연해 있는 분위기를 말한다.)

공항철도 급행의 내부엔 짐을 보관할 수 있는 곳이 많지만, 화장실은
한 군데만 있고, 콘센트 역시 매 차량의 맨 앞줄에만 있다.
40여분 거리만을 오갈 운명으로 태어난 열차는 멋진 이름을 갖지도 못했다.
의자는 고정식으로 뒤로 젖히는 것이 불가능하고 방향을 바꾸지도 못한다.
전반적으로 합리적 결정들로 가득한 열차는, 그럼에도 불구하고
한강을 건널 때와 영종대교 하부교량을 지날 때 멋진 전망을 제공하며
매력을 발산한다. 특히 한강 마곡대교를 건널 때 동쪽으로 보이는
서울 서부의 스카이라인은 근사하다.
공항철도 급행은 늘 자리가 여유롭기 때문에 기차가 출발한 뒤 동쪽을
향하는 창가 자리에 가서 않는다.

고정식 좌석이다 보니 절반 정도의 좌석은 늘 역방향이 된다. 뒤로 기차를 타는 것이 익숙하지 못한 사람들은 멀미가 난다고 하지만, 사실 기차의 기원을 생각했을 때 역방향 좌석의 존재는 상류사회 문화의 흔적이다.

기차는 마차에서 비롯되었다. 초기의 기차는 여러 마리의 말이 끌기도 했다. 기차를 철마鐵馬라고 하는 까닭도 가여운 말 대신 등장했던 증기기관차의 이미지 덕분이었다.
철도 레일 간격 역시 마차의 바퀴 간격이 이어진 것이다.
새로 등장한 건 무조건 비싸다. 화물과 사람을 비슷하게 취급하는 3등칸이 있기는 했지만 기본적으로 기차는 고급 운송 수단이었다.
초기 열차는 좋은 좌석일수록 컴파트먼트라고 하는 여덟 명 정도가 마주 앉는 방의 형식을 갖췄다. 즉 마차의 내부 공간을 기차 안에 그대로 구현한 것이었다. 마차에도 종류가 많았는데 신데렐라가 탔던 것과 비슷한 형식의 럭셔리 마차는 서로 마주 보고 앉는 방식이었다. 반면 기능적인 운송마차(역마차)에서는 모두 앞만 보고 앉았다.
별로 대화하고 싶지 않은 사람과 마주 보며 한 칸에 타야 하는 컴파트먼트 구조는 객차에서 점점 사라져가고 있지만 좌석 배열로 흔적이 남았다. 우리나라에 TGV가 처음 도입되었을 때 서로 마주 봐야만 하는 돌아가지 않는 좌석을 보고 국민적 분노가 일었으나, 마차에 익숙해진 유전자를 갖고 있었던 프랑스인들에게는 이해되지 않는 소동이었다.

마차에서의 상석은 어쩌면 역방향 좌석일 수 있겠다는 생각까지 해볼 수 있다. 마차에는 당연히 마부가 있어야 하는데 그는 오른손으로 채찍을 휘두르기 편하도록 마차 앞부분의 오른쪽 높은 곳에 탔다. 운전석의 배치는 철도와 자동차에도 이어져 영국의 영향을 받은 나라에서는 우측 운전에 좌측통행을 한다. 영국과 경쟁관계에 있었던 나라들은 반대방향을 채택했는데,

우리나라의 경우 철도는 영국을 따라하고 싶었던 일본의 영향으로
좌측통행을 하고, 일반 차량 도로는 영국에서 독립했던 미국의 방식대로
우측통행을 한다. 어쨌든 마차 안에서 진행 방향대로 앉으면 마부의 엉덩이가
보인다. 거리가 멀어 마부와 소통하기도 어렵다.

고상하고 소리치기 싫어했던 귀부인이 많이 애용했을 마차의 상석은 어쩌면
역방향 좌석이었을지도 모른다. 그래서 기차여행을 할 때 순방향 좌석에
앉았을 땐 그냥 운이 좋다고 기뻐하면 되고,
혹시라도 역방향 좌석에 앉게 됐다면 기차와 마차의 역사 및 상관관계를
생각하며 뒤로 움직이는 자리에 의미를 부여하는 것이 좋은 방법이다.

인천공항의 매력

개인적으로 가장 좋아하는 공항 특유의 낭만은 거대한 허브 공항의 특정
장소에서 보게 되는 권태로움이다. 대부분의 큰 공항은 밀려드는 사람들로
정신없지만, 어느 시점에서는 그 모든 인파가 사라지는 상황이 생긴다. 음료를
시켜놓고 잔 안의 액체가 모두 증발될 때까지 아주 긴 환승시간을 견뎌내고
있는 몇몇 출장여행자와(노트북이 열려 있어야 한다) 그들을 위해 넓은 매장을
외롭게 지키고 있는(허공을 응시하고 있어야 한다) 식당 종업원이 거의 아무
말과 행동을 하지 않으며 고요함 속에서 시공간을 채우는 장면이 연출된다.
공항 중심부에서는 이런 분위기가 날 일이 별로 없지만 윙이라고 불리는
먼 곳의 게이트나 라운지 등에서 경험할 수 있다.
자정 넘어의 비행기가 아니라면 항상 북적거리는 인천공항에서 이런 느낌을
얻기는 쉽지 않다. 그럼에도 2청사가 개장하고 인구밀도가 조금 낮아지면서
고요하고 쓸쓸한 허브 공항 특유의 분위기를 내는 장소들이 생겨나는 중이다.
물론 환승객이 아닌 나로서는 길어봤자 두 시간 정도의 시간을 보내는 것이
전부이기에 권태의 감정까지 이르진 못한다. 환승을 위한 외국 공항에서 더
잘 느끼게 되는 이런 고독은 공항 건축이 철도역 건축의 영향에서 완전히
벗어났음을 의미한다.

인류 문명이 구축한 네 종류의 이동 공간이 있다. 항구, 기차역, 버스 터미널,
공항이다. 이 중에서 기존에 없던 것을 만들어내는, 건축적으로 의미 있는
시도를 가장 먼저 했던 것은 기차역이었다.

항구에는 공간 구축이 그리 필요 없었다. 그냥 배를 정박할 수 있는 부두가 있으면 됐다. 대부분의 바닷가와 강가에는 빈 땅이 많았다. 화물을 잠시 보관할 창고와 뱃사람들이 즐길 유흥업소를 마련하는 데 큰 문제가 없었다. 많은 경우 사람들은 배에 오르며 뱃삯을 지불하거나 몰래 탔다. 긴 여정을 앞둔 사람들은 미리 배에 올라가 기다리면 됐다.

오늘날에는 항구 역시 터미널을 제대로 갖춰가는 분위기다. 공항처럼 생긴 건물들이 세워지고 있다. 국내외를 막론하고 다시 대항해의 시대가 올 거라고 의회를 꼬드긴 후 필요 이상으로 크게 짓고 있는 것처럼 보이기는 한다.

기차역은 도시 한복판에서 많은 사람들과 화물을 대기시켰다가 순차적으로 도착하는 여러 기차에 태우고 내리게 하는 복잡한 활동을 위한 건축이었다. 이전까지는 없던 형식이었다. 게다가 기차는 무진장 길었다. 결국 건축가들은 대합실이라는 개념을 만들었다(마침 오페라 극장도 비슷하게 만들고 있었다). 배가 들어오면 다들 주변으로 몰려들어 흥정과 교환과 승하선이 이루어지는 항구의 방식은 최소한 기차의 종착역과는 어울리지 않았다. 도시에 걸맞은 궁전 같은 형상으로 대합실을 만들어 기차여행을 준비하는 시간을 갖도록 했다. 당연히 시계와 전광판이 중요해졌다. 중요한 기차역일수록 예술적 가치가 높은 시계와 전광판이 달렸다. 정보가 공유되는 공간 덕분에 사람들은 안심할 수 있었다.

대합실을 빠져나가면 외부도 내부도 아닌 거대한 철골조의 세상이었다. 여러 기차들이 당장이라도 달려 나가고 싶은 모습으로 증기를 내뿜고 있었다. 이곳은 여정이 시작되고 끝남을 알려주는 곳으로서 도시 안에 있으면서도 외부 세계와의 실질적인 경계였다. 철도역의 규모에 따라 세부적인 모습은 다를지라도 대기 공간과 탑승 공간이 서로 다른 모습으로 조합된 모습은 지금까지도 철도역의 전형이다.

기차역에 비교한다면 버스 터미널은 비교적 단순한 구조가 가능했는데 그건 사람이 다니는 길과 버스가 다닐 수 있는 길이 크게 다르지 않았기 때문이다. 버스 터미널의 대기 공간은 특별한 형식을 갖추지 않아도 비바람과 추위를 피할 수 있으면 상관없었다. 탑승장 역시 그리 클 필요가 없었고, 수송량이 많은 곳은 문만 여러 개 달아놓아 행선지가 바뀌지 않도록 도와주면 되었다. 손쉬운 공간이다 보니 독창적인 구조가 도드라지는 경우가 많진 않았는데 그럼에도 우리나라는 꽤 멋진 터미널을 만든 적이 있었다.

서울 강남 고속버스 터미널과 (구) 전주 고속버스 터미널은 지금의 허름한 이미지에도 불구하고 무척 미래적인 공간개념을 갖춘 곳이었다. 기차는 나름대로 운치 있는 공간에 들어가 특유의 감성을 느끼며 기다렸다 탈 수 있는데 버스는 그러지 못함을 아쉬워했던 건축가가 가까운 미래는 자동차의 시대가 올 것을 예감하며 근사한 터미널을 제안했던 것이다.
강남 고속버스 터미널에서는 굳이 안 그래도 되었지만 나름 커다란 버스를 마치 날아다니는 것처럼 구름다리를 통해 3층과 5층까지 이끌었다. 심심했던 단층 공간의 버스 터미널은 입체성을 띠게 되었다. 사람들은 역시 미래적으로 얽혀 있는 에스컬레이터를 타고 자신이 가야 하는 층에 가 버스에 올랐다. 지금은 구름다리도 철거되고 공중 탑승장은 꽃이나 커튼을 파는 곳으로 바뀌어버렸지만, 모든 간판과 낡아버린 재료를 상상으로 거두고 바라보면 새로운 문물을 타고 어디론가 떠나는 느낌을 공간구조로 구현하고자 했던 건축가의 생각이 희미하게 드러난다.
전주 고속버스 터미널의 경우는 사실 아이디어만큼 실물이 괜찮지 못했고 심지어 얼마 전 철거됐다. 하지만 공간구조만 놓고 보면 재밌는 곳이었다. 이곳 역시 단층짜리 터미널을 탈피했다. 우주선 느낌의 드럼통 구조로, 버스를 탈 사람들은 휘어진 경사로를 올라 2층에서 표를 사고 다시 회오리모양의 내부 경사로로 두 바퀴를 빙빙 돌아 1층의 탑승장에서 버스를 탄다.

낡을 대로 낡았고 초기의 시공품질이 좋지 못했으며 온갖 잡다한 것들이 덕지덕지 붙어버렸기에 쾌적함이나 아름다움을 느끼긴 어려웠지만, 여행의 방식을 제안하고자 했던 생각의 희미한 자취가 좋았던 곳이었다.

일상적이 되어버린 버스 터미널과 조금은 퇴물이 되어버린 철도역을 대신해 건축적 실험의 대상은 공항이 되었다. 초기에는 철도역의 구조를 따랐다. 대기 공간과 탑승 공간이 명확히 구분되는 방식이었다. 항공이 교통의 중심이 되고 수송량이 많아지자 많은 나라들에서 새로운 방식을 구상했는데 기본적인 형태는 출발과 도착으로 공간을 분리시키는 것이었다. 특히 수하물을 맡기고 찾아야 하는 시스템상 출발과 도착은 위아래 층으로 배치되면 좋았다. 공항은 특성상 도심 내에 있을 필요가 없었고 변두리 땅은 넓었기에 건물을 크게 지을 수 있었다. 수속 기능을 더한 대기 공간이 유례없이 거대해졌고 그 크기는 외부에서 보이는 건물의 모양보다 때론 더 중요한 것으로 여겨졌다. 공항의 외관은 멀리서 사진을 찍었을 때 잘 나와 홍보용으로 쓰기 좋을 정도면 충분했다.
크기로 대결하는 것에 자신이 있었던 중국에서는 모든 공항을 거대하게 만드는 것도 모자라 전통적인 기차역을 대신하는 새로운 고속열차 역을 모두 공항처럼 만들었다. 가장 큰 내부갖기 경진대회를 하듯 기차를 타는 일에 별 필요가 없는 공간들을 만들었다. 그러다보니 다소 비좁게 느껴지는 전통적인 기차역은 다소 불편한 장소로 인식되기도 한다.

인천공항은 출도착이 수직적으로 분리된 전형적인 일체형 공항이다. 반면 김포공항엔 기차역 구조가 일부 남아 있다. 한옥의 지붕을 형상화한 공항의 전면은 기차역의 대합실 역할을 한다. 보안검사를 받고 들어간 탑승구역은 전면의 구조와는 전혀 상관없이 낮은 천장 아래 게이트를 기능적으로 배치해둔 모습을 하고 있다.

과거지향적인 낭만의 속성은 여행자에게 옛 기차역의 추억을 권한다. 인천공항이 딱히 문제일 것은 없지만 가끔씩 김포공항의 멋이 그립기도 하다. 철도역 대합실 같은 김포공항이 누군가 떠나거나 돌아올 때 온 가족이 찾아와 보내는 인사에 더 어울렸음을 부인할 수 없다.

그러나 모든 것은 변한다. 옛 낭만의 방식을 현대 공항에 심을 필요는 없다. 어느덧 사람들의 감성은 익명성이 전제되는 거대한 공간에서 소외감보다는 편안함을 느끼는 쪽으로 진화했다. 인천공항에 익숙해졌듯이 더 크게 짓고 있는 공항들과 고속열차 역들에도 곧 적응할 수 있을 것이다.

다만 옛 철도역 역시 최대한 살렸으면 좋겠다고 바란다. 조금 비좁고 불편해도 그곳에서만 느낄 수 있는 낭만이 있기 때문이다. 옛 서울역사는 박제로 만들어둔 뒤 개인적으로 우리나라에서 가장 싫은 건축 1위로 꼽는 해괴망측한 서울역을 세운 우리의 과거를 되풀이하지 않았으면 좋겠다. 일본 동경역의 구청사와 신청사가 조화롭게 사용되듯 공존할 수 있는 대안은 늘 있을 것이다.

지나간 일에 빨리 미련을 버리는 순서로 행복의 순위가 결정된다. 돌고래 같은 표정을 한 채 프랑크푸르트로 향하는 A380기가, 어느 것 하나 흠잡을 곳 없지만 그렇다고 공항건축사에 남을 건축도 아닌, 모범 공무원 스타일의 인천공항으로부터 이륙했다.

계획은 처음부터 틀어졌다

계획이 없었다면 계획이 틀어질 일도 없다. 다음 연결편을 놓칠 수 있다는
불안은 종종 환승 여행의 전반부를 잠식하곤 한다. 정밀한 순서에 따라
움직여야 했던 기차여행은 처음부터 심하게 요동쳤다.

독일 대도시 중 유난히 심심한 편인 프랑크푸르트 인근에서 소시지와
돼지비계 요리를 먹고 다니며 시간을 보내다 늦은 오후에 중앙역으로 갔다.
본 여정의 첫 기차는 19번 플랫폼에서 18시 58분에 파리 동역으로 향하는
독일 고속열차 ICE 9550 편이었다.
퇴근 무렵 유럽의 대도시 중앙역들이 다 그런 것처럼 수많은 인파가 승강장과
대합실을 오갔다. 기차가 도착하고 사람들이 몰려나오고 사람들이 몰려
들어가고 기차가 떠났다. 걸음의 방향은 제각각이었지만 일정한 규칙이 있었고
서로 부딪지 않았다. 그 안에서 폐를 끼친 건 나 같은 유럽에 도착한 지
얼마 안 되는 여행객이었다. 종종 흐름을 깨며 멈춰서 두리번거리거나 사진을
찍는 바람에 무질서함의 질서가 깨졌다. 누군가는 흠칫 속도를 줄였다가 나를
피해 돌아가야 했다.
기차에서 먹을 저녁거리로 돼지살코기 샌드위치를 사서 가방에 넣었다.
오십 분 정도 남은 시간 동안 플랫폼 의자에 앉아 오가는 기차와 사람들을
방해하지 않으며 구경하려 했다. 습관적으로 휴대폰을 꺼내 시간을
확인하는데 묘한 영문 메일이 하나 도착했다. 익숙하지 않은 발신자였지만
스팸은 아닌 것 같았다. 꼭 들어맞을 것 같은 나쁜 예감이 엄습했다.
독일 국영철도 여객팀 직원이 보낸 메일은 짧고 명료했다. 당신이 타야

하는 기차는 취소되었다. 다른 연결편을 확인해봐라. 링크를 따라 들어간 사이트에선 프랑크푸르트를 출발해 파리로 가는 여정 중 불가사의한 이유로 프랑크푸르트 출발만 취소되었다고 했다. 기차는 다음 역인 만하임에서 예정된 시각에 출발하게 되어 있었다. 전광판을 찾아봤지만 기차 편이 너무 많아 아직 50분 후 출발편 상황은 나오지 않고 있었다.

가방을 끌고 서비스센터에 갔다. 한참 전에 구매해둔 나의 1등석 표는 일반적인 2등석 표보다 훨씬 싼 것이었지만 좋은 대우를 받았다. 1등석 전용 번호표를 받았더니 대기 손님이 많음에도 바로 카운터로 호출됐다. 꼬장꼬장해 보이는 금발의 부인 앞에 서서 파리행 기차가 취소됐다는 메일을 받았는데 어떻게 해야 하는지 물으며 표를 내밀었다. 그녀는 무슨 뚱딴지 같은 소리냐며 (우리 독일 기차는) 19번 플랫폼에서 정시에 출발할 거라고 했다. 나는 같은 말을 되풀이해야 했다. 안경을 고쳐 쓰며 그럴 리 없을 거라고 확신하던 그녀의 표정이 모니터를 응시한 뒤에 바뀌었다. 진짜 취소됐네? 오늘 못 가겠다. 그럼 내일 가. 그녀의 해결책 역시 단순하고 명료했다. 그사이 철도 시간표를 검색하고 있던 나는 다시 물었다. 만하임부터 파리까지는 운행하는 게 확실하죠? 만하임 가는 기차가 있을까요? 그녀는 밝은 표정을 지으며 그렇게라도 오늘 가고 싶다면 가라며 18시 50분에 출발하는 바젤행 ICE375 열차를 타라고 했다. 만하임에서 14분의 환승 시간이 있고 4번 플랫폼에서 내려 1번 플랫폼에서 타면 된다고 했다. 그리고 내가 떠나기도 전에 서비스센터 직원들 사이를 돌아다니며 파리행 기차가 취소된 사실을 공유했다.
메일을 바로 읽었던 덕분에 빠른 해결책을 얻었다. 승강장 쪽으로 가보니 패닉에 빠진 프랑스인들이 군데군데 보였다. 전광판에 파리행 기차의 취소 소식이 뜬 것이다. 프랑스 기차라면 이해하겠지만 독일 기차가 이런 일을 벌였다는 사실에 배신감을 느끼는 표정이었다. 이날의 마지막 기차였던 까닭에 어쨌든 오늘 가야만 했던 사람들이 많았을 것이다.

십여분 동안에 대충 수십 명 정도 되어 보이는 사람들이 나처럼 만하임으로 가서 갈아타라는 안내를 받고 다시 마음을 놓으려는 찰나 우리가 타야했던 18시 50분 출발 바젤행 국제 열차가 20분 지연된다는 안내가 새로운 이벤트처럼 등장했다. 유럽인들 특유의 낙천성으로 큰 동요는 없었고 나 역시 그에 기대어 뭐 어떻게든 될 거라고 마음을 놓고 있었다. 내심 독일인들은 이 문제를 잘 해결해낼 거라는 선입견으로 작은 불안을 지웠다.

한번 지연된 기차는 제 속도로 달리기 어렵다. 규칙이 깨졌고 기차들의 순서를 재정렬하는 과정에서 뒤로 밀리기 십상이다. 바젤행 기차에는 원래 가득 찼던 손님에 파리행 기차를 타려는 사람들이 가세해 서 있어야 하는 사람들이 많았다. 뒤늦게 빠르게 달리기 시작한 기차에 타고 있는 상황에서 시계는 19시 39분을 알렸다. 파리행 기차가 만하임에서 출발하기로 한 시각이다. 그로부터 10분 정도 후 기차는 속도를 늦추며 만하임에 정차할 준비를 시작했다. 이미 안내 방송이 나왔기 때문에 파리에 가지 않는 기차 안의 다른 이들도 파리행 기차에 타고 싶어 하는 절박한 사람들이 같은 칸에 타고 있다는 사실을 알았다. 승무원이 일일이 확인하고 다녔기 때문에 내가 파리에 가야 한다는 걸 앞자리, 옆자리 사람들도 다 알았다. 그래서 슬픈 목소리의 독일어 안내 방송이 나왔을 때 승객의 일부는 헛웃음을 내뱉고 다른 일부는 탄식하며 내 주변 사람들은 나를 가련한 눈빛으로 보기 시작하는 과정에서 마주 보는 자리에 앉았던 말쑥한 신사는 내가 이번 만하임역에 내리지 말고 계속 기차를 타고 있어야 한다고 미리 알려줬다. 곧 영어 방송이 나왔다. 여러분, 파리로 가는 기차가 만하임에서 당신들을 기다리지 않고 떠나버렸다고 합니다(The train to Paris doesn't wait for you 라고 하는데 어쩐지 뭉클했다). 파리로 가는 분들은 내리지 말고 계속 타고 있으세요. 다음 역에 도착하기 전까지 저희가 대책을 찾아보겠습니다.

짜증내거나 걱정한다고 문제가 해결되는 일은 거의 없다. 상황에 순응하며
다음 대책을 찾는 것만이 중요하다. 더군다나 내겐 같은 처지에 놓인 수십
명의 프랑스인들이 있었다(대부분의 독일인들은 기차가 취소되고 연결편이
지연되는 것을 안 후 거의 집으로 돌아간 것 같았다). 혼자에게만 닥친 위기가
아니었기에 오히려 이 상황을 즐기게 된 것도 있었다. 어쨌든 나는 타고 싶었던
ICE 1등석에 앉아 있었고(바젤행 열차는 구형이었는데 훨씬 더 중후한 멋이 있다)
독일인들이 이 문제를 어떻게 해결할지 궁금하기도 했다. 방송이 나왔다.
파리로 가시는 분들은 다음 역인 칼스루헤에서 내려 안내소를 찾으십시오.
열차는 저녁 여덟 시 반에 파리로 가고 싶은 마음이 점점 더 커져가는
사람들을 칼스루헤역에 내려줬다. 독일 국영철도 사무실 앞에 사람들이
모였다. 당황한 표정의 직원이 사람들 앞에 섰다. 한국인과 일본인이 만났을
때처럼 프랑스인과 독일인도 영어로 더듬더듬 소통해야만 했다.
자 여러분 오늘 파리로 가는 기차는 없습니다. 저희는 여러분을 위해
침대차를 준비했습니다. 삼십분 내로 기차가 도착할 것입니다. 거기에서
주무신 후 내일 아침 첫 열차를 타고 파리로 가시면 됩니다. 울랄라 그러니깐
침대차를 타고 가는 게 아니라 멈춰 있는 침대차에서 자는 거라고요? 네
그렇습니다. 저희가 최대한 편의는 봐드리겠습니다. 울랄라 아니 그러면
독일 국영철도에서 호텔을 잡아줘야 하는 거 아닌가요? 네 저희도 호텔을
알아봤지만 박람회가 겹쳐 거의 모든 호텔이 만실입니다. 특히 칼스루헤에는
호텔이 별로 없어요. 울랄라 그러면 왜 여기까지 오게 한 거죠? 만하임에
내리라고 하든지 프랑크푸르트로 돌아가라고 하든지 했어야지. 네 저희도
여러분이 왜 여기에 와 있는지 모르겠습니다.

실제로 호텔은 세 도시에 걸쳐 완벽하게 만실이었고 역에서 멀리 떨어진
것도 너무 비싼 방 한두 개만 남아 있는 상황이었다. 차분하지만 단호하게
항의하는 한 프랑스 젊은이는 또 다른 대안을 가져올 것을 요구했다.

잠시 후 한 가지 추가된 옵션은 칼스루헤역 인근의 유스호스텔에 가서 머물 수 있다는 것뿐이었다.

짐을 들고 이리저리 움직이기 싫었던 나는 기차 안에서 하룻밤을 보내는 옵션을 선택했다. 당일 취소가 불가능한 파리 동역 앞의 호텔은 여정 중 가장 비싼 곳이었고 대륙횡단 전에 TGV를 타고 릴에 다녀오려고 했던 계획도 포기해야 했지만 다음날 아침에 파리로 가는 기차가 TGV라는 사실로 위안을 삼았다. 추후 날려버린 호텔비와 TGV 표 값을 독일 국영철도에서 순순히 내어줄지는 의문이었지만 클레임 양식 서류를 받아들고 침대차가 있다는 13번 플랫폼으로 향했다(프랑스인들을 상대했던 가련한 독일 국영철도 직원은 당장 보상을 결정할 권한이 없어 보였고, 나 역시 호텔 바우처가 모바일 양식으로만 있었다). 다만 대부분의 사람들은 기차에서 하룻밤 자는 걸 선택하지 않았다. 일부는 유스호스텔로 향했고 일부는 프랑크푸르트로 돌아갔다.

텅 빈 독일 기차역에서 멈춰 있는 침대차에 누워 하룻밤을 보내는 것은 나름 근사할 것처럼 보였다. 하지만 삼십 분 후 도착한 기차는 침대칸이 있는 유로나이트(EN)가 아니라 퇴물이 되어 정차장에서 놀고 있던 인터시티(IC)였다. 총 아홉 량짜리였는데 여섯 량은 그냥 좌석이 있는 칸이었고 나머지 셋만 컴파트먼트(방에 의자가 마주보며 놓인 형식)였다. 팔걸이를 젖히고 지금까지 수십만 명의 엉덩이가 닿았을 쿠션에 누워 자야 했다. 기차의 상태를 보고 몇몇 프랑스인들은 황당한 표정을 하며 항의하기 위해 다시 사무실로 돌아갔다.

이 모든 사태에서 유일하게 나에게만 유리한 상황이 하나 있었다. 나는 갓 한국에서 온 사람이었고 시차부적응 상태였다. 사건이 벌어지고 있는 시점은 한국 기준으로 새벽 세 시 전후였다. 즉 언제 어디서든 잘 수 있는 몸과 마음의 준비가 된 상태였다.

다들 우왕좌왕 하는 가운데 나는 1등석 컴파트먼트의 비교적 깔끔한

칸에 짐을 풀었다. 문득 허기가 들었다. 자기엔 마땅치 않은 곳이지만
보통의 기차여행에는 최적의 장소였던 IC 열차의 좋은 자리에 앉아
프랑크푸르트역에서 샀던 눅눅해진 돼지고기 샌드위치를 먹었다. 한참
오물거리고 있을 때 다른 독일 국영철도 직원이 왔다. 괜찮다면 다른 손님들과
함께 역 앞 식당에 가서 피자와 맥주를 제공할까 하는데요.
나는 싱긋 웃으며 괜찮다고 했다. 충전할 것들에 전기를 연결하고(남은 파리행
승객 수에 비해 너무 길었던 기차는 그럼에도 불구하고 밤새 전원을 가동해야만 했다)
화장실에서 생수로 양치질을 하고 물티슈로 얼굴만 대충 닦은 뒤 불을 끄고
시베리아에서 입을 이너패딩점퍼를 베개 삼아 잠에 빠져들었다.

기차역은 잠들지 않았다. 종종 화물열차들이 지났다. 유럽의 야간열차 한
대도 지났던 것 같다. 역무원 한 명이 밤새 몇몇 사람들이 잠들어 있는 기차를
지켜주고 있었다. 그렇게 밤이 지났다.
아침의 기차역은 분주했다. 노숙과 캠핑의 중간쯤 되는 잠자리에서 깨어난
사람들이 좀비 같은 발걸음으로 카페로 몰려갔다. 살라미 치즈 샌드위치와
큰 사이즈 커피를 먹고 나니 정신이 들었다.
여행의 중간 지점쯤 되면 입고 있는 옷에서 퀴퀴한 냄새가 날 것으로 각오하고
있었지만 역사가 깊은 시트에 누워 잤던 탓인지 이미 내가 무색무취의
세계에서 벗어나버렸다는 걸 느꼈다. 사람들과 가까이 지나칠 때마다 혹여
냄새가 날까 봐 몸이 움츠러들었다.
독특한 경험에도 불구하고 피곤했던 건 사실이었다. 멍한 기분을 깨워준
건 익숙한 TGV 열차와 함께 등장한 프랑스 미남미녀 승무원들이었다.
칼스루헤역에 정차한 열차의 1등석 객차 앞에 서 있던 세 직원에게 어제
사정을 얘기하며 자리 지정을 받으려 했다. 셋 중에 가장 귀여웠던 여인이
내 입에서 캔슬이라는 단어가 나오기 무섭게 아무도 타고 있지 않은 2층
TGV의 1층 칸에 안내해줬다. 그녀가 싱긋 웃으며 커피 한 잔 갖다 줄까요?

하고 물었다. 독일을 대신해 프랑스가 사과합니다 같은 분위기였다. 피곤이
샤워처럼 사라졌다.

오전 열 시에 파리 동역에 도착했다. 예약을 날린 역 바로 앞에 있는 호텔에
찾아가 규정 체크아웃 시간인 열두 시까지 두 시간 동안이라도 머물겠다고
했다. 다국적 체인 호텔이었는데 예전에 다른 지역에서 몇 번 묵었던 기록이
남아 있었다. 늦은 체크아웃 서비스를 제공해준다고 했다. 오후 네 시에는
나오겠다고 한 뒤 방에 들어가 한숨을 한 번 쉰 다음 욕조에 뜨거운 물을
받아 몸을 담근 후 잠시 정신을 놓아버렸다.

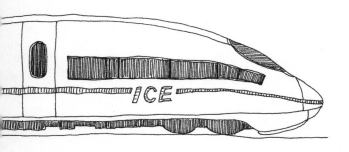

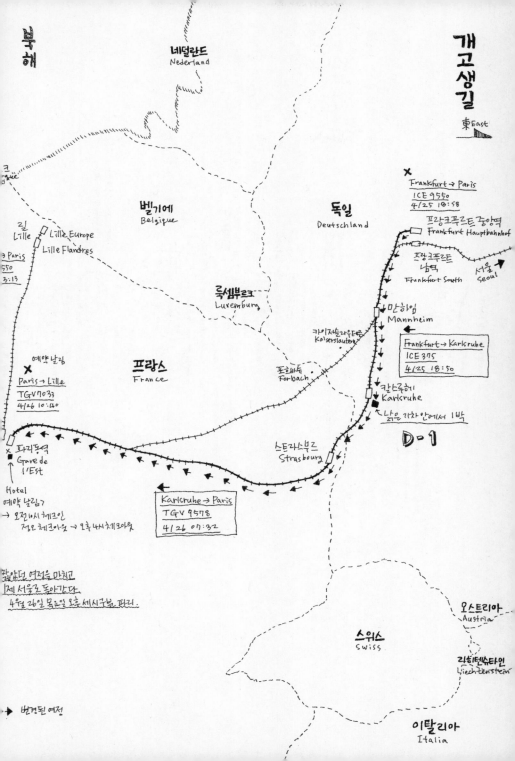

북해

네덜란드
Nederland

개고생길

東 East

벨기에
Belgique

독일
Deutschland

룩셈부르크
Luxemburg

프랑스
France

Frankfurt → Paris
ICE 9550
4/25 18:58

프랑크푸르트 중앙역
Frankfurt Hauptbahnhof

프랑크푸르트 남역
Frankfurt South

서울
Seoul

릴
Lille

Lille Europe
Lille Flandres

Paris
550
3:13

예약 날림
Paris → Lille
TGV 7033
4/26 10:40

카이저슬라우테른
Kaiserslautern

포흐바흐
Forbach

만하임
Mannheim

Frankfurt → Karlsruhe
ICE 375
4/25 18:50

칼스루헤
Karlsruhe

낡은 기차 안에서 1박

D-1

파리동역
Gare de l'Est

스트라스부르
Strasbourg

Karlsruhe → Paris
TGV 9578
4/26 07:32

Hotel
예약 날림기
→ 오전 11시 체크인
정오 체크아웃 → 오후 4시 체크아웃

오스트리아
Austria

아쉬웠던 여정을 마치고
제 서울로 돌아간다.
4월 26일 목요일 오후 세시구분, 파리.

스위스
Swiss

리히텐슈타인
Liechtenstein

→ 변경된 여정

이탈리아
Italia

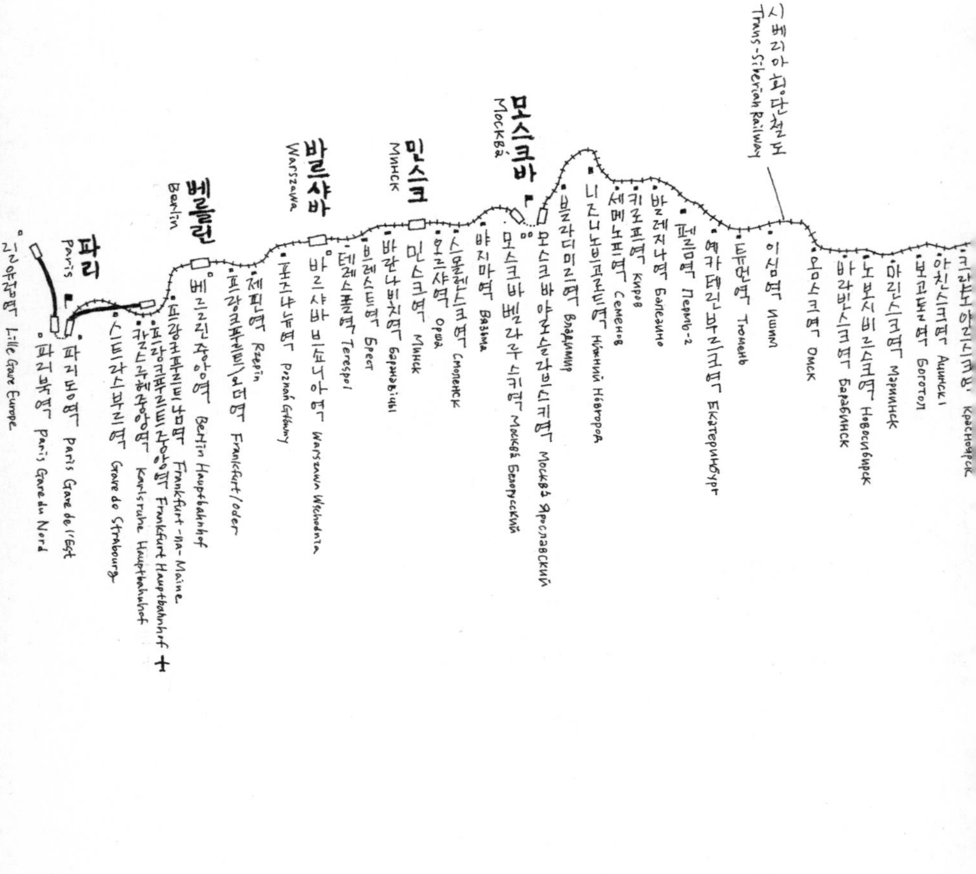

시베리아 횡단철도
Trans-Siberian Railway
파리
Paris
베를린
Berlin
바르샤바
Warszawa
민스크
Минск
모스크바
Москва́
릴유럽역 Lille Gare Europe
파리북역 Paris Gare du Nord
파리동역 Paris Gare de l'Est
스트라스부르역 Gare de Strabourg
칼스루에중앙역 Karlsruhe Hauptbahnhof
프랑크푸르트중앙역 Frankfurt Hauptbahnhof
프랑크푸르트나마인역 Frankfurt-na-Maine
베를린중앙역 Berlin Hauptbahnhof
프랑크푸르트/오데르역 Frankfurt/Oder
제핀역 Rzepin
포즈나뉴역 Poznań Główny
바르샤바 비쇼드니아 역 Warszawa Wschodnia
테레스폴역 Terespol
브레스트역 Брест
바란나비치역 Баранавічы
민스크역 Минск
오르샤역 Орша
스몰렌스크역 Смоленск
뱌지마역 Вязьма
모스크바 벨라루스키역 Москва́ Белорусский
모스크바 야로슬라브스키역 Москва́ Ярославский
블라디미르역 Владимир
니즈니노브고로드역 Нижний Новгород
세메노프역 Семенов
키로프역 Киров
발레지노역 Балезино
페름역 Пермь-2
예카테린부르크역 Екатеринбург
튜멘역 Тюмень
이심역 Ишим
옴스크역 Омск
바라빈스크역 Барабинск
노보시비르스크역 Новосибирск
마린스크역 Мариинск
보고톨역 Боготол
아친스크역 Ачинск
크라스노야르스크역 Красноярск

시베리아 횡단철도
Trans-Siberian Railway

바이칼호

치타역 Чита

하바로프스크역 Хабаровск

우수리스크역 Уссурийск Yccypийck

브라고베스득역 Благовещенск

라진역 Lajin

만주종단철도
Trans-Manchurian Railway

몽고종단철도
Trans-Mongolian Railway

울란우데역 Улан-Удэ Ulan-Ude

울란바타르
Ulaanbaatar

베이징
北京

지마역 Зима

앙가르스크역 Ангарск

이르쿠츠크역 Иркутск

이르쿠츠크-슬류댠카역 Иркутск-Слюдянка

슬류댠카역 Слюдянка

나우쉬키역 Наушки

수흐바타르역 Сухэ-Батор

다르항역 Дархан

울란바타르역 Ulaanbaatar

처이르역 Чойр

자민우드역 Замын-Ууд

사인샨드역 Сайншанд Sainshand

에렌역 二连

지닝난역 集宁南站

차훙역 长寿店

선양역 沈阳站

산하이관역 山海关站

탕산역 唐山站

텐진역 天津站

베이징역 北京站

번시역 本溪站

펑황청역 凤凰城站

단둥역 丹东站

신의주청년역 Sinuiju

평양 Pyongyang

평양역 Pyongyang

개성역 Gaeseong

서울 Seoul

서울역 Seoul

이천역 인천공항역 Incheon Airport Incheon

출발

'실감이 나지 않다'라는 표현을 잘 사용하지 않았다. 무덤덤한 성향인 이유도
있을 테고 지금까지 실감이 나지 않을 정도의 극적인 경험을 해보지 못해서일
것도 같다. 쾌적한 방에서 씻고 잠시 누웠다 일어나니 곧 모스크바행 기차를
타러 갈 시간이었다. 그런데 이건 정말 실감이 나지 않았다. 육로를 통해 여러
나라를 거쳐 한국으로 돌아가는 여정이 진짜로 시작되는 것이다.
출발 한 시간 전에 역으로 갔다. 출발 기차편과 플랫폼 번호를 알려주는
모니터에 실제로 모스크바라고 쓰인 국제열차가 올라와 있었다. 그 모습을
지겨운 줄도 모른 채 하염없이 바라봤다. 모니터 중간 어딘가에 KTX 로고와
함께 Seoul이라고 쓰여 있을 모습을 상상하기도 했다. 우연히 예쁜 마을을
발견했을 때처럼 심장이 뛰었다.

영화 등을 통해 갖게 된 침대기차여행의 이미지는 대개 두 가지다. 호화롭거나
비참하거나. 장식으로 가득한 객차와 낭만 가득한 식당칸을 떠올릴 수도
있고, 의자도 없는 축사 같은 객차 안에 웅크리고 있는 사람이 뒤섞인
냄새나는 곳을 떠올릴 수도 있다. 파리와 모스크바를 연결하는 기차를
비롯한 오늘날 대부분의 침대칸은 그 중간쯤이다. 특별한 관광열차가
아니라면 비싸기는 해도 호화롭진 않고, 많은 사람들이 좁은 공간에 모여
있을 수는 있어도 각자에게 침대 하나씩은 주어진다.
파리-모스크바 구간을 비롯해 이번 열차여행의 모든 침대는 1등칸으로
예약했다. 그렇다고 엄청 좋은 건 아니었다. 침대 네 개가 있는 2등칸에서
상부의 침대 두 개를 사용하지 않기로 한 동일한 모양의 객차일 뿐이다.

러시아에서 가장 크게 코를 고는 중년 남성이나 프랑스에서 가장 말하기
좋아하는 철학자같이 예측 불가한 동행자와 비좁은 4인용 객실에서 며칠을
함께 보내고 싶지 않은 사람들이 기꺼이 한 명분의 2등석 요금을 추가로
내는 정도다. 물론 1등칸 객차는 인구밀도가 훨씬 낮아서 화장실도 여유롭고
오줌도 덜 튀겨 있다.

한 객실 규모에 침대가 6~8개 위치하고 칸막이가 없는 3등칸은 예전에
인도에서 많이 이용했는데 이번 여행에선 아예 배제했다. 조금은 풍요롭게 이
멋진 대륙횡단루트를 달려보고 싶었던 것이다. 게다가 러시아의 중상층에게
프랑스 여행을 제공하는 것이 주요 목적인 파리-모스크바 연결 열차에서는
아예 3등칸이 존재하지 않았다. 조금 더 좋은 대접을 받고 싶은 이들을 위해
럭셔리 칸이 따로 있었는데 화장실이 객실 내부에 딸리고 조금 더 여유로운
공간 배치를 가졌으며 나무 블라인드가 달렸다. 1등칸의 두 배 요금을 내면
그곳에서 며칠간 다른 사람이 된 것 같은 느낌을 가질 수 있었다.

사실 누군지 모를 미지의 남자와(여자여도 마찬가지겠지만) 며칠 동안 2인실을
사용하는 것도 편안한 일은 아니다. 모스크바로 향하는 첫 여정에서는 1등칸
요금에 약간을 보태 2인실 1인 사용 보장 옵션을 적용해 예약했다. 나머지
구간도 그러고 싶었지만 시베리아 횡단 구간의 경우엔 요금이 너무 비쌌고,
몽골 종단 구간의 중국 기차는 그런 구매조건이 없었다(그냥 표를 두 장
사야했을 것이다). 특히 마지막 베이징-단둥 열차엔 2인실 자체가 없었다.
여행 중 누군가를 만나게 될지 모르지만 부디 서로에게 상처가 되지 않는
인연이 되길 기원했다.

목요일의 파리 동역에서는 러시아로 향하는 기차만 출발하는 것이 아니었다.
그냥 지나치려다가도 호화로움에 다시 한 번 고개를 돌리게 하는 복원된
오리엔탈 익스프레스 열차가 오전의 플랫폼에 정차 중이었다(냉전 중에는
운행하지 못했을 것이다). 군청색 객차에 근사한 금장식을 둘렀다. 호리호리한

차장들이 객차의 문 앞마다 서서 승객들을 맞이하고 있었다. 거의가 노년층이었던 객차 안의 신사 숙녀들은 화려한 시트와 커튼으로 꾸며진 자신의 자리에 만족하는 것처럼 보였다. 7~80년 전 사람들에게 기술의 진보를 알리며 전성기를 보냈던 오리엔탈 익스프레스는 많은 안전장치와 와이파이를 추가한 뒤 예전과 비슷한 속도로 동방으로 향할 예정이었다.

개인적으로 KTX에 아쉬운 게 몇 가지 있지만 그 중에서도 외부 색채와 디자인이 그리 인상적이지 않다는 걸 우선 꼽는다. 초기에 프랑스와의 계약에 프랑스 TGV 색채를 그대로 사용해야 한다는 기준이 있었던 것인지 궁금하다. 요즘 프랑스에서 운행하는 구모델 TGV조차 파란색 포인트를 버리고 대신 검정색을 칠했다.
일본과 독일의 고속열차와 특급열차에는 백색이 많다. 형태 자체와 만듦새에 자신이 있을 때 전체를 백색으로 칠할 수 있다. 정교하지 못하거나 이음새가 조밀하지 않으면 바로 티가 나기 때문이다.
나는 정교한 느낌이나 기계미학이 크지 않은 우리 KTX가 처음부터 올블랙이었으면 했다. 그러면 KTX의 별명은 김밥이 될 수 있다. 사람들이 친근하게 김밥이라고 부르는 기차에 올라, KTX의 명물이 된 김밥을 사먹는 것이다. 목적지에 도착하면 김밥 옆구리 터지듯 사람들이 기차에서 밀려나온다.
김밥처럼 보이는 기차는 비빔밥 같은 민족성을 드러내기에도 딱 알맞다. KTX산천과 SRT로 진화된 형태는 둥글둥글해서 김밥과 더 잘 어울린다.

오후 네 시가 되자 유로나이트 453편이자 러시아 국영철도 24호인 열차가 6번 플랫폼으로 들어왔다. 프랑스 구간에서는 프랑스 동력차가 객차를 끌어주는 시스템인지 기관차 앞엔 프랑스 국영철도 로고가 붙어 있었다. 오전에 떠난 오리엔탈 익스프레스와 가장 다른 건 각 객차마다 문 앞에

서 있는 차장들이었다. 좋은 사람임을 숨기고 싶어 화난 표정을 하고
있을 러시아 차장들은(특히 여자 차장들은) 하나같이 뚱뚱했다. 살아 있는
마트료시카(러시아의 목재인형) 같았다. 내가 탄 255번 객차 담당 남자 차장은
유난히 무뚝뚝하게 굴었다. 티켓과 여권, 여권 속의 벨라루스 비자를 확인한
뒤 딱딱한 말투로 내 객실을 알려줬다.

약한 사람이 약한 사람을 감추기 위해 남에게 괜히 더 잔인하게 구는
경우도 마찬가지지만, 좋은 사람은 특히 좋은 사람임을 오랫동안 숨기기
어렵다. 가짜인 것은 어쨌든 티가 난다. 어른이 되어간다는 것은 사람을
볼 줄 알게 됨을 의미한다. 젊은 날의 후회는 대부분 사람을 제대로 보지
못했던 것에서 비롯된다. 가식적이고 작위적인 것과 진심을 구분하지 못하는
노인에게는 나이에 걸맞은 연륜을 기대하기 어렵다.

객실에서 짐을 풀고 있으니 255번 객차 담당 무뚝뚝한 남자 차장이 방으로
찾아와 더듬거리는 영어로 안내했다.

이것은 조명이고, 이것은 온도조절기고, 이것은 호출벨이고, 이것은, 아 이걸
어떻게 설명하지? 나와 보세요 자 이렇게 하면 문이 잠기고 이렇게 하면, 아
객실 열쇠고, 이렇게 하면 의자가 침대가 되고, 뜨거운 물은 저기에 있고,
식당칸은 이쪽 방향으로 세 칸 넘어가면 있고, 화장실은 여기고, 근데
벨라루스 비자 있나요? 아까 확인했잖아요. 아, 그런데…

순간 253호 담당 여자 차장이 등장했다. 내 담당보다 고참인 것처럼 보였다.
그녀가 거대한 몸집을 휘두르자 255호 담당 남자 차장이 움찔했다.
내 벨라루스 비자를 다시 한 번 확인해보고 싶다고 했다. 여권을 건넸다.
그녀는 비자 스티커상의 입국허용날짜를 확인하곤 환하게 웃으며
완복해용이라고 말했다(삐뻬또 비슷하게 말한 것 같았는데 내 귀에는 완복해용으로
들렸다). 그녀가 사라지자 255호 담당 남자 차장은 아무 일도 없었다는 듯이
뻣뻣한 표정으로 무슨 문제가 있으면 객차 끝에 있는 자신의 방으로 오면
된다고 알려주고 가버렸다.

4월 26일 16시 58분 프랑스 파리 동역 출발
한국과의 시차 7시간(여름). 서울까지 12,371km 남음.

모스크바행 열차가 서울을 향해 정시에 출발했다.

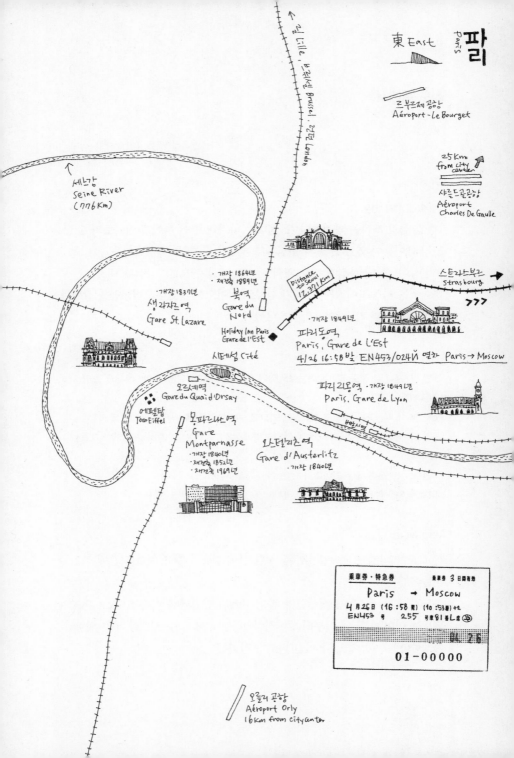

東 East   파리 Paris

르부르제 공항
Aéroport ~ Le Bourget

25 Km
from city center

샤를드골공항
Aéroport
Charles De Gaulle

세강
Seine River
(776 Km)

스트라스부르
Strasbourg
>>>

·개장 1837년
생라자르역
Gare St. Lazare

·개장 1864년
·재건축 1889년
북역
Gare du
Nord

Holiday Inn Paris
Gare de l'Est

Distance
to Seoul
12,371 Km

·개장 1849년
파리동역
Paris, Gare de L'Est
4/26 16:58발 EN453/024й 연차 Paris → Moscow

시테섬 Cité

오르세역
Gare du Quai d'Orsay

에펠탑
Tour Eiffel

몽파르나스역
Gare
Montparnasse
·개장 1840년
·재건축 1852년
·재건축 1969년

파리리용역 ·개장 1849년
Paris, Gare de Lyon

오스텔리츠역
Gare d'Austerlitz
·개장 1840년

오를리 공항
Aéroport Orly
16 Km from city center

철도 위에서

4월 26일 17시 10분

1등칸 신형 객차는 쾌적했다. 두 침대가 나란히 놓인 사이에 식탁보가 깔린
고정 테이블이 있었다. 도기 주전자와 찻잔까지 놓였다. 내 객실은
8번 방이었는데 화장실 바로 옆의 마지막 객실이었다. 화장실과 내 방
사이에는 자동문이 있어 냄새가 함부로 넘어오진 않았다. 2박 3일을 함께할
옆방 사람들과 간단히 눈인사를 나눴다.

· 8번 방-나 혼자 사용
· 7번 방-서너 살 정도 되어 보이는 러시아인 여자아이와 그녀의 엄마(아이는 내게 웃어줬지만
  절대 가까이 오지 않았다)
· 6번 방-스페인에서 온 노부부(점잖아 보였지만 한번 수다를 떨기 시작하면 멈출 줄 몰랐다)
· 5번 방-영국에서 온 노부부(2차 대전 당시 이 노선을 타고 이동해봤을 것 같은 분위기가 물씬
  풍겼다)
· 4번 방-스페인에서 온 할아버지(6번 방과 대화를 자주 했다)
  이후 국적을 알 수 없는 부부와 몇 러시아인

4월 26일 18시

바로 오늘 아침에 고속열차로 두 시간 반이 걸렸던 길을 여섯 시간에 걸쳐
되돌아가는 중이다.
속도가 줄자 풍경이 풍성해졌다. 봄의 유채가 만발했다. 시속 100km 정도의
속도는 이미 수십 년 전부터 일반적이었다는 점에서 두 시대를 하루 안에
여행한다는 기쁨에 남아 있던 피로가 사라졌다.

4월 26일 19시 10분

서울을 향해 달리는 중이다.

4월 26일 20시 13분

깜빡 잠이 들었다가 깼다. 하지가 두 달 남은 유럽의 낮은 길었다. 이제야
해가 져가고 있었다. 허기를 느껴 식당칸에 가 자리를 잡고 앉았다. 예닐곱
명 정도의 사람들이 식사 중이었다. 파리에서 바르샤바 구간에는 폴란드
국영철도의 식당차가 운영된다. 이후 분리되어 벨라루스의 브레스트까지
식당차 없이 달리다가 이후 러시아 국영철도 식당차가 연결되어 영업한다.
전통 두건을 머리에 두른 폴란드인 아주머니가 메뉴판을 들고 다가왔다.

기차 안에서는 원칙적으로 음주와 흡연이 금지지만 원칙은 잘 지켜지지 않고,
특히 식당칸에서 주문할 경우에는 술을 마실 수 있었다. 잠기운이 채 가시지
않았지만 맥주를 한 병 주문했다. 메뉴판 내의 특이사항은 개구리뒷다리
요리와 캥거루 스테이크가 있었다는 점이었다.
그것과 전혀 상관없이 그리스식 샐러드와 마늘버터에 구운 연어 스테이크를
시켰다. 이후 맥주를 한 병 더 시키고 팁까지 주고 났더니 혼자 먹는 저녁에
거의 5만 원을 쓴 셈이 됐다. 다음날 저녁은 담당 차장이 파는 컵라면을
먹기로 하고(어차피 그때면 식당차도 잠시 없어진다) 든든한 마음으로 객실로
돌아왔다.

397km 이동

4월 26일 21시 31분 프랑스 스트라스부르역 도착
한국과의 시차 7시간(여름). 파리 출발 후 4시간 4분 경과. 서울까지 11,974km 남음.

예정보다 9분 일찍 스트라스부르역에 도착했다. 덕분에 예정보다 길게 29분
정차했다. 어둠과 고요에 묻혀가는 승강장의 모습과 이곳을 방문해봤던
기억이 엇갈렸다. 플랫폼에 나가 시간을 보내다 열차가 출발하기 전 다시
들어와 이를 닦고 샤워는 생략하고 옷을 갈아입은 뒤 잤다.

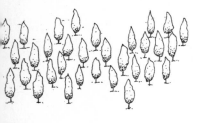

東 East

스트라스부르
Strasbourg

라인강
Rhein River

카를스루에
Karlsruhe

독일 Deutschland

프랑스 France

Distance to Seoul
11,974 Km

스트라스부르 역
Gare de Strasbourg
4/26 21:40 착
20 min 정차
4/26 22:00 발
EN453/024째

구시가
Old City

라인강
Rhein River
(1,230 Km)

스트라스부르 공항
Aéroport de
Strasbourg
10 Km from the station

파리
Paris

검은 숲
Schwarzwald

프랑스 France

독일 Deutschland

맥주르 시켰다.
마늘 버터에 구운 연어스테이크
그릭 샐러드와
예느굼 정도의 사람들이 시사 중이었다.
시다광으로 와 자리를 잡고 앉았다.
오후 8시 20분
4월 26일

허기를 느꼈다.
이제야 배가 고파지고 있었다.
하지만 가득 담은 유럽의 낮은 길었다.
오후 9시 13분
4월 26일
빵 장에 드레브가 깼다.

서울을 향해 간다.
오후 8시 10분
4월 26일

오늘은 방콕했던 것이
이곳은 포슬파
어둠과 고개 돌려가는
누강장이
스트라스부르에
예정보다 늦은 편
오후 9시 기분
4월 26일

121km 이동

4월 26일 23시 04분 독일 칼스루헤역 도착
한국과의 시차 7시간(여름). 파리 출발 후 5시간 52분 경과. 서울까지 11,853km 남음.

잠들어 있는 사이 프랑스에서 독일로 넘어왔다.
칼스루헤역에 18분간 정차했다.

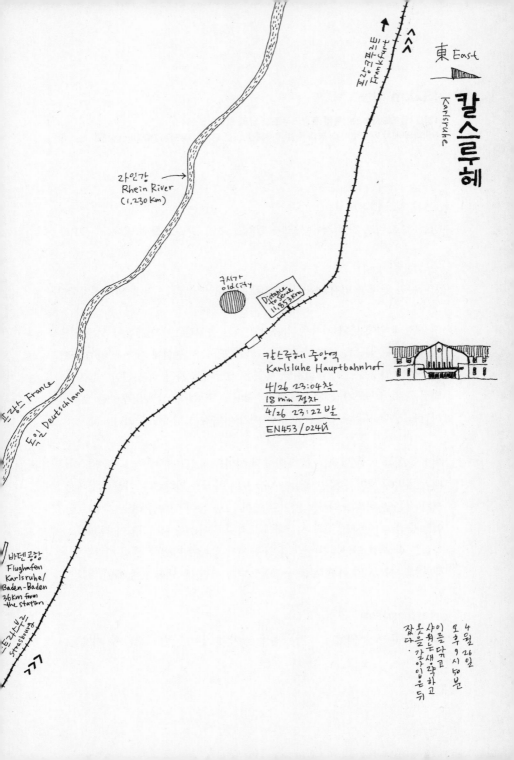

東 East

칼스루헤 Karlsruhe

프랑크푸르트 Frankfurt

라인강
Rhein River
(1,230 Km)

구시가
Old City

Distance
to Seoul
11,853 Km

프랑스 France

독일 Deutschland

칼스루헤 중앙역
Karlsruhe Hauptbahnhof
4/26 23:04 착
18 min 정차
4/26 23:22 발
EN453/024A

바덴공항
Flughafen
Karlsruhe/
Baden-Baden
36 Km from
the station

스트라스부르
Strasbourg

4월 26일
오후 9시 50분
이를 닦고
샤워도 하고
옷을 갈아입은 뒤
잠을 청했다.

132km 이동

4월 27일 00시 43분 독일 프랑크푸르트 남역 도착
한국과의 시차 7시간(여름). 파리 출발 후 6시간 56분 경과. 서울까지 11,721km 남음.

2분간 정차했다.
잠든 채로 바로 전날 작은 사고가 있었던 프랑크푸르트를 보냈다.

4월 27일 04시 15분
뒤따르던 열차를 먼저 보내기 위해 레흐르트 Lehrte라는 역에 잠시 정차했다.

이 시간에 역에 나와 기차를 기다리고 있는 독일인들이 어림잡아 서른 명은
되어보였다. 어둠 속 쓸쓸한 조명 아래의 그들은 비현실에 가까운 이미지로
안타까운 감정을 느끼게 했지만, 독일은 세상에서 가장 적은 편인
법정 근로시간을 가장 잘 준수하는 나라다. 그들에게 선사될 무한한 오후의
시간을 생각하니 내가 남을 동정할 때가 아니라는 생각도 들었다.

새벽의 어둠 속을 달리는 기차 안에서 아마도 유일하게 깨 있을 승객이 되어
내 얼굴밖에 보이지 않는 창밖을 바라보며 아침을 기다렸다. 이번 여정에선
시차 적응을 위해 노력하지 않기로 했다. 그냥 몸이 익숙한 대로 지내다 보면
어느 순간 내가 사는 곳의 시간대에 도착할 것이었다. 서머타임이 적용된
유럽은 한 시간 앞당겨져 한국과 일곱 시간 차이가 있었다. 우리 시각으로
새벽 네 시인 저녁 아홉 시쯤에 잠들었다가 새벽 네 시 정도에 깨면 됐다.

4월 27일 05시 59분
베를린 시내에 진입했다. 뜨거운 물을 받아와 커피를 탔다. 조금 후 기차는

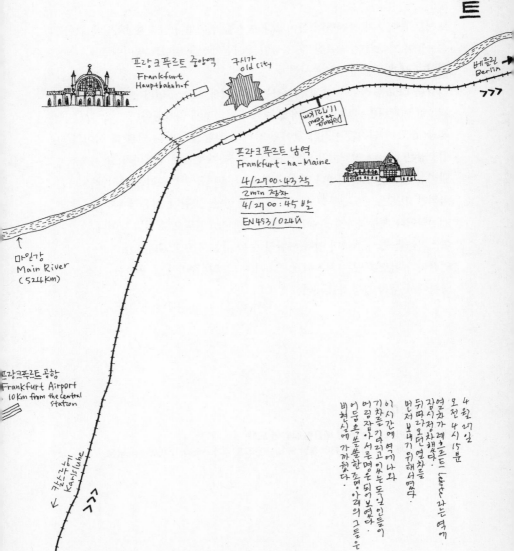

東 East

프랑크푸르트
Frankfurt

프랑크푸르트 중앙역
Frankfurt
Hauptbahnhof

구시가
Old City

베를린
Berlin

Distanz to Seoul 11,921 km

프랑크푸르트 남역
Frankfurt-ha-Maine

4/27 00:43 착
2min 정차
4/27 00:45 발
EN453/024N

마인강
Main River
(524 km)

프랑크푸르트 공항
Frankfurt Airport
10 km from the central
station

카를스루에
Karlsruhe

4월 27일
오전 4시 15분
연착이 프랑크푸르트 Lehrte 가는 역에
감착차 채웠다.
뒤따라오던 열차를
먼저 보내기 위해서였다.

이 시간에 역에서나
기차를 기다리고 있는 독일인들이
머릿 잡았어서론 멋으로 되어보였다.
어둠속으로 쏠한 좀 아래의 그들은
비현실에 가까웠다.

당연한 것처럼 멈추지 않고 동물원역을 지나쳤다. 과거 베를린 장벽이 서 있던 시절 서베를린의 중앙역이었던 곳이다. 통일 이후에도 한동안 베를린 중앙역으로 사용되었다가 이제는 베를린 장벽이 있던 위치에 새로 지은 통일 중앙역으로 임무를 넘겼다.

도시로 들어오자 통신망이 살아났다. 뉴스를 열어보니 남북정상회담에 관한 속보들이 가득했다. 남북한 두 정상이 군사분계선을 넘나드는 이벤트를 펼치며 세계에 존재감을 과시했다.
기차를 타고 한반도를 향해 달려가는 상황에서, 그것도 얼마 전까지 분단을 겪었던 베를린을 지나고 있었기에 뉴스가 남다르게 다가왔다.
훗날 조금 더 진전된 평화가 찾아왔을 때의 상황을 그린다. 남과 북 사이의 철조망은 베를린 장벽처럼 일반인들이 접근하기엔 너무 먼데다가 그 자체로 날카롭기 때문에 뜯어내다 다칠 수가 있다. 장벽을 무너뜨리는 행위만큼 극적인 퍼포먼스는 아무래도 철도가 가장 좋을 것 같다. 서울역에서부터 개성역이나 해주역까지 사람들이 철로 위에 1m 간격으로 서는 것이다. 쑥스러움을 잠시 견디며 앞뒤 사람의 손을 잡는 것으로 수십 km의 인간띠가 철로를 잇는다면 실제 기차가 다니려면 준비가 좀 필요한 지금 상황에서 무척 감동적일 것이다.

690km 이동

4월 27일 06시 09분 독일 베를린 중앙역 도착
한국과의 시차 7시간(여름). 파리 출발 후 12시간 22분 경과. 서울까지 11,031km 남음.

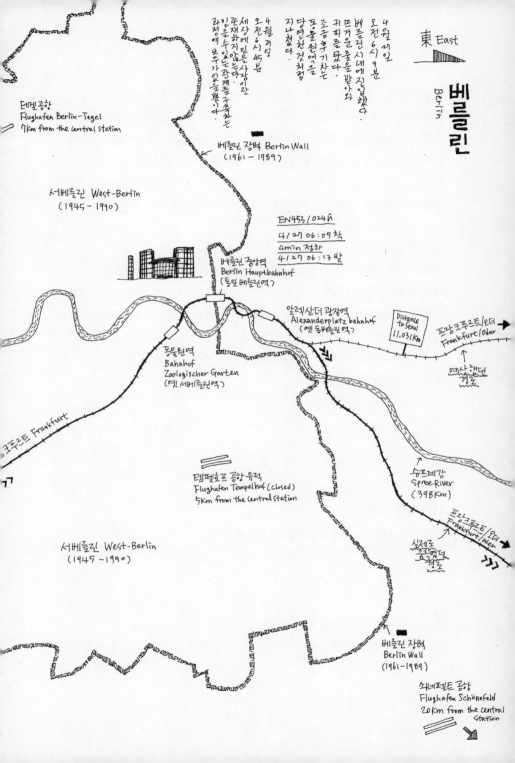

베를린역에 4분간 정차했다. 이 아름다운 독일의 평원에서 기사에 달린 댓글까지는 안 봤어야 했다. 북한을 어떻게 믿고 약속을 하냐고 한다. 그 글쓴이를 직접 만날 일은 없겠지만 이렇게 묻고 싶었다. 그러면 당신은 믿을 수 있는 사람인가요? 세상에 믿을 사람이란 존재하지 않는다. 가끔 서로 마음이 맞는 것 같거나 서로 이익을 주고받을 수 있을 것 같은 사람들끼리 한시적인 신뢰를 구축하는 과정에 있을 뿐이다.

4월 27일 07시 05분

식당칸에 가 폴란드식 아침식사를 주문했다. 커피 대신 사이다도 시켰다. 어차피 인스턴트 커피가 나올 거라 커피는 직접 타서 마시면 됐기 때문이다. 벌써 얼굴이 익은 중년의 폴란드 여자 종업원은 시종일관 반갑게 나를 대접해줬다. 손님이 나밖에 없어 딱히 할 일이 없어 보이기도 했다. 달걀 세 알과 잘게 썬 햄으로 만든 오믈렛에 오이와 토마토 샐러드가 곁들여 나왔다. 기차는 여명을 달렸다.

103km 이동

4월 27일 08시 36분 독일 프랑크푸르트/오더역 도착
한국과의 시차 7시간(여름). 파리 출발 후 13시간 38분 경과. 서울까지 10,928km 남음.

아침을 먹고 잠시 누웠다가 다시 잠들었다. 덜컹 하는 느낌에 깼다. 예정 시각보다 12분 빠르게 프랑크푸르트(오더)역에 도착했다. 지난 새벽에

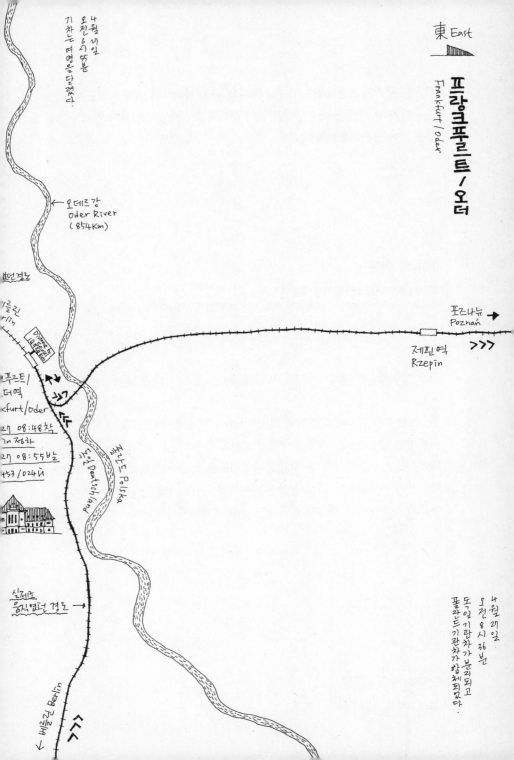

東 East

프랑크푸르트 / 오더

Frankfurt / Oder

4월 11일
오전 6시 30분
기차는 며명을 달렸다.

오데르강
Oder River
(854Km)

포즈난
Poznań

제핀역
Rzepin
>>>

베를린
Berlin

프랑크/
더역
kfurt/Oder

2기 08:48착
in 정차
2기 08:55발
453/024번

독일 Deutschland

폴란드 Polska

실제로
국경역 경로

베를린 Berlin
<<<

4월 2기일
오전 8시 36분
독일기관차가 분리되고
폴란드기관차가 교체되었다.

지났을 서부의 프랑크푸르트(암 마인)와는 다른 폴란드와 접한 국경도시다.
19분의 정차 시간 동안 독일 기관차가 분리되고 폴란드 기관차가 합체되었다.
모든 것이 평온하게 이루어졌다.

23km 이동

4월 27일 09시 26분 폴란드 제핀역 도착
한국과의 시차 7시간(여름). 파리 출발 후 14시간 28분 경과. 서울까지 10,905km 남음.

별다른 절차없이 열차가 국경을 넘었다. 폴란드에 들어왔다. 5분간 정차했다.

폴란드는 아일랜드와 더불어 우리 민족, 우리 역사와 가장 닮은 게 많다는
나라지만 막상 우리나라에선 국가별 호감도의 우선순위를 차지하진 못한다.
가해자들은 여전히 우위를 점하고 피해자들은 마음에 응어리를 안고 살지만,
대부분의 피해자들은 자신과 상관없는 영역에서는 기꺼이 다른 가해자를
두둔하고 피해자를 외면한다. 역사는 종종 제자리에서 맴돈다.

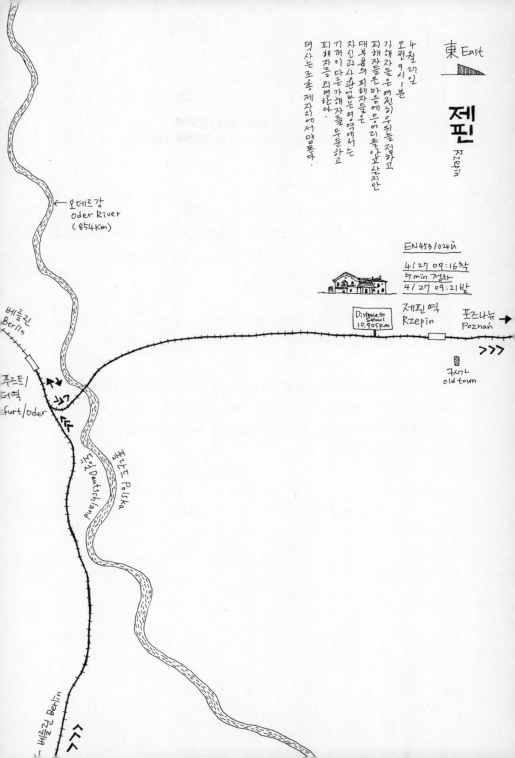

東 East

제핀
Rzepin

4월 27일
오전 9시 1분
가해자들은 여전히 우위를 점하고
피해자들은 마음의 으... ?
대부분의 피해자들은
자신과 사랑하는 사람에게는
기꺼이 다른 가해자를 모른다고
피해자를 외면한다.
역사는 조촐 제자리에서 맴돈다.

오데르강
Oder River
(854Km)

EN453/024H

4/27 09:16착
5 min 정차
4/27 09:21발

제핀역
Rzepin

포즈나뉴
Poznań

Distance to
Seoul
10,905Km

구시가
old town

베를린
Berlin

프루트
어역
:furt/Oder

독일 Deutschland

폴란드 Polska

베를린 Berlin

156km 이동

현대식으로 지어진 역사에 3분간 정차했다.
상업 시설로 가득해 보이는 거대한 건물 아래 어두운 필로티에 플랫폼이 있다.
비를 전혀 맞지 않아도 되지만 기차역의 운치도 좀처럼 느낄 수 없다.

4월 27일 11시 47분
식당칸에 왔다. 혼자 책을 보는 중년의 남자와 혼자 창밖을 보는 30대 정도의
여자가 있다. 도시를 벗어난 지역에서의 통신망 사정이 독일보다 좋다.

속보 기사를 하나 읽었다. 남북정상회담의 결과로 경의선과 동해선 철도의
연결이 우선 추진된다고 한다. 내가 단둥역에 도착할 2주 후까지는
어떤 변화도 없겠지만 기쁜 마음으로 양송이 수프와 까르보나라 스파게티,
맥주 한 잔을 주문했다.

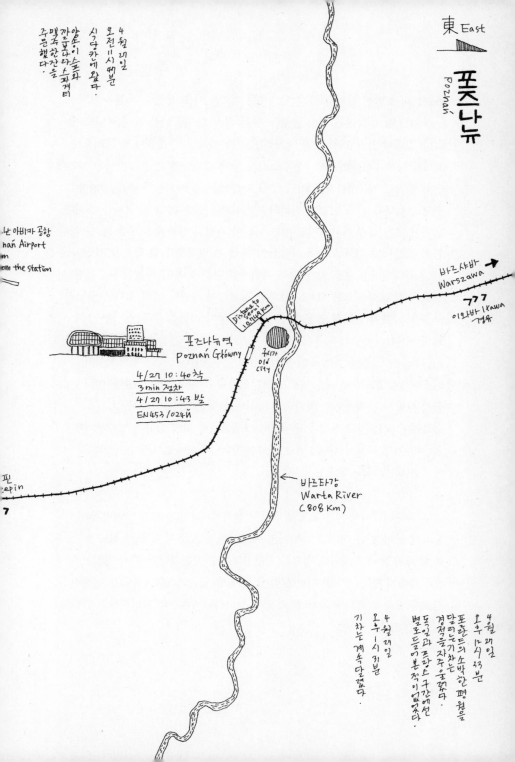

포즈난
Poznań

4월 21일
오전11시 4분
시구카에 와다

양손이
술와
까두나라스
짜겨티

주목은
햄한 잔을
주
행다.

난 아비카 공항
nań Airport
m
om the station

바르샤바 →
Warszawa

ㄱㄱㄱ
이와바 Iława
경유

포즈나뉴역
Poznań Główny

Distance to
Seoul
10,014 Km

거시가
Old City

4/27 10:40 착
3 min 정차
4/27 10:43 발
EN453/024й

← 바르타강
Warta River
(808 Km)

핀
epin

ㄱ

4월 21일
오후 12시 33분
포란드의 소박한 평원을
달리는 기차는
경적을 자주 울렸다.
독일과 폴란드 구간에선
별로들의 본적이 없었다.

4월 21일
오후 1시 31분
기차는 계속 달렸다.

폴란드의 소박한 평원을 달리는 기차는 경적을 자주 울렸다. 독일과 프랑스 구간에선 별로 들어본 적이 없었다. 사실 경적 소리를 듣는 느낌은 나쁘지 않다. 밀폐형 창을 가진 신형 객차라 소리가 아득하게 먼 곳에서 들려오는 것처럼 느껴지기 때문이다. 경적 소리가 아예 없었다면 조금 밋밋했을 것이다. 단지 폴란드 기관사가 안쓰러웠다. 그는 신경을 곤두세운 채 줄곧 전방에 경고를 보내야 했다. 철도 선진국의 기관사보다 일을 많이 해야 하는 것이다. 당연히 그는 금세 피곤해지고 이는 기관사 가정의 평화에 지장을 줄 수 있다. 한편 기관사는 경적 소리에 사람들이 놀랄 때 경적을 울릴 권한을 가졌다는 사실에 우쭐해질 수도 있다. 그가 가학적인 성향을 가진 사람이라면 자신의 만족을 위해 불필요한 경적을 남발할 가능성이 생긴다. 경적 소리는 낭만의 수준을 넘어 임산부의 안정과 경작물의 생장에 지장을 주는 심각한 소음이 될 수 있다.

독일과 프랑스에서 경적 소리가 적었던 이유는 아마도 많은 철도시설이 시스템적으로 안전을 보장해주기 때문이었을 것이다. 철도 주변에서의 금기 사항이 사회적으로 학습되어 이상한 행동을 하는 사람이 없고, 철로엔 수많은 경고 장치가 운영되어 자체적으로 위험 상황을 방지하기에 웬만한 위급 사항이 아니라면 기관사는 모든 게 제대로 작동하고 있는지 확인만 하면 되는 것이다.

지금도 우리나라에선 철도 건널목에서 잠시 멈춘 뒤 양쪽을 두리번거리는 문화가 남아 있다. 하지만 차단기와 예보장치, 신호등 등이 모든 철도 운행 계획을 미리 숙지해 정확하고 안정적으로 작동한다면 굳이 책임이 운전자에게 있는 것처럼 건널목 앞에 서게 할 필요가 없다. 차량은 정해진 신호에 맞추어 속도를 늦출 필요 없이 통과하면 된다. 물론 기관사도 안심하고 일할 수 있다.

4월 27일 13시 31분

식당칸에 혼자 앉아 있던 여자는 객실로 돌아갔다.
그 자리에 한 노부부가 앉았고 이후 혼자 여행하는 노인이 합석했다.
내 선배 세대에게 장거리 기차란 같은 방향을 달리는 낯선 이를 만나 친구가
되는 것을 의미하는지도 몰랐다.
나는 철저하게 혼자서 창밖의 풍경의 세세한 변화를 느끼는 조용한 여행을
좋아하지만 주변 사람들에게 피해가 되지 않게 나긋한 영국식 악센트로
대화를 나누는 노인들의 모습을 보고 있는 것도 좋았다.

기차는 계속 달렸다.

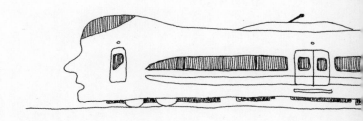

184km 이동

예정보다 34분 늦게 바르샤바에 도착했다. 다만 예정된 정차 시간 30분은
그대로 지켰다. 이곳은 중앙역이 아닌 바르샤바 외곽의 통과 열차가 정차하는
황량한 역이었다. 강 너머로 고층 건물들이 솟아 있는 모습이 보였다. 대여섯
승객이 짐을 챙겨 내리고 열 명 정도의 새로운 사람들이 기차에 올랐다.
정들었던 식당도 분리되었다. 멀어져가는 식당칸과 종업원, 그리고 늘 주방을
지키고 있었던 요리사에게 마음으로 인사했다.

4월 27일 17시 12분
폴란드와 벨라루스의 국경을 향해 달리는 중이다.
봄의 숲 색을 보고만 있어도 솔잎 음료를 마시는 기분이 들었다.
어느덧 한국인들에게 가장 소중한 것이 되어버린 맑고 파란 하늘이 내내
이어졌다. 미세먼지와 스모그가 유럽을 지배했던 한 세기 전의 상황에서
현재로 오기까지 긴 시간이 필요했다. 우리는 성격이 급하니깐 빨리 해결을
봤으면 좋겠다.

4월 27일 17시 32분
기차가 급정거를 했다. 침대에 누워 있던 몸이 살짝 움직였다.

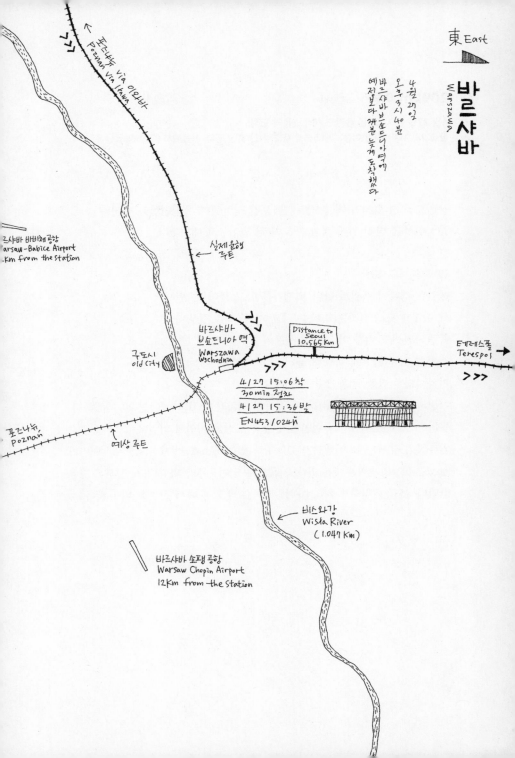

209km 이동

4월 27일 18시 35분 폴란드 테레스폴역 도착
한국과의 시차 7시간(여름). 파리 출발 후 23시간 37분 경과. 서울까지 10,356km 남음.

폴란드 국경 도시인 테레스폴에 35분간 정차했다. 유럽연합을 벗어나는
출국심사를 받기 위해 객실 문을 활짝 열어놓고 대기했다.

4월 27일 18시 58분
폴란드 경찰이 객실로 왔다. 비행기를 타고 들어왔으면서
왜 이렇게 오래 걸리는 기차를 타고 가죠? 라고 물었다.
복잡하면서도 벅찬 이 감정이 서로의 부족한 영어 실력으로
소통될 리 없었기에 적당히 둘러댔다.
기차여행에 관한 글을 쓰는 중이에요.
여전히 비행기를 놔두고 아시아 끝까지 기차를 타고 가겠다는 걸 이해하지
못하는 표정으로 그는 유럽연합의 출국 도장을 여권에 찍었다.
입출국 도장에는 늘 비행기가 그려져 있었는데(스페인에서 모로코로 넘어가며
배 그림 도장을 받아본 적은 있다) 처음으로 귀여운 모양의 기차가 담긴 도장을
받았다. 조금 흐릿하게 찍혀 아쉬웠지만 그래도 좋아서 한참을 바라봤다.

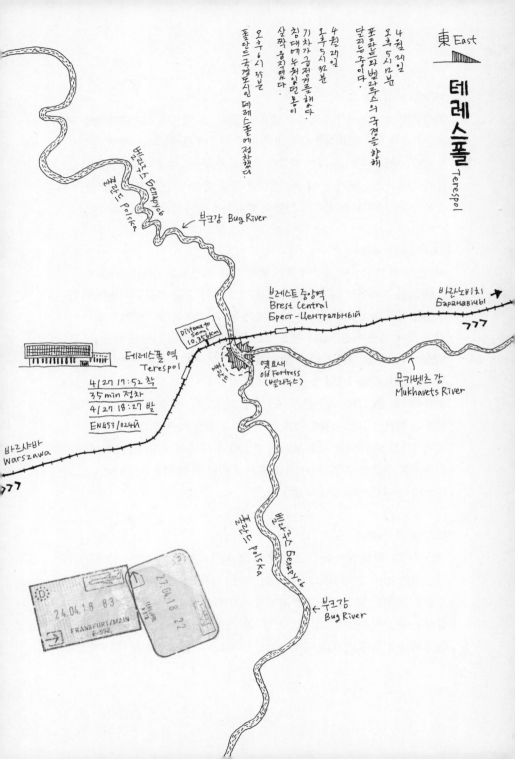

東 East

테레스폴
Terespol

4월 21일
오후 5시 반 쯤
포르란트와 벨라루스의 국경을 향해
달리는 중이다.

4월 21일
오후 5시 32분
기차가 규정검문을 했다.
침대에 누워있던 놈이
살짝 웅크렸다.
오후 6시 35분
폴란트국경도시인 테레스폴에 정착했다.

바란노비치
Барановичы

브레스트 중앙역
Brest Central
Брест - Центральный

부크강 Bug River

벨라루스 Беларусь

폴란드 Polska

Distance to
Scm :
10.356 Km

테레스폴 역
Terespol

옛 요새
Old Fortress
(벨라루드)

무카벤츠 강
Mukhavets River

4/27 17:52 착
35 min 정차
4/27 18:27 발
EN453/024H

바르샤바
Warszawa

폴란드 polska

벨라루스 Беларусь

부크강
Bug River

24.04.18 83
FRANKFURT/MAIN
E-392

27.04.18 22

4월 27일 20시 14분

기차가 움직이기 시작해 국경을 넘었다. 벨라루스 영토다. 시간대가 중앙유럽 표준시에서 모스크바 표준시로 바뀌어 한 시간이 빨라졌다(서머타임이 끝나면 두 시간). 지금까지와는 다른 삼엄한 분위기의 철조망과 수비대의 모습이 보이기 시작했다. 불과 30년 전이었다면 독일 내에서 훨씬 더 무섭게 이런 분위기가 시작되었을 것이고, 당연히 한국인은 지나지도 못했을 것이다.

4월 27일 20시 28분

벨라루스의 입국심사 경찰이 객실 앞에 섰다. 패스포트. 여권을 건넸다. 스탠드 업. 자리에서 일어나 남자 경찰 앞에 섰다. 그는 지금 나의 덥수룩한 모습과 여권 속 8:2 가르마를 한 남자가 동일인이라고 절대 믿지 못하는 것 같았다. 여권 사진은 2년 전 오랫동안 알고 지내왔던 사진관 사장님에게 찍었는데 포토샵 처리를 너무 많이 했던 건 사실이다. 시간이 없어 뽑아준 사진을 그대로 썼다. 2년 동안 큰 문제는 없었다가 벨라루스 경찰이 처음으로 상식적이고 합리적인 의구심을 내보였다. 눈, 코, 입, 귀, 눈썹을 일일이 확인 당했다. 어쨌든 같은 사람인 것으로 결론지은 그는 여권 속에 붙어 있는 통과비자를 보고 다른 질문을 하진 않았다. 무뚝뚝한 표정의 255호 차장은 그의 뒤를 쫓으며 승객들의 여권을 모으고 있었다. 씻 다운. 나는 앉았고 그는 떠났고 내 여권은 차장이 챙겼다.

4월 27일 20시 46분

세관입니다. 객실 앞에 눈이 조금 부신 금발의 세관 여자 직원이 섰다. 신고할 거 있으면 지금 솔직하게 얘기하세요. 없어요. 가방을 열어주시겠습니까? 가방을 열었다. 그녀는 내 짐을 뒤지기 시작했다. 같은 옷으로 일 주일 이상 입기로 마음먹고 왔기에 짐이라고 할 것도 없었다. 블랙 인스턴트 커피 박스를 들고 뭐냐고 했다. 커피요. 이게 어떻게 커피죠? 마침 뜯어놓은 다른 박스가

있었다. 내용물을 보여줬다. 하나 줄까요? 그녀는 어이없다는 듯 가슴에
새겨진 세관 마크를 손으로 톡톡 쳤다. 무엇도 받아서는 안 되는 직업이다.
이제 됐다며 그녀는 다음 칸으로 갔다. 이후에도 뭔가를 탐색하는 여러
종류의 경찰과 군인이 이후에도 몇 차례 복도를 왕래했다.

4월 27일 21시 03분
남자 경찰이 입국 도장이 찍힌 여권을 가져다줬다. 벨라루스 체류 시간은
그래봤자 여덟 시간 정도다. 깊이 한숨 자고 나면 내일 러시아와 맞닿은
국경에 도착해 있을 것이다.

4월 27일 21시 15분
새로 합체한 러시아 식당칸 종업원이 객차를 돌아다니며 내일 아침 메뉴를
예약 받고 있었다. 연어를 곁들인 러시아식 팬케이크를 주문했다.

4월 27일 21시 40분
모든 입국에 관련된 절차를 마친 후 기차는 기차공장 같은 곳으로 이동했다.
승객들을 태운 채 모든 객차가 분리되고 크레인에 의해 객차들이 공중으로
들렸다. 바퀴 부분만 아래에 그대로 남았다. 이어 바퀴들은 어디론가 사라지고
다른 바퀴들이 객차 밑으로 왔다. 표준궤(레일폭 1,435mm)를 사용하던 유럽
구간에서 러시아광궤(1,520mm)를 사용하는 옛 소련 구간으로의 진입을
의미했다. 공중에 매달렸던 객차들은 차례로 내려와 새로운(그렇지만 낡은)
근육질의 바퀴에 몸을 맡겼다. 열차 전체의 바퀴를 가는 데 약 40분 정도가
소요됐다.

7km 이동

4월 27일 22시 32분 벨라루스 브레스트역 도착
한국과의 시차 6시간. 파리 출발 후 1일 2시간 34분 경과. 서울까지 10,349km 남음.

새로 달릴 준비를 마친 열차가 국경 검문소 바로 옆에 위치한 브레스트역에
20여 분간 정차했다. 늦은 밤이 되자 공기가 서늘해졌다.

몇몇 여인들이 비닐가방을 들고 기차 앞에 서서 누군가 기차 밖으로 나오지
않는지 기웃거리고 있었다. 내가 나갔다. 여인들 중 유난히 억척스러워 보였던
한 명이 시크하게 다가왔다. 치킨, 뽈크(pork), 비어. 그리고 알 수 없는
벨라루스어가 이어졌다. 내가 비어라고 운을 떼자마자 낡은 비닐가방에서
맥주들이 등장했다. 그녀는 내가 두 캔을 사야만 한다고 했다. 난 곧 자야하기
때문에 한 캔만 사겠다고 했더니, 자기가 갖고 있는 훌륭한 벨라루스 맥주가
두 종류인데 어떻게 한 가지만 마셔볼 수 있느냐고 화를 냈다(이후에도 러시아
내에서 판매자가 화를 내는 상황을 몇 번 겪었다. 악의 없는 이곳의 문화였을 것이다).
맥주 한 캔을 손에 들고 다음은 치킨이라고 말을 꺼내자마자 다시 쇼핑백에서
10년 전쯤에 제조되었던 것 같은 노란 비닐봉지를 꺼냈다. 그 안에 종이에
싸인 닭 반 마리가 있었다.

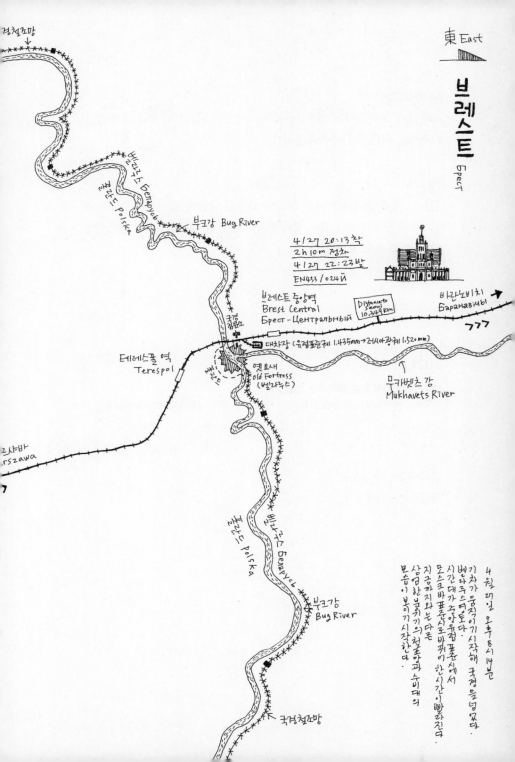

4월 27일 22시 59분

쇠락해가는 마을에서 아무 거나 먹고 자랐을 닭고기의 맛은 훌륭했고,
비록 미지근했지만 맥주도 좋았다.

4월 27일 23시 5분

철로의 폭과 승차감은 아무 상관이 없음을 알았다. 광궤 열차임에도 불구하고
기차는 지금까지보다 훨씬 심하게 흔들렸다. 씻기를 포기하고 흔들림에 몸을
맡긴 채 불을 끄고 누웠다.

202km 이동

4월 28일 00시 21분 벨라루스 바란노비치 도착
한국과의 시차 6시간. 파리 출발 후 1일 4시간 23분 경과. 서울까지 10,147km 남음.

열차가 2분간 정차했다.
세상모른 채 자고 있었다.

東 East

바란노비치
Баранавічы

민스크
Минск
フフフ

Distance to
Seoul
10,147km

바란노비치 중앙역
Baranavichy - Tsentralnye
Баранавічы-Цэнтральныя

4/28 00:21 착
2min 정차
4/28 00:23 발
EN453 / 024й

브레스트
Брест
フフ

4월 14일 오후 10시 37분
먹천스퀘어쪽 누는 어느 벨라루스 여인에게
닭바비아라 맥주 한캔을 샀다.

오후 10시 43분
쇠락해가는 마을에서
아무거나 먹고 자라를
닭고기의 맛은 훌륭했고.
비록 어두군 했지만
맥주로 좋았다.

오후 11시 5분
씻기를 포기하고
크르르르크르르크르르크르 코를 고는

143km 이동

4월 28일 02시 03분 벨라루스 민스크역 도착

한국과의 시차 6시간. 파리 출발 후 1일 6시간 6분 경과. 서울까지 10,004km 남음.

열차가 벨라루스의 수도에 15분간 정차했다.

세상모른 채 자고 있었다.

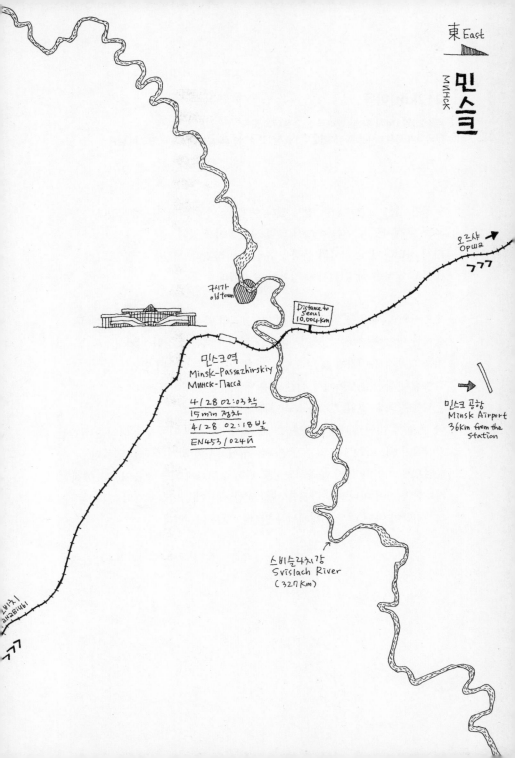

東 East

민스크
МИНСК

오르샤
Орша
ㄱㄱㄱ

구시가
old town

Distance to
Seoul
10,004 Km

민스크역
Minsk-Passazhirskiy
Минск-Пасса

4/28 02:03 착
15min 정차
4/28 02:18 발
EN453/024Й

민스크 공항
Minsk Airport
36Km from the
Station

스비슬라치강
Svislach River
(327 Km)

브레스트
Брэст

ㄱㄱㄱ

212km 이동

4월 28일 04시 38분 벨라루스 오르샤역 도착
한국과의 시차 6시간. 파리 출발 후 1일 8시간 40분 경과. 서울까지 9,792km 남음.

열차가 서는 느낌이 들어 잠시 깼다. 이제 막 역에 들어서는 중이었다.
15분간 정차했다. 어둠 속에서 몇몇 사람들이 오갔다.
다시 자려다 말고 역사의 풍경을 유심히 바라봤다. 시간은 조금 더디게
흘렀고 열차는 예정 시각에 정확히 출발했다.

오르샤역의 새벽 풍경은 다소 무뎌져 있었던 마음을 깨우기에 충분했다.
실패한 혁명, 녹슨 간판, 인간성이 철저하게 배제된 웅장한 기차역,
어둠 속에서 유일하게 붉은 조명을 밝히고 이른 새벽부터 영업 중인
잡화점과 물건들 사이에서 시간을 응시하는 중년의 여인,
끔찍했던 겨울 추위가 겨우 물러났음에 안심하며
역 한 쪽에 마련된 대합실에서 고개를 숙인 채 완행 기차를 기다리는 사람들.
감상적이 되지 않을 수 없는 장면들이 서서히 출발하기 시작한 열차의
창밖으로 이어졌다. 이 쓸쓸하면서도 괜히 울컥하게 되는 모습이 그들에겐
지독한 현실이 아니길 바랐지만 사실 일상이란 이곳 벨라루스의 새벽
기차역만이 아닌 세상 어디에서나 만만한 것은 아니었다.

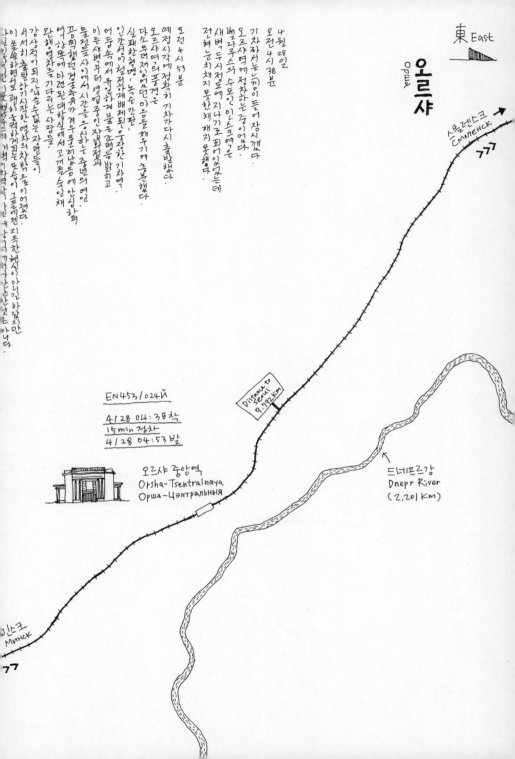

東 East

오르샤
Орша

스몰렌스크
СМОЛЕНСК →

4월 28일
오전 4시 38분
기차차는 느(낌)이 들어 잠시 깼다.
오르샤역에 정차하는 중이었다.
삐라루스의 수도인, 민스크역우
새벽 두시전쯤에 지나가기로 되어있었는
데 전혀 눈치채지 못한 채 깨지 못했다.

오전 4시 53분
예정시각에 정확히 기차가 다시 출발했다.
오르샤역의 풍경은
다소 유머스러웠던 마음을 깨우기에 충분했다.
실패한 혁명, 녹슨 간판,
인간성이 철저하게 배제된 웅장한 기차역,
어둠속에서 우뚝솟은 근엄을 받히고
이른새벽부터 영업중인 자판점과
물건들을 사기위해 시간을 ○하는 주민의 열,
꿈에 펼쳤던 것은 유쾌하기 겨우 무뚝뚝한 낯의
여강쪽에 마련된 대합실에 앉아 한 끼
완행열차를 기다리는 사람들.
이 상적이 되지 않을 수 밖에 없는 이 것이,
서서히 출발하기 시작한 열차의 차밖으로
이 쓸쓸하면서도 퍽 ○○하게 펼쳐지는 ○○
들과 ○○게 퍼져 ○○ 기차간 사이의 ○○ 기차길 ○○은 ○○ 지독한 현실이 아니길 바랐지만
○○○.

EN453/024й

4/28 04:38착
15min 정차
4/28 04:53발

오르샤 중앙역
Orsha-Tsentralnaya
Орша-Цэнтральныя

Distance to Seoul
9,792 km

드네프르강
Dnepr River
(2,201 km)

민스크
МИНСК

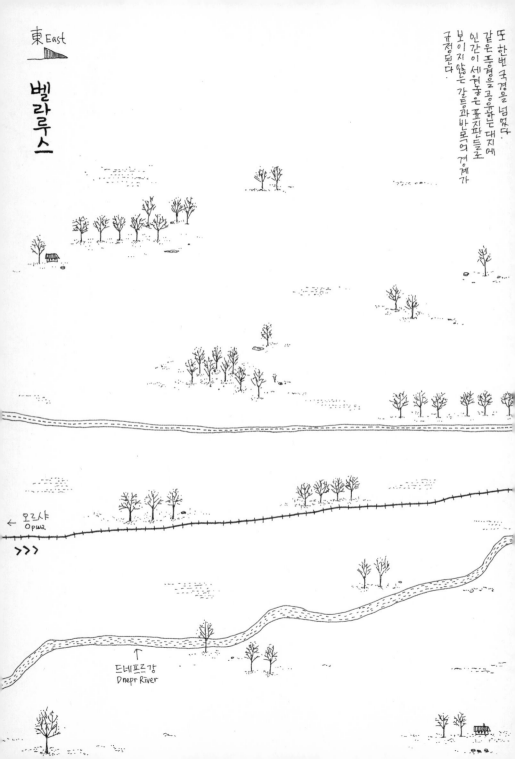

East

벨라루스

또 한번 국경을 넘었다.
같은 풍경으로 공유하는 대지에
인간이 세워놓은 표지판들로
보이지 않는 갈등과 바로의 경계가
규정된다.

← 오르샤
Opwa

드네프르강
Dnepr River

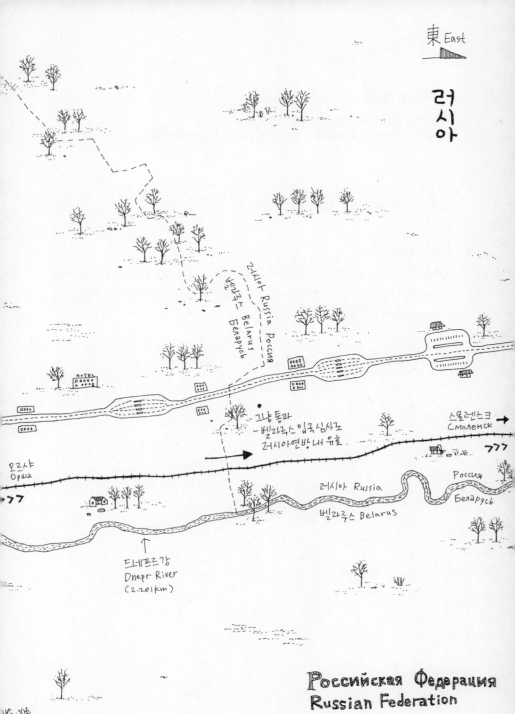

東 East

러
시
아

러시아 Russia Россия
벨라루스 Belarus
Беларусь

HOTEL

그냥 통과
— 벨라루스 입국심사로
러시아연방내 유효.

스몰렌스크
Смоленск

오르샤
Орша

러시아 Russia
벨라루스 Belarus

Россия
Беларусь

드네프르강
Dnepr River
(2.201km)

Российская Федерация
Russian Federation

120km 이동

4월 28일 06시 15분 러시아 스몰렌스크역 도착
한국과의 시차 6시간. 파리 출발 후 1일 10시간 17분 경과. 서울까지 9,672km 남음.

4분간 정차했다. 깊이 잠들어 있었다.

4월 28일 06시 50분
아침 햇살이 느껴졌지만 눈을 뜰 수가 없었다. 덜컹거리는 열차와 한 몸이 된
것 같았다. 살짝 눈을 떠 창밖을 보니 구름 한 점 없이 맑은 하늘이 보였다.
러시아 땅이었다.

기차가 계속 달리고 있는 것처럼 그대로 다시 잠이 들었다.

東 East

CMOЛEHCK

人모렌스크

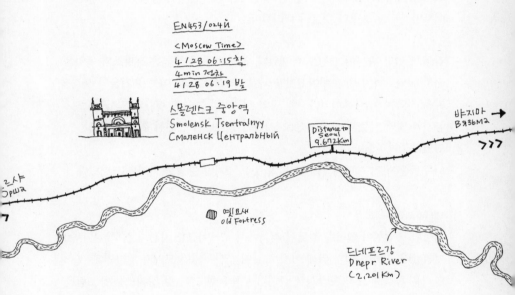

EN453/024й

<Moscow Time>
4128 06:15 착
4min 정차
4128 06:19 발

스몰렌스크 중앙역
Smolensk Tsentralnyy
Смоленск Центральный

Distance to
Seoul
9,672 Km

바지마 →
Вязьма

>>>

오르샤
Орша

7

옛요새
Old Fortress

드네프르강
Dnepr River
(2,201 Km)

176km 이동

4월 28일 07시 58분 러시아 뱌지마역 도착
한국과의 시차 6시간. 파리 출발 후 1일 12시간 경과. 서울까지 9,496km 남음.

기차가 23분간 정차했다. 이젠 진짜 일어나기로 했다. 황량함을 따뜻하게
어루만져주는 북구의 햇살이 내리쬤다.

잠들어 있던 밤사이 계절도 바뀌었다. 완연한 봄의 푸름은 프랑스와 독일을
거쳐 폴란드까지 내내 이어졌지만 거기까지였다. 아직 이곳은 겨울의 흔적을
지우고 있는 이른 봄이었다. 3월 말의 서울처럼 높아진 햇살의 입사각으로
공기의 빛만 따뜻해 보였을 뿐, 대지에선 풀잎들이 간신히 흙을 뒤집고
있었다.
나무들은 아직 생명의 기운을 받지 못한 것처럼 앙상한 가지를 드러냈다.

4월 28일 09시 5분
식당칸 종업원이 연어를 곁들인 러시아식 팬케이크를 차갑게 식혀놓은 채로
가져왔다. 곁들여 먹기 위해 어제 차장에게 사두었던 도시락 컵라면에
뜨거운 물을 부으러 차장실로 갔더니 무뚝뚝한 그는 갓 정체모를 통조림을
까서 숟가락을 퍼먹는 중이었다.
나름 맛있는 것일 수도 있고 그가 전직 군인이어서 통조림 야전식량을 특별히
좋아하는 것일 수도 있겠지만 라면에 물을 붓고 있자니 조금 미안한 생각도
들었다. 하긴 식어버린 팬케이크와 컵라면도 그리 근사한 식사라고 할 수 없긴
했다.

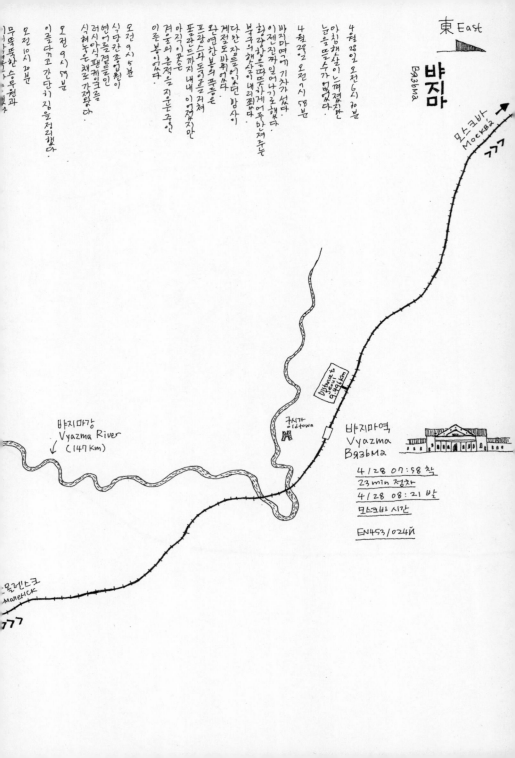

東 East

바지마
Вязьма

모스크바
Москва
ㄱㄱㄱ

4월 28일 오전(AM) 6시 30분
아침해살이 느껴졌다
눈을 뜨니수가 기뻤다.

4월 29일 오전 7시 58분
바지마에게 기차가 섰다.
이제진짜 일어나기로했다
황강창을 따뜻하게어두간채주는
북국의 햇살이 내리쬐는 방사
다 한잠을들이었던
계절도 바뀌었다.
완연한 봄의 풍을
푸란스카 도움으로 거쳐
포크란드까지 내내 이었지만
아직? 봄은
겨울의 흔적을 지문 곳곳
이른 봄이었다.

오전 9시 5분
식당칸 흥경황이
연이를 걸음들이
러시아식 식케잌크룸
식처농는 채로 가져왔다.

오전 9시 24분
이플다가고 간단히 짐을 정리했다.

오전 10시 2분
무둑무한 스우처과
ㅏㅏ게를ㅡ 수ㅏㅓ

바지마강
Vyazma River
(147 Km)

구시가
oldtown

Distance to
9.이.Km

바지마역
Vyazma
Вязьма

4/28 07:58 착
23 min 정차
4/28 08:21 발
모스크바 시간

EN453/024Й

몰렌스크
MoлeнCK
ㄱㄱㄱ

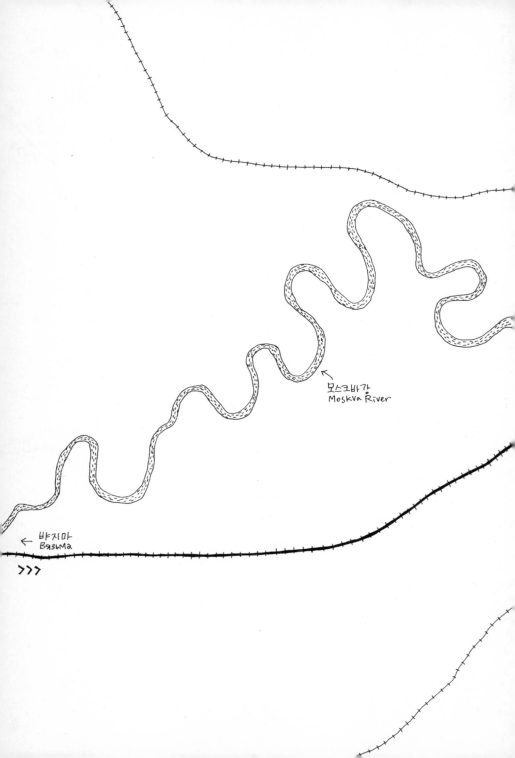

모스크바강
Moskva River

← 바지마
Вязьма

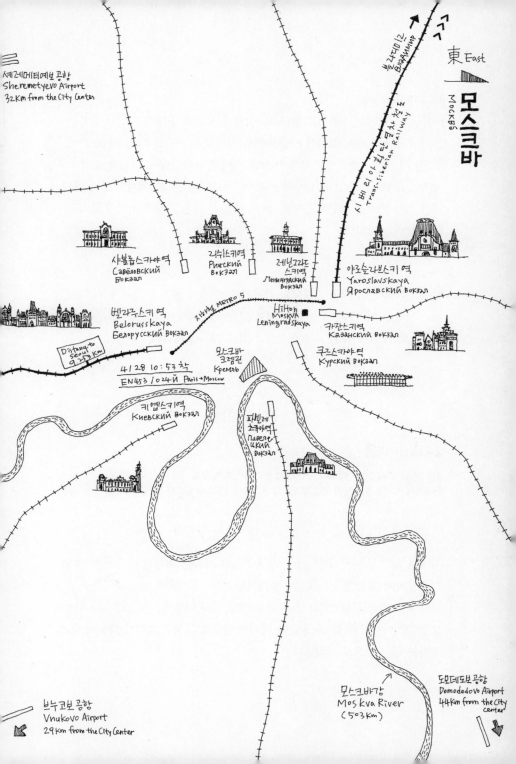

세레메티예보 공항
Sheremetyevo Airport
32 km from the City Center

바라디미르
Buqaanmnp

東 East

Mockbá

모스크바

시베리아 횡단 철도
Trans-Siberian Railway

샤뵬롭스카야역
Савёловский
Вокзал

리쥐스키역
Рижский
Вокзал

레닌그라드
스키역
Ленинградский
Вокзал

야로슬라브스키 역
Yaroslavskaya
Ярославский Вокзал

벨라루스키 역
Belorusskaya
Белорусский вокзал

지하철 METRO 5

Hilton
Moskva
Leningradskaya

카잔스키역
Казанский Вокзал

Distance to
Seoul
9.253 Km

4/28 10:53 착
EN453/024Й Paris→Moscow

쿠르스카야 역
Курский Вокзал

모스크바
크렘린
Кремль

키엡스키역
Киевский вокзал

파빌리
츠카야역
Павеле
цкий
Вокзал

모스크바강
Moskva River
(503 Km)

도모데도보 공항
Domodedovo Airport
44 Km from the city
center

브누코보 공항
Vnukovo Airport
29 km from the City Center

4월 28일 09시 59분

이를 닦고 간단히 짐을 정리했다. 10시 53분 모스크바 도착 예정인 열차는 시간을 맞추기 위해 열심히 덜컹거리며 달렸다. 스마트폰 충전기가 조금 말썽인데 시베리아에 진입하기 전 새로 하나 장만해야겠다. 사용할 일이 많지는 않겠지만 시간대가 바뀌는 과정에서 유용할 테고, 세계 지도 상에서 내가 있는 위치를 확인하는 것은 할 일이 많지 않은 기차에서 가장 즐거운 놀이 중의 하나였다.

4월 28일 10시 20분

무뚝뚝한 차장이 객실로 찾아와 카드키와 주전자, 찻잔을 가져가며 출발할 때 가져갔던 기차표를 돌려줬다. 서로 고맙다는 인사를 했다. 사흘 만에 처음으로 그 무뚝뚝한 얼굴에 살짝 스쳤던 미소를 보았다.

243km 이동
4월 28일 10시 53분 러시아 모스크바 벨라루스키역 도착
한국과의 시차 6시간. 파리 출발 후 1일 14시간 55분 경과. 서울까지 9,253km 남음.

시내에 접어든 후 생각보다 느리게 움직였던 기차는 예정된 시각에 딱 맞춰 모스크바에 도착했다. 느릿느릿 움직이는 것도 다 계획에 있던 것이었다. 벨라루스 입국심사만 받고 이후 아무 것도 없어 이상했는데 설명해줄 사람은 모두 러시아어밖에 할 줄 몰랐다. 러시아 연방에 들어온 것이기 때문에 추가 절차는 없는 것으로 이해했다.

4월 28일 11시 20분

소문으로 듣던 모스크바 지하철을 탔다. 5호선을 타고 세 정거장을 가면
시베리아 횡단열차를 타는 야로슬라브스키역 앞으로 갈 수 있었다. 화려한
요새처럼 생긴 지하철 로비를 지나 빠른 속도로 지하 깊숙이 내려가는
에스컬레이터를 거쳐 승강장에 도착하자 오묘한 매력의 지하 궁전이
등장했다. 그 공간을 바쁘게 이동하는 무표정한 모스크바 사람들에 의해
완벽한 장면이 연출됐다. 전위적인 예술영화 속에 들어와 있는 기분이었다.

4월 28일 12시

역 앞의 호텔에 체크인 했다. 신고전주의 양식으로 웅장하게 지어놓은
곳이었다. 발 딛는 곳, 시선을 보내는 곳 모두에 세계에서 가장 강해본 적
있었던 기억이 새겨져 있었다.
여행사에서 호텔에 맡겨둔 이르쿠츠크-베이징 구간 열차표를 전달받았다.
여행업계에서 이티켓 문화가 개시된 지도 십여 년이 넘었다. 아주 오랜만에 옛
항공권 같은 수표묶음 형태의 티켓을 손에 쥐었더니 조금 더 설렜다.

건축은 이념의 영향을 받는다.
전제주의는 신을 건축에 담았고 인문주의는 자유를 건축에 담았다.
민주주의는 취향을 건축에 담았으며 사회주의는 평등을 건축에 담고자 했다.
자본주의는 돈을 벌고 싶은 욕망을 건축에 담았고
공산주의는 인민을 개조하고자 하는 의도를 건축에 담았다.

모두가 동의하진 않겠지만, 폐허처럼 남아 있는 옛 공산주의자들의 건물이
건축적으로 감동을 주는 까닭은 처음부터 불가능했던 목표에 도전했기
때문이다. 사람들은 신에게 굴종하거나 자유를 만끽하거나 취향을 내세우거나
평등을 요구하거나 돈을 버는 삶에는 기꺼이 순응했지만 타의에 의해

개조당하고 싶어 하진 않았다. 실현이 어려운 숙제를 짊어졌지만 그만큼의
무엇이든 해도 되는 자유를 얻었던 소련의 건축가들은 숙청당할 걱정을 잠시
잊고 창작의 세계에 몰두했다.

사실 사람들은 이념과 상관없이 늘 권력의 입맛에 맞게 개조 당했다.
인간 개조의 가장 큰 원칙은 당사자가 그 사실을 인식하지 못하게 해야
한다는 것이었다.

4월 28일 14시 30분
러시아 루블 가치가 폭락해 있는 상태였다. ATM 기계에서 앞으로 사용할
러시아 돈을 인출했다. 호텔 근처의 체인 레스토랑에 가서 늦은 점심을 먹었다.
음식은 그저 그랬지만 둥그런 얼굴에 늘씬하고 다리가 긴 아시아계 여자
종업원들이 예뻤다. 러시아 제국의 주인공이 될 뻔 했던 유목민족의 후손일
것이다.

4월 28일 15시 11분
좋은 침구에 파묻혀 잠들었다.

4월 28일 21시 15분
호텔 근처 카페(러시아에서는 간단한 식사를 제공함)에서 쇠고기 수프와 청어
샐러드를 시켜 맥주와 함께 먹었다.

4월 29일 07시 01분
조식뷔페를 제공하는 호텔 레스토랑은 이미 가득 찼다. 겨우 빈자리를 찾아
러시아식 팬케이크에 식초와 소금에 절인 청어와 연어, 대구 등을 얹어 배불리
먹었다.

지하철을 타고 붉은 광장에 찾아갔는데 정작 붉은 광장에선 멍하니 걷다가 다시 지하철역으로 돌아와 온갖 노선을 타며 오전을 보냈다. 지하 깊숙한 곳에 만들어진 방공호 겸용 지하철역은 하나하나가 감동적이었다. 특히 1935년에 처음 개통한 1호선은 낡음으로 빛났다. 시간여행을 온 것처럼 기쁨을 감추지 못한 채 입을 벌리고 다녔다.

모스크바 지하철역에서 특히 좋았던 것은 각종 안내판이었다. 수십 년 전에 혁신적인 디자인으로 설치했을 빈티지한 안내판 하나하나가 너무 예뻐서 계속 고개를 들고 다닐 수밖에 없었다.

공정성의 기준은 의도치 않게 하향평준화의 결과를 낳기도 한다. 문제점을 숨아내는 과정에서 특출함도 제거된다. 문제를 덜 일으키겠다는 보증이 새로운 시도를 해보겠다는 의욕보다 높은 점수를 받는다.

실력이 있는 사람들이 사명감을 갖고 참여한다는 전제 아래, 공공을 위한 건축에는 공정성에 대한 집착을 조금 버리고 필요하다면 돈을 조금 더 써도 된다. 불특정 다수가 사용하는 공간이기에 혜택이 고루 나눠질 수 있고, 설사 너무 앞서 나가버린 결과물이 나오더라도 그 자체로 사회가 학습할 수 있는 좋은 경험이 될 수 있음을 서구의 전례에서 무수히 확인할 수 있다.

4월 29일 10시 01분

모스크바 지하철 콤소몰스카야역에서 바삐 움직이는 사람들과 2분마다 한 번씩 오는 전차를 구경하고 있으니 여전히 혁명이 진행 중인 것 같아 보여서 차마 발길이 떨어지지 않았다.

4월 29일 11시 30분

밤늦게 시베리아 횡단열차를 타게 될 야로슬라브스키역을 답사하고 왔다. 동화 속에 나올 것 같은 외관에 비해 내부는 기능적으로 소박하게 구성되어 있었다.

블라디보스톡에서 출발한 99호 열차가 오전 11시 13분에 도착했다. 이레 전 동쪽 끝에서 출발했던 기차가 또 한 번의 횡단을 마치는 것이다.

근처 슈퍼마켓에 들러 마실 물(중간 가격)과 양치에 쓸 물(제일 싼 거), 기차에서 먹을 땅콩과 해바라기씨, 비상식량으로 쓸 옥수수 캔을 샀다.

이후 근처의 카잔스키역 대합실을 구경하러 갔다가(세 개의 역이 근처에 모여 있다) 역내 자율식당에서 요거트와 당근샐러드, 으깬 감자, 다진 소고기와 닭고기 수프를 시켜 먹었다.

4월 29일 22시

역에 두 시간 정도 먼저 나와 이곳저곳을 기웃거리며 놀다가 러시아의 모든 기차역 앞에 꼭 있는 KFC에 가서 닭다리 세 개를 먹은 다음 어둠 속의 플랫폼에 나가 오가는 사람들을 구경한 후 내가 탈 기차 앞으로 갔다.

출발 40분 전이 되자 시베리아 횡단열차의 문이 열리고 각 객차 문 앞에 담당 차장이 승객을 맞을 준비를 했다. 내가 탈 6호차에는 이번에도 남자 차장이 배정됐다. 거대한 몸집으로 무서운 표정을 잘 짓는 여자 차장을 만나보고 싶었지만 이번 러시아 여정에서는 불가능하게 되었다. 여권을 펼쳐 여권번호와 승객 리스트가 일치하는지 확인받은 후 객차 안으로 들어갔다. 내 자리는 1번 객실의 2번 침대였다. 시베리아의 수호여신을 향해 1번 침대에 부디 아무도 오지 않기를, 하지만 누군가 온다면 그 또한 좋은 인연이 되기를 진심을 다해 기도했다.

나의 간절함에도 불구하고 차장은 잠시 뒤 방에 찾아와 1번 침대를 사용하게 될 사람이 있을지도 모르니 사용하지 말아달라고 부탁했다.

4월 29일 23시 30분

모스크바-블라디보스톡 구간의 1호(모스크바행), 2호(모스크바발) 로씨야

열차는 같은 구간을 오가는 여러 열차 중에 가장 좋은 것이라고 했지만
파리-모스크바 구간에 비해 구식이었고 구석구석 낡아 있었다.
그래서 상대적으로 조금 불편할지도 몰랐지만 그만큼 운치가 있었다.
늦은 시각의 피로와 긴 여행을 앞둔 설렘으로 좁은 복도가 부산했다.
객차 안의 가까운 방에 머무는 사람들끼리 간단한 인사를 나눴다.

· 1번 객실-나 1인(이르쿠츠크행), 신이 보내주실 누군가 1인
· 2번 객실-영국인 노부부 2인(이르쿠츠크행)
· 3번 객실-일본인 노부부 2인(하바롭스크행)
· 4번 객실-러시아인 젊은 커플 2인(블라디보스톡행)
· 5번 객실-중앙아시아 어딘가의 전통복장을 한 노파와 어린 손녀(처럼 보였지만 대화는 통하지
  않았다. 예쁘게 생긴 소녀는 나를 경계했다. 어디에 내리는지는 나중에 밝혀진다.)
  이후 몇 명의 러시아인들.

이 열차의 이름은 로씨야다. 러시아를 부르는 현지 발음이다. 우리는 영어식
발음을 사용한다. 조선 후기의 문서를 보면 많은 외국어를 본토 발음으로
표기했던 흔적이 보인다. 당시에는 러시아를 로씨야로 썼다. 어떤 게 더
나은지는 모르겠지만 로씨야라는 호칭이 기존의 러시아라는 이름에 새겨진
냉전의 선입견을 다소 완화시키는 한편 19세기 말 제국주의의 느낌을
전하기도 한다.

모스크바 지하철 1회용 승차권.

5km 이동

4월 29일 23시 45분 러시아 야로슬라브시크역 출발
한국과의 시차 6시간. 파리 출발 후 3일 3시간 39분 경과. 서울까지 9,248km 남음.

열차 문이 닫혔다. 최소한 오늘밤은 혼자 방을 쓸 수 있는 것이다.
야로슬라브스키역 1번 플랫폼에서 블라디보스톡으로 향하는 러시아
국영철도 2호 열차가 저마다의 사연을 지닌 사람들을 태우고 6박 7일 간의
일정으로 정시에 출발했다.

4월 29일 23시 59분
식당칸 종업원이 객실로 찾아와 저녁 한 번을 그냥 제공한다고 했다.
다음 날 저녁을 먹기로 약속했다. 사실 소통이 잘 되었던 게 아니라 저녁이
정말 무료제공인지는 내일 가봐야 했다. 그녀는 물 한 병과 사과주스 한 병,
초콜릿 100g과 사탕 한 알, 1회용 슬리퍼 및 세면 세트를 주고 갔다.
파리-모스크바 구간에서는 없던 서비스다. 정감이 넘치는 기차였다.

러시아의 식당에서는 늘 모든 음식의 중량이 표시됐다. '닭고기. 으깬 감자와
삶은 채소를 곁들인'이라는 메뉴가 있으면 그 옆엔 '150g, 80g, 50g'이라고
쓰여 있는 식이다. 배급제의 영향이었으리라 짐작했다. 배고픔을 겪어보지
않은 세대로서 그러면 안 되는 줄 알면서도, 돈을 주고 사먹으며 식량을
배급받았던 시대의 주민이 되어보는 기분을 느꼈다. 그나저나 합계 280g짜리
저 닭고기 메뉴는 양이 너무 적었다. 좀 넉넉하게 주면 좋겠다고 속으로
툴툴거리면서도 옆자리의 노인이 이보게, 전에는 저거의 절반밖에 배급받지
못했어. 라고 회한어린 눈빛으로 먼 곳을 응시하는 상상을 하며 나의 시대에
감사를 전했다.

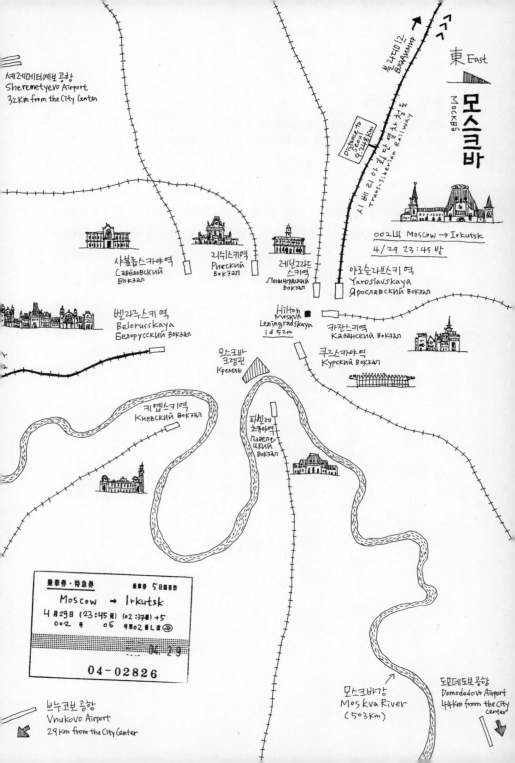

205km 이동

4월 30일 02시 28분 러시아 블라디미르역 도착
한국과의 시차 6시간. 파리 출발 후 3일 6시간 22분 경과. 서울까지 9,043km 남음.

기차의 소음과 흔들림으로 잠을 잘 못잘 것 같지만 사실은 그 반대에 가깝다.
깊이 잠들었다가도 고요하고 진동이 없어지면 나도 모르게 잠시 깨게 된다.
처음 눈이 떠졌을 땐 블라디미르역에 20분간 정차 중이었다. 누에고치에 목이
달린 것처럼 이불 속에 몸을 고정시킨 채 고개를 쭉 내밀어 창밖 어둠 속의
역사를 한 번 바라본 뒤 다시 잠들었다.

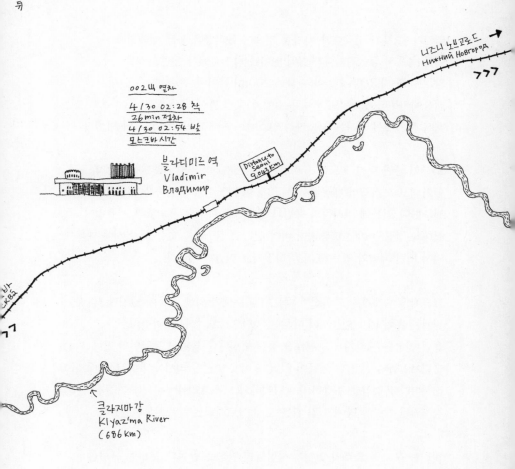

東 East
Владимир
블라디미르

니즈니 노브고로드
Нижний Новгород →
>>>

002번 열차
4/30 02:28 착
26min 정차
4/30 02:54 발
모스크바 시간

블라디미르 역
Vladimir
Владимир

Distance to
Seoul
9043 Km

Ка
CK82

>>

클라지마강
Klyaz'ma River
(686 Km)

4월 30일 2시 28분

기차의 소음과 흔들림으로
잠으로 잘 못 잠 같지만
사실 그 반대에 가깝
장.

고요로 잠들면서
나고 코고지고·기
나도 모르게 장시 깨게 된다.

잠시 눈 떠정으면
첫번째 역에서
블라디미르역에
20분간 정차중이다.

누어 고치미로·달린 것처럼
이불 속에 몸을 고정시킨 채
고개를 푹 내밀고
창밖 어둠속의 역살 바라보다
다시 잠들겠다.

251km 이동

열차가 12분간 정차했다. 차가운 기운이 유리창을 통해 전해졌다.
이불 속에서 꿈틀거리다가 벌떡 일어나 화장실에서 용변을 보고
양치를 한 다음 방에 돌아와 물을 200ml 들이킨 후
서울에서부터 챙겨왔던 캠핑용 컵에 온수를 받아와
역시 서울에서 가져온 0.9g짜리 인스턴트 아메리카노 커피를 타 마셨다.

16세기 중반 머리가 노란 슬라브계 사람들이 이곳을 지배했던 몽골족을
쫓아내고 모스크바 대공국을 세웠다. 이후 노랑머리 민족은 시베리아까지
진출했다. 덕분에 아시아와 유럽의 경계가 동쪽으로 후퇴했다. 서유럽이
신대륙 점령 놀이에 열중하며 바다 건너로 진출하고 있을 때 아시아 대륙에도
역시 백인 세력의 영토가 차츰 확장되고 있었던 것이다.

요즘에야 세계가 가까워졌기 때문에 피부색에 의한 갈등이 있지만 300년
전에는 유럽 내 백인들끼리 다투는 것만으로도 충분히 바빴다.
유럽 민족들은 과거에 자신들을 공포에 떨게 만들었던 몽골인의 땅에 사는
슬라브인까지 신경 쓸 겨를이 없었다. 이에 발끈한 러시아의 표트르 대제는
러시아가 유럽임을 주장하며 이탈리아와 오스트리아에서 건축가들을 불러와
늪지였던 척박한 땅에 그림 같은 도시 상트페테르부르크를 건설했다.

끌리는 문화적 요소가 있어야 사람들의 관심을 받는다. 문화는 근사한
기반이 있어야 발전한다. 아름다운 상트페테르부르크가 완성되자 슬라브인의

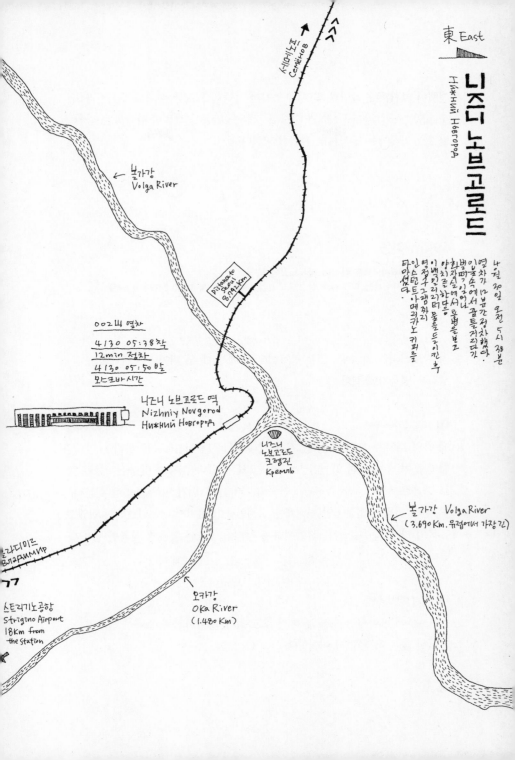

東 East

Нижний Новгород

니즈니 노브고로드

4월 30일 오전 5시 38분

열차가 가는 곳에 동쪽이
임종에서 곧 튼튼거리던 것.
이 밤을 떠기기거무었서
이 불렀시 이기어서 本
이 물리거리터 물을드이킨 후
약라정후 그램자의
여정우 다른
타임스투에 아르카노
앞영턴 아-메라카노 커피를

붉가강
Volga River

002때 열차

4130 05:38착
12min 정차
4130 05:50발
모스크바시간

Distance to
Seoul
8,049 Km

니즈니 노브고로드 역
Nizhniy Novgorod
Нижний Новгород

니즈니
노브고로드
크렘린
Кремль

붉가강 Volga River
(3.690 Km. 유럽에서 가장 긴)

블라디미르
ВЛАДИМИР

스트리기노공항
Strigino Airport
18Km from
the Station

오카강
Oka River
(1.480 Km)

저력이 발휘됐다. 욕망과 희열, 부조리가 가득한 도시를 무대로 푸시킨과 도스도옙스키, 차이콥스키가 근사한 작품을 만들자 서유럽 사람들은 깜짝 놀랐고 러시아는 정식으로 유럽이 되었다.

69km 이동

4월 30일 06시 40분 러시아 세메노프역 도착
한국과의 시차 6시간. 파리 출발 후 3일 10시간 34분 경과. 서울까지 8,723km 남음.

작은 도시의 기차역에 2분간 정차했다. 잠에서 깬 후 피어났던 쓸데없는 생각은 멈추기로 했다.

4월 30일 07시 35분
세 칸의 객차를 가로질러 식당칸에 갔다. 9시부터 영업을 시작한다는 안내와 함께 문이 굳게 닫혀 있었다. 낙심하며 되돌아왔다. 식당칸 다음은 2등칸, 그 다음은 3등칸 객차 두 량이 연속해 이어진 후 내가 머무는 곳에 이른다. 3등칸의 칸막이 없는 6인 침대에는 현지인들이 여기저기에 널브러져 있었고 유목의 땅을 향하고 있음을 암시하듯 양젖이 발효된 특유의 시큼한 냄새가 났다.

4월 30일 09시 34분
스마트폰에는 아무 신호도 잡히지 않고 있다. 자작나무와 소나무 등으로 가득한 숲이 특징 없이 이어졌다.

東 East

세메노프
CEMEHOB

키로프
КИРОВ
77

4월 7일 오전 6시 40분
작은 도시의 기차역에 2분간 정차했다.
쓸데없는 생각을 멈추기로 했다.

4월 30일 오전 7시 35분
세 칸의 객차를 가로질러
식당칸에 가는데
아홉시부터 영업을 시작한다고
웅얼거리며 답하였다.
음이 굵게 되돌아왔다.

Distance to
Seoul
8,723 km

세메노프역
Semenov
CEMËHOB

4130 06:40 착
2min 정차
4130 06:42 발
모스크바 시간

002Ш 열차

노브고로드
ЖCKИЙ НОВГОРОД
77

4월 30일 오전 9시 34분
스마트폰에는
아무 신호도 잡히지 않고 있다.
자작나무와 소나무들으로
가득한 눈이
특징없이 이어졌다.

새순이 돋기 직전의 들판에는 아직 눈이 녹지 않은 모습이 군데군데 보였다. 간혹 사람의 흔적이 제거된 마을의 잔해가 보였다. 찬바람이 새어 들어오지 않는 기차에 앉아 성시경의 노래들을 듣고 있으니 혹독한 계절에 딱딱한 음식으로 배를 채우고, 있는 힘껏 몸을 웅크리고 자야 했던 이곳 이주민 사이의 연인에게도 설렘이라는 감정이 스며들 틈이 있었을지 잘 상상이 되지 않았다가도 그게 유일한 삶의 희망이었을 거라는 생각도 들었다.

4월 30일 10시 15분
뜨거운 물을 받아와 홍차 한 잔을 마셨다.

387km 이동

4월 30일 11시 59분 러시아 키로프역 도착
한국과의 시차 6시간. 파리 출발 후 3일 15시간 53분 경과. 서울까지 8,336km 남음.

키로프역에서 20분간 정차했다. 지난 밤 기차에 오른 후 열두 시간 만에 땅을 밟았다. 객차에서 쏟아져 나온 사람들이 정오의 햇살을 기쁘게 쬐었다. 새벽 다섯 시 반에 정차했을 때 깨지 못했던 흡연자들은 철학자가 된 표정으로 지구가 반 바퀴 돌 동안 참아야 했던 니코틴을 흡입했다.

철도여행 자체가 목적인 나 같은 몇몇 여행자들은 카메라를 들고 분주히 움직였다. 이 황량하고 지루한 여행을 깊이 간직하고 싶은 마음은 모두가 같았을 것이다.

뱌트카강
Vyatka River
(1.314 Km)

Distance to
Seoul
8.336 Km

키로프역
Kirov
Киров-Пассажирский

4/30 11:59 착
20 min 정차
4/30 12:19 발
모스크바 시간

002씨 열차

메딜보공항
edilovo Airport
m from the station

메노프
eMeHoB

발레지나
Балезино

>>>

4월 30일 오전 10시 15분
뜨거운 물을 받아와
홍차 한잔을 마셨다

4월 30일 오전 11시 59분
키로프역에서 20분간 정차했다
지난밤 기차에 오른 누
연후시간만에 마을 봤었다

깜차에서 쏟아져나온 사람들이
정오의 햇살으로 기쁘게 쬐었다.

새벽 다섯시 반에 정차했을 때
깨지 못해 눈을 감고 있던
철창자가 된 포경으로
지구가 반바퀴 돌모인
차장야 했던 니코틴을
흡입했다.

기집본 누
승무원들이 사람들을 태웠다
기차는 예정시각에 정확히
키로프역을 출발했다.

4월 30일 12시 19분

차장들이 사람들을 태웠다. 기차는 예정 시각에 정확히 키로프역을 출발했다.

철도여행을 하다 보면 의외로 많은 철도 마니아(덕후라는 표현이 보다
현실적이다)들을 만나게 된다. 모두들 감격을 숨긴 채 진지한 표정으로 열차에
올라 있는 시간을 즐긴다. 인터넷의 발달로 과거 혼자 소장했을 수많은 철도
관련 정보 수집물들이 모두에게 공유되기 시작했다. 종종 인터넷 백과사전을
이용해 그들이 기꺼이 제공하는 엄청난 수고의 결과물들을 감상했던 나는
마음으로 존경과 감사를 표하곤 한다.

4월 30일 12시 35분

다시 세 칸의 객차를 가로질러 냉전 시대의 모습을 그대로 갖고 있는
식당칸에 갔다. 점심 세트를 주문했다. 식초에 절인 양배추 샐러드와 삶은
쇠고기를 추가한 야채 수프, 돼지고기 스튜에 쌀밥, 검은 빵 한 조각에
홍차가 나왔다. 딱딱한 빵에 귀리죽으로 연명했던 배고픈 시절의 영향인지
러시아인들은 거대한 체구에도 불구하고 먹는 양이 많지 않았다. 모든 식당의
음식이 푸짐하지 않았다.

4월 30일 13시 20분

다시 등받이를 눕혀 침대를 만든 뒤 깊이 잠들었다.

237km 이동

4월 30일 16시 35분(모스크바 시간 15시 35분) 러시아 발레지나역 도착
한국과의 시차 5시간. 파리 출발 후 3일 19시간 29분 경과. 서울까지 8,099km 남음.

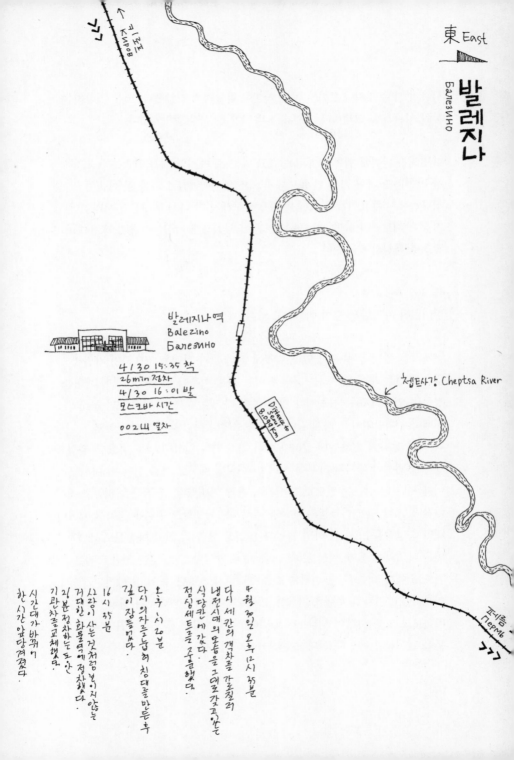

東 East

발레지나
Балезина

키로프 Киров →

발레지나역
Balezino
Балезино

4/30 15:35 착
26min 정차
4/30 16:01 발
모스크바 시간

002ЙЙ 열차

쳅트사강 Cheptsa River

Distance to Seul
8,009km

페름 Пермь

4월 30일 오후 12시 35분
다시 세 칸의 객차를 가로질러
냉전시대의 모습을 그대로 간직한
식당칸에 갔다.
정성세트를 주문했다.

오후 시 20분
다시 의자를 눕혀 침대를 만든 후
깊이 잠들었다.

16시 35분
사람이 사는 것처럼 보이지 않는
거대한 화물역에 정차했다.
21분 정차하는 동안
기관차를 교체했다.

시간대가 바뀌어
한 시간 앞당겨졌다.

사람이 사는 것처럼 보이지 않는 거대한 화물역에 정차했다. 26분 정차하는 동안 기관차를 교체했다. 시간대가 바뀌어 한 시간 앞당겨졌다.

따뜻해진 날씨에 행복한 표정을 짓고 있는 세 마리의 개가 있었는데 한 마리는 노파와 함께 탄 손녀에게 치즈를 얻어먹었고 다른 한 마리는 식당칸에서 유효기간이 지난 소세지를 구해 신이 나서 어디론가 사라졌다. 가장 착해보였던 하얀 개는 오늘은 운이 없었음에 낙심하며 철도역 울타리 쪽으로 천천히 사라졌다.

4월 30일 17시 42분
끊임없이 자작나무 숲이 이어지고 있다.

여행자 중에는 두 종류가 있다. 탈것에 올라 창가 자리를 고수하며 가급적 많은 풍경을 눈에 담으려는 유형과 이동 과정 이후를 더 중요시하며 최대한 잠들어 있으려 하는 유형이다. 어떤 쪽이 더 맞는다고 할 순 없지만 누군가 시베리아 횡단열차를 타게 된다면 앞쪽 유형의 사람일 가능성이 높다. 나 역시 전자에 속하는데 그러다 보니 기차 안의 일상이 너무 바빴다. 우선 생존을 겸해야 했기에 하루에 서너 번 끼니를 때우고 차를 서너 번 마시고 이를 서너 번 닦는 것만으로도 시간이 훌쩍 가버렸다. 가끔 책을 읽었고 작은 마을을 지날 땐 스마트폰의 메일과 메시지도 확인했으며 역에 정차할 때마다 내려 승강장을 크게 한 바퀴 돌았다. 낮잠을 한 번씩 잤고 화장실도 네댓 번은 다녀와야 했다. 씻진 못해도 물티슈로 얼굴과 손을 닦는 시간도 필요했고 면도도 했다. 하루에 한 번씩은 짐을 정리하기도 했다. 틈이 날 때마다 잡념을 끼적거렸고 열차의 운행을 기록했다. 이렇게 할 일이 많다보니 정작 창밖을 바라보고 있을 시간이 생각보다 없었다. 혹여 재밌는 풍경을 놓칠까 봐 객실 문을 열어놓고 좌우를 살피며 끝없이 이어진 시베리아의 자작나무 숲을

응시했다. 여기서 재밌는 풍경이란 쇠락한 마을, 외딴 집, 낡은 공장, 아주 가끔
보이는 사람과 구형 러시아산 자동차, 정체불명의 시설물, 호수, 강, 웅덩이,
나무 전봇대, 끝없이 이어진 화물열차, 하늘 위의 구름, 태양의 움직임, 간신히
피어나고 있는 풀 한 포기 등을 말한다.

그럼에도 불구하고 큰 틀에서 보자면 열차에서 보게 되는 것이라곤 가도
가도 똑같은 벌판이었다. 사실은 그게 가장 재밌는 풍경이기도 했다. 작은
국토를 가진, 특히 내가 태어났을 땐 이미 대륙에 붙어 있으면서도 섬 같은
운명을 안고 살아야 했던 대한민국 사람으로서 끝이 없을 것처럼 같은 모습이
이어지는 대지는 세상에서 가장 경이로운 것이었다. 비록 남의 나라에서 느낄
수밖에 없었지만 하루가 가고 다음날이 와도 크게 달라지지 않는 경치가
마음을 울렸다. 몽골에서 러시아산 지프차에 올라 여덟 시간 동안 똑같은
모습의 초원을 달렸을 때도, 미국의 동쪽 끝에서 서쪽 끝으로 버스를 타고
71시간을 달렸을 때도 환희가 피곤을 앞섰다.

남북한의 철도가 연결되고, 곧이어 아시아 횡단이나 유라시아 횡단 여행이
가능해져 우리나라에도 침대기차가 생긴다면 기꺼이 다시 한 번 이 여정에
오르고 싶다. 그제야 비로소 우리가 광활한 대륙의 일부였음을 더욱 깊이
실감하게 될 것 같다.

그나저나 화물선을 얻어 타고 바닷길로도 지구를 한 바퀴 돌아야 하는데
그건 언제 저질러야 할지 아직은 모르겠다. 기왕이면 인천 출발 부산 도착이
좋겠다.

243km 이동

거대한 강을 건넌 후 페름-2역에 도착했다. 페름-1역은 도심에 가까운 곳에
있어 지역 열차가 멈췄고 여기는 통과하는 장거리 열차를 위한 역이었다.
시간대가 바뀌어 또 한 시간 앞당겨졌다. 한국과는 4시간밖에 차이가 나지
않는다. 20분간 정차했다.

페름은 산업도시라고 하지만 그 이름이 익숙했던 이유는 고생대
마지막 단계에 생명체들의 대멸종 사건이 일어났던 페름기의 명칭 때문이다.
이곳에서 처음 당시의 지층이 발견되어 이름을 땄다고 한다.
대멸종은 대체로 몇 만 년 정도의 기간을 두고 이루어진다. 기술로 속도를
제어하게 된 인류는 그마저도 앞당겨갈 수 있을 것이다. 이미 인간에 의해
멸종된 동물들을 생각하면 생각보다 훨씬 더 빠를 수도 있다.

4월 30일 22시 20분
부디 손님이 오지 않기만을 바라는 종업원이 뽕짝뽕짝거리는 러시아
전통가요를 크게 틀어놓았다. 식당칸은 더욱 낭만적이 되었다.
나는 이런 류의 분위기를 아는 지역에서 온 사람이었던 덕분이다.
열차티켓에 저녁 한 끼가 포함되어 있다고 해서 오이, 토마토 샐러드와 연어
스테이크, 삶은 채소, 사과 한 조각을 시켜놓고 맥주를 추가해서 먹었다.

4월 30일 23시 05분
맥주 1,000cc를 마신 후 알딸딸해졌다. 창밖으로 아무 것도 보이지 않으니

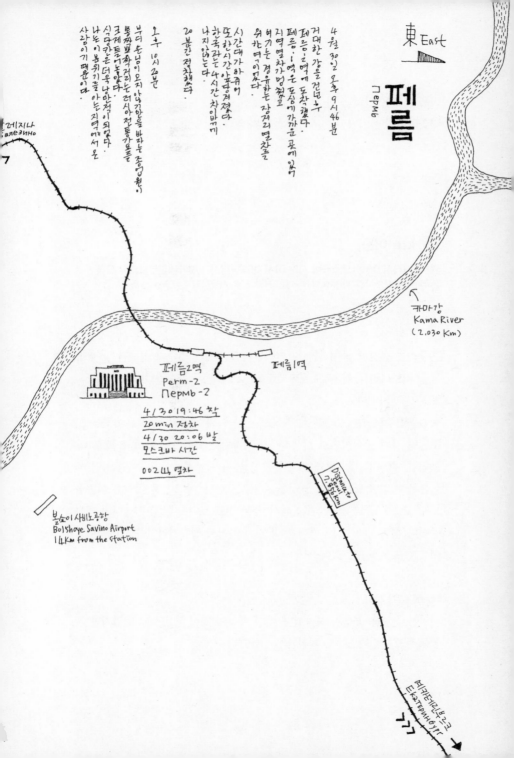

東 East

Пермь

페름

페름2역
Perm-2
Пермь-2

페름1역

4/30 19:46 착
20 min 정차
4/30 20:06 발
모스크바 시간

002нн 열차

카마강
Kama River
(2,030 Km)

볼쇼이 사비노공항
Bolshoye Savino Airport
14km from the station

레지나
Валезино

Distance to
Сочи
1,836km

예카테린부르크
Ekaterinburg

4월 30일 오후 9시 46분
거대한 강을 건너수
페름으로 도착했다.
페름은 i역은 동쪽에 가까운 곳에 있어
지역열차가 멈췄고
여기는 경유하는 장거리열차을
위하여이있다.

시간대가 하루에
모스크바시간 아풍겨졌다.
한국과는 4시간 차이인데
나지있었는다.

20분간 정차했다.

오후 10시 20분

부터 손님이 오지 않고강을 바라브 종입병원.
불째번쯤축거리는 러시아전통가들을
크게틀어놓았다.
시크거운 더욱낙낙해져이되었다.
나는이분위기알는 이런지역에서사
사랑이기쁘문이다.

더욱 대륙을 달리는 기분이 들었다. 은하철도를 타고 우주를 달리는 느낌과도 비슷하겠지만 거기선 이렇게 흔들리지 않을 것 같다.

381km 이동
5월 1일 03시 06분(모스크바 시간 01시 06분) 러시아 예카테린부르크역 도착
한국과의 시차 4시간. 파리 출발 후 4일 5시간 경과. 서울까지 7,475km 남음.

흔들리는 공간에 몸이 완전히 적응했는지 기차가 멈춘다 싶으면 잠에서 깬다. 눈을 떠보니 이름이 예쁜 예카테린부르크역에 도착해 있었다.
28분간 정차했다.
예카테린부르크는 200년 전 광산 개발을 위해 개척된 도시다. 이곳을 지나 조금만 가면 공식적으로 시베리아가 시작되는 곳이라고 한다. 표트르 대제의 부인인 예카테리나 1세와 러시아 광산을 지키는 예카테리나 수호성인, 둘의 이름을 기리며 도시 이름을 만들었다고도 한다. 아름다운 여인의 이름을 딴 도시 모습이 궁금했지만 어두워서 아무 것도 보이지 않았던 데다가 너무 졸렸다. 화장실에 한 번 다녀온 뒤 기차가 어서 덜컹거리기를 기다리며 다시 이불 속으로 파고들었다.

5월 1일 07시 20분
기차가 속도를 늦추기 시작했다. 이미 햇살이 얼굴을 비추고 있었지만 중독적인 덜컹거림에서 헤어나기 힘들었다.

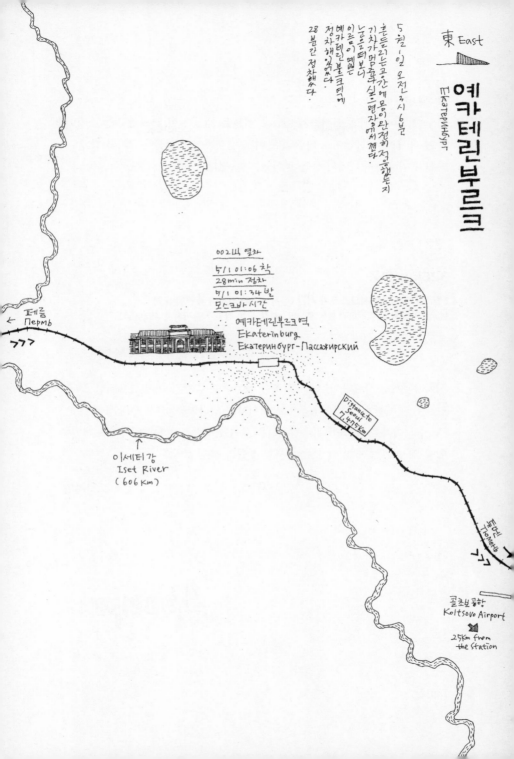

東 East
Екатеринбург

예카테린부르크

5월 1일 오전 1시 6분
흔들리는고 구간에 몸이 완전히 적응했는지
기차가 멈추면 오히려 잠자리에서 깼다
누군가 깨운듯이 했다
이른 아침
예카테린부르크역에
정차해 있었다
28분간 정차했다.

002шⅡ 열차
5/1 01:06 착
28min 정차
5/1 01:34 발
모스크바시간

∴ 예카테린부르크역
Ekaterinburg
Екатеринбург-Пассажирский

← 페름
  Пермь

→→→

Distance to
Seoul
7,475 Km

이세티강
Iset River
(606 Km)

튜멘
Тюмень

→→→

골초보공항
Koltsovo Airport

25Km from
the Station

5월 1일 07시 45분

아주 천천히 역에 들어서는 중이었다. 이불을 개어 선반 위에 올려놓고 침대를 들어 다시 의자 등받이로 만들었다. 아침 플랫폼에서 신선한 공기와 함께 마시기 위해 온수기에서 물을 받아 커피를 탔다.

326km 이동

5월 1일 07시 49분(모스크바 시간 05시 49분) 러시아 튜멘역 도착
한국과의 시차 4시간. 파리 출발 후 4일 9시간 43분 경과. 서울까지 7,149km 남음.

시베리아에 도착했다. 열차는 20분간 정차했다. 승강장 내에 요새처럼 만들어진 매점에 가서 아침용으로 러시아산 컵라면을 샀다. 작은 창에 대고 '도시락'이라고 말하면 여러 컵라면을 보여줬는데 러시아 분위기를 느끼기 위해 그 중 향초가 많이 보이는 사진이 있는 걸로 골랐다.

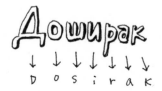

118

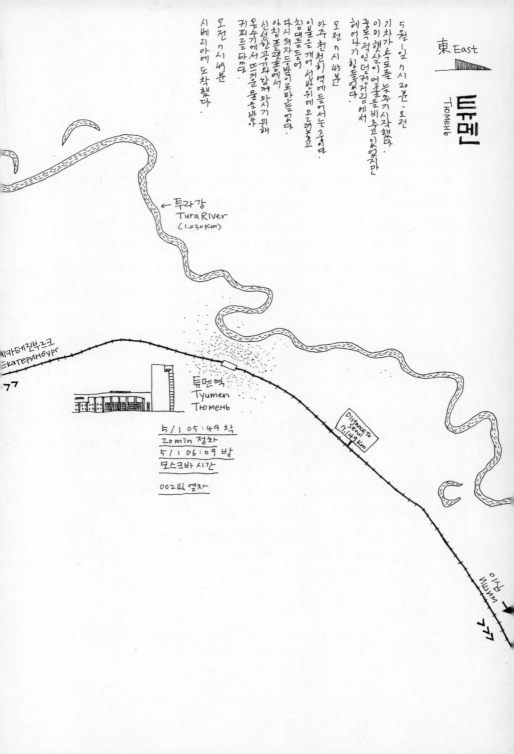

東 East

튜멘
Тюмень

5월 1일 7시 20분 - 오전
기차가 속도를 늦추기 시작했다.
이미 해상이 어둠을 비추고 있었지만
공동 적인 덩커러감에서
해 나 가기 시작했다.

오전 7시 45분
아주 천천히 역에 들어서는 중이다.
이불을 개기 선반위에 올려놓고
창대를 들더니
다시 외자드뱃로 마를들었다.
아침 풀래홀에서
신성한 공기와 함께 씻기 위해
옷수거에서 뜨거운 물을 받아
커피를 타뒤

모전 7시 45분
시베리아에 도착했다.

← 투라강
Tura River
(1.030 Km)

예카테린부르크
Екатеринбург

77

튜멘역
Tyumen
Тюмень

5/1 05:49 착
20min 정차
5/1 06:09 발
모스크바 시간

002ᄑ 열차

Distance to
Tenal
n.1449 Km

이심
Ишим

777

컵라면을 맛있게 먹고 초콜릿 한 조각을 먹은 뒤 녹차 한 잔을 마셨다.

시베리아는 씨를 심어도 싹이 잘 자라지 않는 땅에 농업혁명을 구현하기 위해
찾아왔던 공산주의자들과 진정한 공산주의를 실행하지 않으려는 정부에
항의하다가 강제수용소로 끌려와 광물을 캐야 했던 지식인들과 덤으로 철도
부설을 비롯한 각종 노동에 동원되기 위해 연해주로부터 억지로 이동당해야
했던 조선의 이주민까지 포함된 많은 사람들이 생명의 한계를 시험당하며
영혼까지 잃어야 했던 땅이다. 늦은 봄을 맞이하고 있는 광야는 마지막
남아 있던 눈이 녹으며 심하게 질척거렸다. 지금 이 동네에서는 석유가 펑펑
난다. 그것도 모른 채 이곳을 진정한 영토로 만들기 위해 정착을 유도했고
농사를 짓게 했으며 그로 인해 많은 사람들의 손가락과 발가락이 동상으로
잘려나가야 했던 역사가 분통하지만 그럴만한 땅조차 가져본 적 없었던 우리
역사도 가끔씩은 슬프다.

나중에 경의선과 동해선이 운행을 시작하더라도 기차를 타고 유럽에 간다는
건 상징적인 의미가 좀 더 크다. 웬만한 호화열차가 아니라면 자신이 화물이
된 느낌을 받을 수밖에 없다. 1등석 침대칸이라 해도 럭셔리 객차라는
이름이 무색하게 며칠 동안 씻지 못한 채 감옥보다 작은 방에 가만히
앉아 있어야 하는 것이다. 그럼에도 작은 창밖으로 보이는
시베리아의 풍경이 모든 비좁음을 해소하고 육로를 통해 국경을 넘는 행위가
편협함을 치유해줄 수 있다는 사실이 기꺼이 1주일 넘게 걸리는 여정에 몸을
실어볼 만한 이유가 된다.

식당칸 종업원 중 하나가 갓 구운 것처럼 보이도록 전자레인지에 데운 빵을

팔러 다녔다. 소시지가 박힌 롤빵과 단팥이 들어간 것처럼 생긴 동그란
빵이었다. 하나에 70루블(1,200원)이었다. 각각 하나씩 샀다. 동그란 빵에는
단팥 대신 감자샐러드가 들어 있었다.

289km 이동

5월 1일 11시 50분(모스크바 시간 09시 50분) 러시아 이심역 도착
한국과의 시차 4시간. 파리 출발 후 4일 13시간 53분 경과. 서울까지 6,860km 남음.

예정보다 9분 일찍 이심역에 도착했다. 덕분에 정차시간이 24분으로 늘었다.
시베리아의 시퍼런 하늘이 차가운 바람과 함께 열차를 맞이했다. 기관차를
다시 교체했는데 왠지 모르겠지만 뒤쪽에 붙였다. 밀면서 갈 건가 보다.
승강장 한 쪽엔 고문도구 같이 생긴 상자 안에 러시아 중년 여인이
들어앉아 먹을거리를 파는 가게들이 있었다. 그 중 하나에서 한참을
구경하다 비상식량으로 빨간 도시락 컵라면을 샀다(기차 안에서는
닭고기 국물 맛이 나는 초록색만 팔았다). 문제는 내가 너무 오래 구경을
해서 기분이 나빠졌는지 상자 안의 빨간 머리 아줌마가 나한테 욕하기
시작했다는 것이다(사실 욕인지는 모르겠지만 그렇게 들렸다).
얼굴도 머리색처럼 붉어진 그녀에게 도시락 하나만 달라고 말하고 돈을
건넨 후 라면을 받는 순간까지도 어쩐 이유에선지 불만 섞인 투박한
러시아어가 멈출 줄 몰랐다. 한국말로 워워 못 알아들어요. 라고 말하고
씽긋 웃고 뒤돌아 왔다.

5월 1일 13시 28분

방목을 하던 동네였는지 풀이 자라는 너른 들판이 등장했고 사람도 동물도
살 것 같지 않은 낡은 통나무집들이 몇 채 보였다.

5월 1일 14시 01분

커피를 타서 마셨다.

東 East

西 West

이심

루우월 1일 오전 11시 50분

예정보다 9분일찍 이심역에 도착했다.

덕분에 정차시간이 24분으로 늘었다.

시베리아의 시원한 들이 차가운 바람과 함께 열차를 맞이했다.

기관차를 다시 교체했는데 왠지 모르게 짧지만 뒷쪽에 붙였던

걸어서 걸어가보자

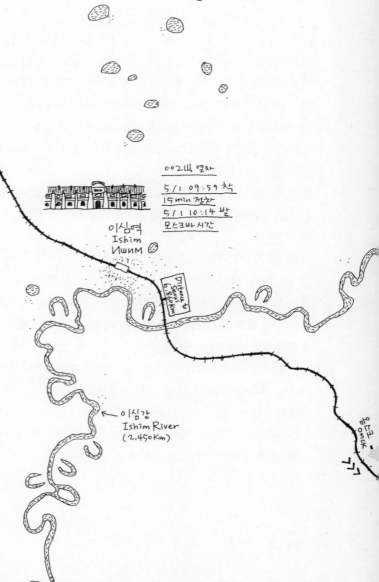

Тюмень

002W 열차
5/1 09:59 착
15 min 정차
5/1 10:14 발
모스크바시간

이심역
Ishim
Ишим

이심에서 모스크바 to Москва 6,860 km

이심강
Ishim River
(2,450Km)

Омск

283km 이동

5월 1일 16시 20분(모스크바 시간 13시 20분) 러시아 옴스크역 도착
한국과의 시차 3시간. 파리 출발 후 4일 17시간 14분 경과. 서울까지 6,577km 남음.

옴스크역에 도착했다. 시간대가 바뀌어 한 시간이 더 앞당겨졌다. 한국과는
이제 세 시간밖에 차이나지 않는다. 42분간 정차했기 때문에 시간이 많았다.
역 광장에도 나가보고 80년대에 증축한 역사 이곳저곳을 둘러보기도 했다.
러시아인들은 대리석이 자신들을 구원하리라 믿었거나 혁명 사상 전파에
도움이 될 것이라 기대했는지 지하철역 같은 다른 주요 장소들처럼 이곳 역시
온통 남유럽산 돌들로 채워져 있었다.
역내 카페에서 으깬 감자와 삶은 채소, 닭다리 찜 하나와 닭가슴살 꼬치
하나를 포장했다. 오늘은 이걸로 저녁을 해결하기로 했다.

시베리아 횡단열차를 타고 싶었던 마음의 30% 정도는 옴스크에서 비롯된
것이다. 비행기에서는 늘 지도영상을 틀어놓고 어디쯤 날아가고 있는지
보는 걸 좋아하는데 인천공항에서 유럽으로 날아다닐 때 시베리아 상공을
날고 있을 때면 늘 Omsk라는 지명이 대표적으로 떴기 때문이다. 요즘은
항공사에서 밥을 한 번 준 다음 야멸차게 불을 꺼버려 어둠 속에서
창문 덮개를 열어 창밖을 보기가 어렵지만 예전에는 시베리아의 풍경을 하늘
위에서 바라보며 유럽으로 날아가는 게 가능했다.
새하얀 눈밭일 때도 있었고 푸르른 초원일 때도 있었지만 대부분은 딱히
무슨 색이라고 말하기 어려운 기름이 번져 있는 모습에 가까웠다고 기억한다.
저 곳에 직접 가면 어떤 모습일까 늘 궁금했었다.

東 East

옴스크
OMCK

5월 -1일 16시 20분
옴스크역에 도착했다.
시간대가 바뀌어
한 시간이 더 앞당겨졌다.
한국과는 이제
세 시간밖에 차이나지 않는다

42분간 정차하기 때문에 시간이 많았다.
역광장에 나가보고
80년대 중축한 역사의 곳곳을
둘러보기도 했다

러시아인들은 대리석이 자신을 구현하리라 믿었거나
혁명상 전파에 동원이 될 것이라 기대했는지
러시아의 다른 주요 도시들처럼
이곳 역시 온토·냉유럽산 돌들로
채워져있었다.
역내 카페에서
저녁거리를 샀다.

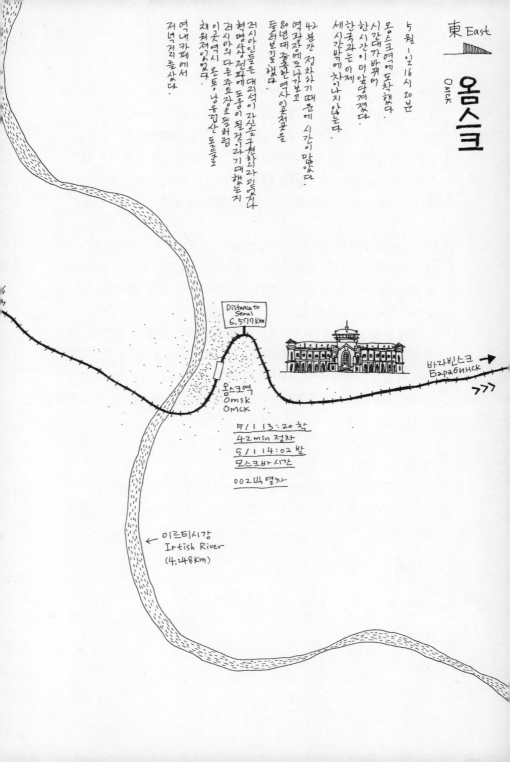

Distance to Seoul
6,577Km

옴스크역
Omsk
OMCK

5/1 13:20 착
42min 정차
5/1 14:02 발
모스크바 시간
002ш 열차

← 이르티시강
Irtish River
(4,248km)

바라빈스크
Барабинск →

실제로 눈높이에서 본 경험을 말하자면 하늘에서 보던 추상성은 사라지고
대신 너무 추워서 기분이 나쁜 채로 얼굴이 얼어버린 러시아인들이
독특한 양식의 건물에서 현대와 전통이 섞인 모습으로 살아가며 분출하는
모습 자체가 예술작품 같았다. 낯설게하기 기법을 활용한 것 같기도 했고
부조리극을 보는 것 같기도 했으며 실체가 아닌 개념이 중요해 의미만으로
가득한 작품 속에 들어와 있는 것처럼 느껴지기도 했다.

옴스크 역사 안에서 놀다가 기차로 돌아가는데 기차 박물관이 있다는
안내판을 봤다. 다시 출발할 시간은 10분밖에 남지 않았고 인상 좋은 차장
할아버지를 걱정시키고 싶진 않았기에 분명히 별 것 없는 곳일 거라고
생각하며 객실로 돌아왔다.
농담을 좋아하는 차장 할아버지는 자신이 좋아하는 플레이 스테이션 게임을
내가 잘 모르는 것에 대해 아쉬워했고 평창 올림픽과 삼성과 LG를 외치곤
했다. 나는 그에 대응하여 곧 월드컵이 열리니 러시아는 정말 환상적일 것
같아요 라고 말을 하고 싶었지만 전달할 방법이 없었기에 그냥 월드컵! 하고만
외치고 서로 웃다가 성급히 마무리하곤 했다.

5월 1일 20시 50분
시베리아 수호여신의 가호 덕에 2인 1실에서 혼자 여행하고 있다.
다음 역에서 악마가 타지 않길 기도했다. 누가 오더라도 천사를 대하듯
맞이하겠다고 덧붙였다.

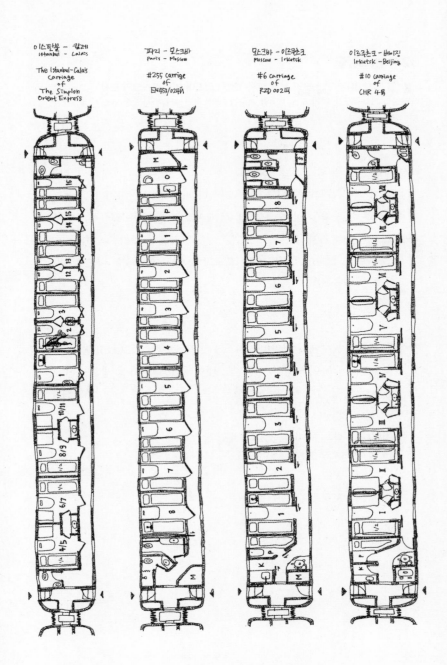

이스탄불 - 칼레
Istanbul - Calais

The Istanbul-Calais
Carriage
of
The Simplon
Orient Express

파리 - 모스크바
Paris - Moscow

#255 carriage
of
EN453/024йй

모스크바 - 이르쿠츠크
Moscow - Irkutsk

#6 carriage
of
RZD 002ЩЦ

이르쿠츠크 - 베이징
Irkutsk - Beijing

#10 carriage
of
CHR 4次

324km 이동
5월 1일 21시 30분(모스크바 시간 17시 30분) 러시아 바라빈스크역 도착
한국과의 시차 2시간. 파리 출발 후 4일 21시간 24분 경과. 서울까지 6,253km 남음.

어둠과 찬 기운이 동시에 내려온 쓸쓸한 역에 도착했다. 시간대가 또 한 번 바뀌어 이제 한국과의 시차는 2시간이다. 30분간의 정차시간 동안 훈제생선과 마른 빵을 파는 아주머니들과 모피로 만든 북국의 모자 등을 파는 젊은이들이 기차 주변으로 모여들었다. 뭔가를 사주고 싶었지만 마땅한 게 없었다. 어느 노파에게 100루블(1,700원)을 주고 황금빛이 나는 말린 물고기 한 마리를 샀다.

5월 1일 22시 10분
객실로 돌아와 호수에서 자란(바라빈스크 인근에는 강이 없고 크고 작은 호수만 있었다) 물고기를 뜯어 먹었다. 기름지고 맛이 좋았지만 사실 생선맛보다 소금맛이 더 많이 났다. 내일 빵을 사서 같이 먹기로 하고 우선 미리 사두었던 저녁거리를 먹었다.
생선 비린내가 작은 침대칸을 가득 채웠다.

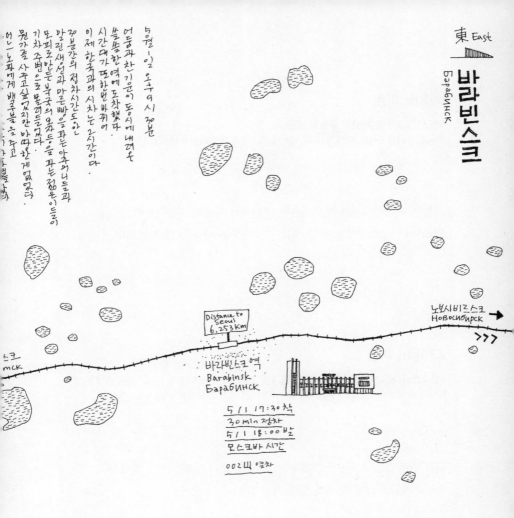

누월-일 오후 9시 30분
어둠과 찬기운이 동시에 내려온
쓸쓸한 역에 도착했다.
시간대가 또한번 바뀌어
이제 한국과의 시차는 2시간이다.

2분간의 정차시간도 한
알린 새신과 말은 빵으로 판 아주머니들과
모피로 만든 부츠의 옷츠을 파는 점용이들이
기차 주변으로 몰려들었다.
뭔가를 사려고 했었지만 바쁜하게 없었다.
어느 노파에게 빵 루블을 주고 가가 가냐수

東 East

Барабинск

바라빈스크

Distance to
Seoul
6,253 Km

노보시비르스크
Новосибирск →

스크
MCK

바라빈스크역
Barabinsk
Барабинск

5/1 17:30 착
30 min 정차
5/1 18:00 발
모스크바 시간

002번 열차

67km 이동

5월 1일 23시 경 러시아 출림역 인근
한국과의 시차 2시간. 파리 출발 후 4일 23시간 경과. 서울까지 6,186km 남음.

정확히 어디쯤일지는 모르겠지만 파리에서 서울까지 총 12,371km를
이동하는 이번 여정의 중간 지점이다. 기차는 서울을 향해 달렸다.

236km 이동

5월 2일 01시 21분(모스크바 시간 5월 1일 21시 21분) 러시아 노보시비르스크역 도착
한국과의 시차 2시간. 파리 출발 후 5일 1시간 15분 경과. 서울까지 5,950km 남음.

깊은 밤에 노보시비르스크역을 지났다. 20분간 정차했으나 깨지 못한 채
민물고기의 구수한 냄새와 함께 자고 있었다.

5월 2일 05시 05분
잠에서 깼다. 완전했던 어둠이 물러갈 준비를 하고 있었다.
기차는 안개 낀 숲을 지나는 중이었다. 달리는 기차에선 사진으로 담을 수도
없을 희미한 빛의 세계였다. 누운 채로 몽환적으로 이어지는 침엽수림을 보고
있으니 기억조차 금세 사라질 것 같은 이 순간이 긴 시간 기차를 타고 달리는
이유일 것만 같았다.

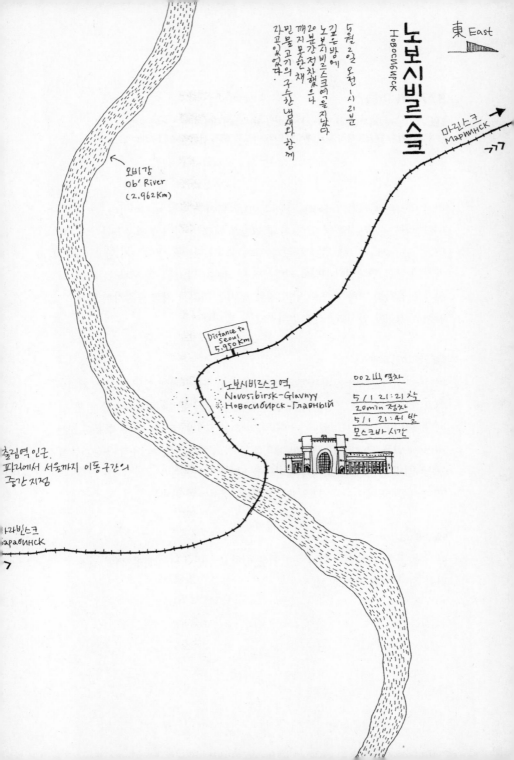

노보시빌스크
Новосибирск

東 East

5월 2일 오전 1시 21분
깊은 밤에
노보시빌스크역을 지났다.
20분간 정차했으나
깨지 못한 채
자민 물고기의 구린 냄새와 함께
고 있었다.

마린스크
Маринск

오비강
Ob' River
(2,962Km)

Distance to
Seoul
5,950 Km

노보시비르스크역
Novosibirsk-Glavnyy
Новосибирск-Главный

002씨 열차

5/1 21:21 착
20min 정차
5/1 21:41 발
모스크바 시간

출림역 인근,
파리에서 서울까지 이동구간의
중간 지점

차라빈스크
Барабинск

377km 이동

5월 2일 06시 56분(모스크바 시간 02시 56분) 러시아 마린스크역 도착
한국과의 시차 2시간. 파리 출발 후 5일 6시간 50분 경과. 서울까지 5,573km 남음.

비가 내리는 마린스크역에 도착했다. 20분 동안 정차할 예정이었다.
6호 객차는 모두 잠들어 있었다. 내 옆방은 차장 할아버지 전용공간이었는데
코를 고는 소리가 복도까지 들렸다. 돌아가면서 당번을 맡았는지 옆 객차의
차장이 문을 열어줬다. 5월이 되었어도 안심하지 말라는 듯 시베리아는
차가운 공기를 열차 안으로 밀어 넣었다. 비를 피하기 위해 승강장의 육교
아래서 커피를 마시며 또 한 번의 아침을 맞이했다.

5월 2일 07시 50분

비가 잠시 진눈깨비로 바뀌었다. 어제 욕쟁이 아줌마에게 샀던 도시락 컵라면
쇠고기맛을 먹었다. 포장 비닐에 적힌 날짜를 보니 유통기한이 두 달 넘게
지나 있었다. 상관은 없었다. 시베리아의 겨울 5개월 정도는 너무 추우니 모든
게 얼어 있을 그 기간은 셈에서 제외해도 될 것이다. 덕분에 아직 유통기한이
두 달 넘게 남아 있는 도시락 컵라면을 맛있게 먹었다.
(만약 유통기한이 아니라 제조일자였다면 더욱 감사할 따름이다.)

5월 2일 08시 20분

다시 졸음이 밀려왔다. 의자 등받이를 눕히고 선반에서 이불을 꺼내 펼친
다음 잠시 누워 있기로 했다.

東 East

마린스크
МАРИИНСК

Distance to
Seoul
5,573Km

마린스크역
Mariinsk
Маринск

노보시비르스크
Новосибирск

보고톨
Богатол →

777

7

5/12 02:56 착
34 min 정차
5/12 03:30 발
모스크바 시간

002빠 열차

키야강
Kiya River
(548 Km)

5월 2일 오전 6시 46분
비가 내리는 마린스크역에 도착했다.
20분동안 정차할 예정이다.
6호객차는 모두 잠들어있다.
내옆방은 소문원 할아버지 전용요가인 코든데
코고는 소리가 부드까지 드는데
돌아가면서 다방은 마르는지
열객차의 승객들이 몰려들었다.
누군가 되었어도 아랑하지 말라는 듯
시베리아누 차가운 공기를
열차 안으로 보이낳겠다.
비로 피하기위해
승강구의 유리강이래서 커피를 마시며

133km 이동

5월 2일 09시 17분(모스크바 시간 05시 17분) 러시아 보고톨역 도착
한국과의 시차 2시간. 파리 출발 후 5일 9시간 11분 경과. 서울까지 5,440km 남음.

보고톨역에 2분간 정차했다.

전혀 알지 못한 채 깊이 잠들어 있었다.

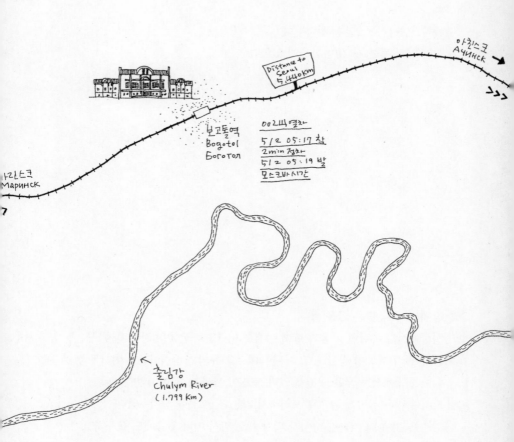

東 East

Боготол

보고톨

5월 2일 오전 9시 분
보고톨 여기로
천천히 알지 못한 채 분간 정착쓰
꿈에 잠들어 있었다.

아친스크
Ачинск

Distance to Seoul
5,440 Km

보고톨역
Bogotol
Боготол

마린스크
Маринск

002 써열차
5/2 05:17 착
2min 정차
5/2 05:19 발
모스크바시간

출림강
Chulym River
(1,799 Km)

68km 이동

5월 2일 10시 10분(모스크바 시간 06시 10분) 러시아 아친스크-1역 도착
한국과의 시차 2시간. 파리 출발 후 5일 10시간 4분 경과. 서울까지 5,372km 남음.

아친스크-1역에 2분간 정차했다.
전혀 알지 못한 채 깊이 잠들어 있었다.

잠에서 깼다. 많은 꿈을 꿨다.
일상에서의 복잡한 마음과 함께 여행을 떠나면 처음 며칠간은 밤새 꾸는
온갖 꿈의 세상에 갇혔다. 그게 나름대로 치유되는 방식이라고 여기곤 했었다.
이번 여정에서는 꿈을 꾸지 않았다. 고민이 사라진 게 아니었다.
오히려 많은 감정을 겉으로 드러나지 않는 깊은 곳에 숨겨두었다.
감추는 것에 더 익숙한 나이가 되자 홀로 잠시 떠나 있음에도 불구하고
6,000km 넘게 달려와야만 마음을 조금 놓을 수 있었나 보다.

東 East

아친스크
Ачинск

5월 2일 오전 10시 10분
아친스크-1역에 2분간 정차했다.
전혀 알지 못한 채
길이 장들어 있었다.

← 출림강
Chulym River
(1,799 Km)

크라스노야르스크
Красноярск

>>>

Distance to
Seoul
5,372Km

아친스크-1역
Achinsk-1
Ачинск-1

보고톨
Боготол

>>

5/2 06:10 착
2min 정차
5/2 06:12 발
모스크바행는
002Щ 열차

184km 이동

5월 2일 13시 01분(모스크바 시간 09시 01분) 러시아 크라스노야르스크역 도착
한국과의 시차 2시간. 파리 출발 후 5일 12시간 55분 경과. 서울까지 5,188km 남음.

기차가 22분간 정차했다. 잔뜩 구름이 끼었던 하늘이 잠시 갰다. 5번 객실의
노파와 손녀가 이곳에서 내렸다. 한 남자와 어린 아들이 이곳에서 탔다.
모스크바에서 떠난 이후 나흘 만에 처음으로 6호차의 승객에 변화가
생겼다. 시베리아의 대도시로 보이는 크라스노야르스크에는 다양한 모양의
아파트들이 즐비했다.

5월 2일 13시 40분
어제 저녁에 샀던 소금에 절인 황금빛 물고기를 검은 빵과 함께 먹었다.
과메기 정도의 습기를 유지하고 있는 살을 손으로 발라내어 오물거리며
먹었다. 실제로 바이칼 호수에 이르면 명물 먹을거리가 호수에서 잡아 훈제한
오물이라는 이름의 생선이라고 한다. 사는 호수는 다르지만 친척뻘 될 것이다.
후식으로 커피를 한 잔 마셨다.

속옷을 너무 오랫동안 갈아입지 않은 것 같아 문을 잠근 다음 창문 커튼은
그대로 놔둔 채(반사유리라 밖에서 보이지도 않고 황무지엔 볼 사람도 없다)
옷을 벗고 모스크바에서 빨았던 것으로 갈아입었다. 잠시나마 드넓은 초원
한가운데서 벌거벗은 기분을 느꼈다.

5월 2일 15시 10분
기차 내 식당칸 종업원에게는 각자의 임무가 있는데 긴 기차를 왔다 갔다
하며 빵을 팔러 다니는 짙은 갈색머리 여자한테는 이미 세 번이나 빵을

東 East

크라스노야르스크
Красноярск

5월 2일 오후 시 분
기차가 22분간 정착했다
잠뜬 구름이 끼었던 하늘이 잠시 개웠다
5번 객실의 노파와 손녀가
이곳에서 내렸다.
한 남자와 어린 아들이
이곳에서 탔다.
모스크바에서 떠난 이후
낯들째 만에 처음으로
6호차의 승객이 바뀌가 새롭다.
시베리아의 대도시로 보이는
크라스노야르스크에는
다양한 모양의 아파트들이 즐비했다

← 아친스크
Ачинск

5/2 09:01 착
22min 정차
5/2 09:23 발
모스크바 시간

002따 열차

크라스노야르스크역
Krasnoyarsk
Красноярск-
Пассажирский

Distance to Seoul 5,188 km

칸스크 →
Канск

↑
예니세이강
Yenisei River
(748 km)

샀지만 아이스크림을 파는 옅은 갈색머리 여자한테는 사흘 동안 대략 아홉 번이나 마주쳤던 것 같은데도 한 번도 안 샀던 게 조금 미안했다(물론 성과제는 아니겠지만 자기가 파는 걸 사람들이 관심 없어 하면 괜히 상처가 될 것도 같다). 대충 열 번째 그녀의 목소리를 들었을 때 100루블(1,700원)짜리 아이스크림을 두 개 샀다. 하나는 차장에게 선물했다. 모두가 행복했다.

247km 이동
5월 2일 17시 10분(모스크바 시간 13시 10분) 러시아 칸스크역 도착
한국과의 시차 2시간. 파리 출발 후 5일 16시간 52분 경과. 서울까지 4,941km 남음.

12분 지연되어 칸스크역에 도착했다.
예정되어 있던 1분 동안 정차 후 바로 출발했다.
시베리아에는 곳곳에 폐허들이 넘쳐났다. 한시적으로 사용되었던 건물도 많았던 것 같고, 지금까지 필요로 했던 것이라도 괜히 고쳐짓거나 부수고 새로 짓는 것보다는 땅도 많이 남아돌기에 다른 곳에다 새로 짓는 게 더 편해 버려졌던 이유도 있을 것 같다. 시간은 콘크리트도 자연처럼 보이게 하는 힘을 갖고 있다고 믿는 나에겐 어느덧 시베리아 자연의 일부가 된 것 같은 소비에트 시절의 폐허가 좋았다. 좋았다보다는 더 알맞은 형용사가 있으면 좋겠다고 생각했지만 마땅한 게 없었다. 다만 혼잣말로 소련소련하다 라는 표현을 많이 쓰곤 했다. 뭔가 아름답거나 완벽한 건 아닌데 근사하단 느낌을 표현한다. 그 의미 중에는 혹독한 추위에서 비롯된 절망과, 강제징용자가 흘렸던 피와 눈물도 조금 섞여 있다.

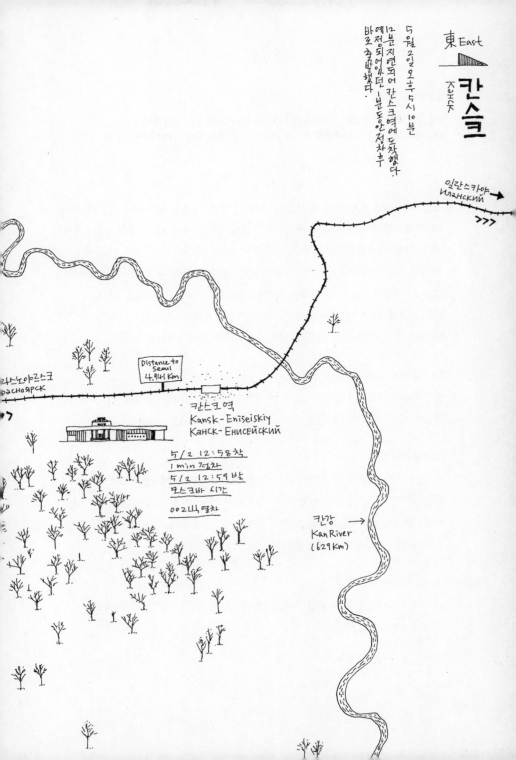

칸스크
КАНСК

5월 2일 오후 5시 10분
12분지연되어 칸스크역에 도착했다.
예정되어있던 1분동안 정차후
바로 출발했다.

일란스카야
Иланский →
>>>

라스노야르스크
раснояРСК

Distance to
Seoul
4.941 Km

칸스크역
Kansk - Eniseiskiy
Канск - Енисейский

5/2 12:58착
1 min 정차
5/2 12:59발
모스크바 시간

002ш 열차

칸강 →
Kan River
(629 Km)

32km 이동

조금 지연되었던 열차가 열정적으로 달려 지연 시간을 6분 단축시켰다. 역에
딸린 식료품점에서 바나나 두 개와 오렌지 두 개, 콜라 하나와 닭고기육수
맛 도시락 컵라면을 하나 샀다. 이곳에서 22분 정차가 예정되어 있었으나
운행시간을 만회하고 싶었던 차장이 16분만에 기차를 출발시키는 바람에
플랫폼 이곳저곳에서 좀비처럼 담배를 피우던 사람들과 식료품점에서
야식거리를 사고 있던 사람들이 서둘러 기차에 올라야 했다.
열차는 정시 운행으로 복귀한 것이 기쁜 듯 힘차게 달렸다.

5월 2일 18시 33분
끝없이 이어지던 자작나무 숲이 듬성듬성해졌고 열차는 괴성을 지르며
완만한 경사를 올랐다. 몽골과 비슷한 경관이 시작되고 있었다.

5월 2일 18시 56분
잠시 소란이 있었다. 크라스노야르스크에서 아들과 함께 탔던 남자의
걸음걸이가 좀 이상하다 싶었는데 이미 보드카에 만취한 상태였던 것이다.
차장 할아버지는 큰 말썽을 피우진 않았지만 열차 안을 돌아다니며 이상한
요구를 한 그 남자에게 호통을 쳤다.

5월 2일 19시 35분
열차는 서울을 향하며 중간 목적지인 이르쿠츠크를 향해 열심히 달리는
중이다. 허리가 아프다.

東 East

일란스카야

Иланская

5월 2일 오후 1시 40분

조금 지연되었던 열차가 정정으로 달려
지연시간을 6분 단축시켰다.

역에 따른 식료품점에서
바나나와 오렌지 두개,
콜라 하나와 육포를 몇을 사나샀다.

이곳에서 22분 전차가 예정되어있었으나
우리시간은 마회하고 삼된 장의
16분만에 기차를 출발시키는 바람에
풍경품이 곳저곳에서 줌비정을 피우던 사람들과
식료품점에서 이것저것 사고있던 사람들이
서둘러 기차에 올라야 했다.

역차는 정시운행으로 복귀한것 같듯
힘차게 달렸다.

고통받이 이어지던 잔잔나무숲이 듬성듬성 없어지고
열차는 완만한 경사로를 굽이를 지르며 올랐다
모운과 빗초상 경유이 시작되고 있다.

칸스크
Канск

일란스카야역
Ilanskaya
Иланская

Distance to
Seoul
4,909 Km

타이세트
Тайшет

5/2 13:34 착
22min 정차
5/2 13:56 발
모스크바 시간

002№ 열차

장거리 기차여행이 선물할지도 모를 관대함과 낙관성이 새로운 것은 아니었다. 여행은 늘 너그럽고 긍정적인 법이다. 그건 새로운 문화, 이국적인 풍경, 황홀한 별미, 우연히 길에서 스친 인연 등에서 연유할 수도 있겠지만 가장 본질적인 이유는 여행객이란 돈을 쓰는 입장이라는 사실에서 비롯된다. 지불하는 액수만큼 행복해야 하는 것이다.

만약 여행지에서 빡빡하게 굴고 인상을 쓰는 사람이 있다고 해서 너무 비난할 일도 아니다. 그는 돈을 낭비하고 있을 뿐이다. 돈을 버는 일에선 관대하거나 낙관적이기 쉽지 않다. 아무리 길고 험난한 여행을 다녀왔다고 해서 업무 능력이 늘거나 클라이언트의 떠나간 마음이 되돌아오지도 않는다. 기차 안에서의 일상과 직장에서의 일상은 전혀 다른 영역으로 나뉜다.

지금까지 여행이 무언가를 주는 것처럼 답변을 유도하는 많은 인터뷰에 기꺼이 응했지만 이제는 다른 답을 내놓을 때가 되었다고 느낀다.

아직 절반의 여정을 마쳤을 뿐이지만 누군가 왜 기차를 타야 하나요? 라고 묻는다면 이렇게 답을 할 것 같다. 왜냐고 묻는 건 이미 마음이 동하지 않는다는 의미라고. 마찬가지로 할지 말지 고민하는 것 또한 아직 할 때가 아님을 증명하는 거라고. 의문과 고민이 생기지 않는 것부터 먼저 하라고. 그게 여행이든, 취미든, 전공이든 직장이든 아니면 매사에 가만히 앉아 의문을 가지며 고민하는 일이든 간에.

139km 이동

5월 2일 21시 00분(모스크바 시간 16시 00분) 러시아 타이셰트역 도착
한국과의 시차 1시간. 파리 출발 후 5일 19시간 54분 경과. 서울까지 4,770km 남음.

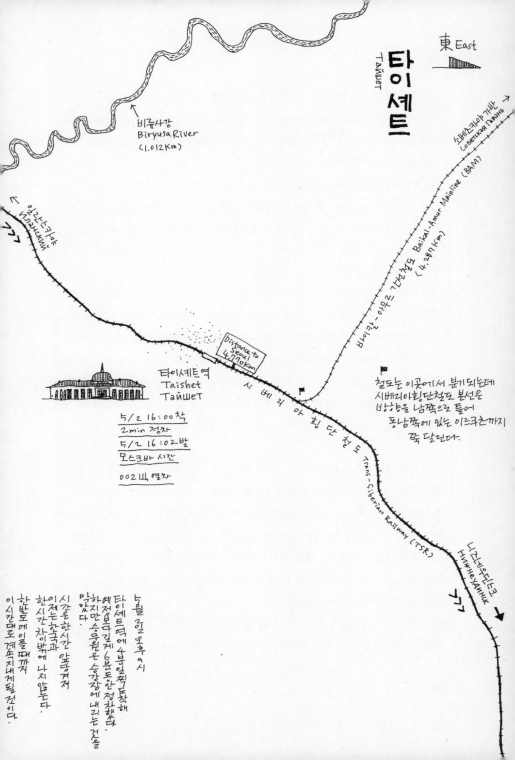

東 East

타이셰트
Тайшет

비류사강
BiryusaRiver
(1.012Km)

시베리아횡단 가반
Советская Гавань →

바이칼-아무르 간선철도 Baikal-Amur Mainline (BAM)
(4.287Km)

이라크츠카야
Иркутский

Distance to Seoul 4.770Km

타이셰트역
Taishet
Тайшет

ㄴ/2 16:00착
2min 정차
ㄴ/2 16:02발
모스크바 시간
002 Ⅲ 열차

시베리아 횡단 철도 Trans-Siberian Railway (TSR)

철도는 이곳에서 분기되는데
시베리아횡단철도 본선은
방향을 남쪽으로 틀어
동남쪽에 있는 이르쿠츠까지
쭉 달린다.

니진네우딘스크
Нижнеудинск

ㄴ월 2일 오후의 시
타이셰트역에 수분일찍도착해
예정보다 길게 6분동안 정차했다
말하지만 수원운 승강장에내리는 것을
있었다

시간은 한국과
한이전의
시간 차이밖에
나지않는다

한반도에 이를때까지
이시간대로 견주게될 것이다

타이셰트역에 4분 일찍 도착해 예정보다 길게 6분 동안 정차했다.
하지만 차장은 승강장에 내리는 것을 막았다. 시간은 또 한 시간 앞당겨져
이제 한국과 한 시간 차이밖에 나지 않게 되었다. 한반도에 이를 때까지 이
시간대로 계속 지내게 될 것이다.
여기서부터 철도는 이르쿠츠크까지 남동쪽을 향해 내려가기 시작한다.
이미 어스름해진 가운데 겨울 끝자락의 시베리아 풍경이 본격적으로 봄을
맞이하는 모습으로 바뀌는 걸 알 수 있다. 많은 나무에 새순이 돋아나고
있었다.

5월 2일 21시 44분

갖고 있는 먹을거리들로 저녁을 때웠다. 어차피 내일이면 도시에 도착하고
그곳엔 당연히 더 맛있는 것들이 많다. 일찍 자야 하지만 사실 모스크바
시간대를 벗어난 지 얼마 되지 않아 늦은 오후밖에 되지 않는 이 시각에 쉽게
잠들 것 같지 않았다 (밤 시간에 국경을 넘으며 출입국심사를 받는 바람에 시차가
모스크바에 적응되어 버렸다). 좁은 객실 구석구석에 펼쳐놨던 소품들을 챙겼다.
혹시 늦잠을 자도 바로 내릴 수 있도록 미리 짐을 쌌다.

장거리 비행기를 타면 반드시는 아니더라도 으레 하게 되는 의식 같은
것이 있다. 음료 서비스 때 걸쭉한 서양식 토마토 주스를 시키는 것이다.
바깥에서는 잘 마시지 않는 음료다 (심지어 잘 팔지도 않는다). 돌이켜 보면 처음
서양 국가로 나갔던 스무 살 무렵 옆자리 외국인이 토마토 주스를 시키고
소금과 후추를 뿌려먹는 것을 근사하게 봤던 것 같다. 이후 틈만 나면 토마토
주스를 시켰다. 외국 비행기를 타서 토마토 주스를 시키면 지금도 소금과
후추를 같이 주는 경우가 많다.
기차에서의 의식이라면 당연히 도시락을 먹는 것이었다. 근사한 식당칸
문화가 사라진 우리나라의 단거리 기차들이 아쉬웠는데 이제는 도시락

문화마저 사라져가고 있다. 오래전부터 기차 도시락 문화가 발달해 있는 일본에 가서야 제대로 이벤트를 즐길 수 있는 상황이다.

남북한 철도가 연결되면 당장 먼 곳으로 가는 기차를 편성하는 것도 좋겠지만, 그 과정에서 도시락이나 식당칸 문화를 근사하게 되살리는 기획도 따랐으면 하는 바람이 든다. 제면소 열차 같은 것들이 생겨 국수와 냉면, 쫄면과 우동이 다양하게 제공되는(기차의 특성 상 비빔 위주로) 별미 식당칸이 생겨도 좋겠다. 초기 철도 시대를 추억할 수 있도록 운행 중에 증기를 내뿜으며 만두를 찌는 칸도 노선에 따라 배치되는 것도 괜찮겠다.

시베리아의 오지에는 성당이 없어 기차 한 량을 성당으로 꾸민 열차가 이곳저곳으로 운행했다고 한다. 지금도 운영되는지 알 수는 없지만 지나는 길에 성당 열차가 정차해 있는 모습은 봤었다. 아직 기차의 가능성은 무궁무진하다. 보다 먼 길을 나설수록 그만큼 상상할 수 있는 영역도 넓어질 것이다.

토마토도 고추도 모두 남미 원산으로 컬럼버스의 아메리카 대륙 탐험 이후에 전파된 것이다. 토마토가 빠지면 심심할 유럽의 음식들과 고추가 빠져서는 안 될 우리나라의 음식들 모두 철도보다 약간 긴 역사를 가지고 있을 뿐이다.

164km 이동

5월 2일 23시 34분(모스크바 시간 18시 34분) 러시아 니즈네우딘스크역 도착
한국과의 시차 1시간. 파리 출발 후 5일 22시간 28분 경과. 서울까지 4,606km 남음.

이곳에서 10분간 정차했다.
짙게 어둠이 내린 탓인지 기차에서 잠시 내려 바람을 쐬는 승객이 거의
없었다. 내일 아침 일찍 내려야 한다는 중압감에 잠이 오지 않아 쓸쓸한
플랫폼에 잠시 서 있었다.

열차가 다시 어둠 속으로 달리기 시작했을 때 무작정 이불 속으로 들어갔다.
이번 여정에서 처음으로 기상알람을 맞췄다. 차장이 깨워주겠지만 먼저
일어나 양치하고 내릴 준비를 하고 싶었다.

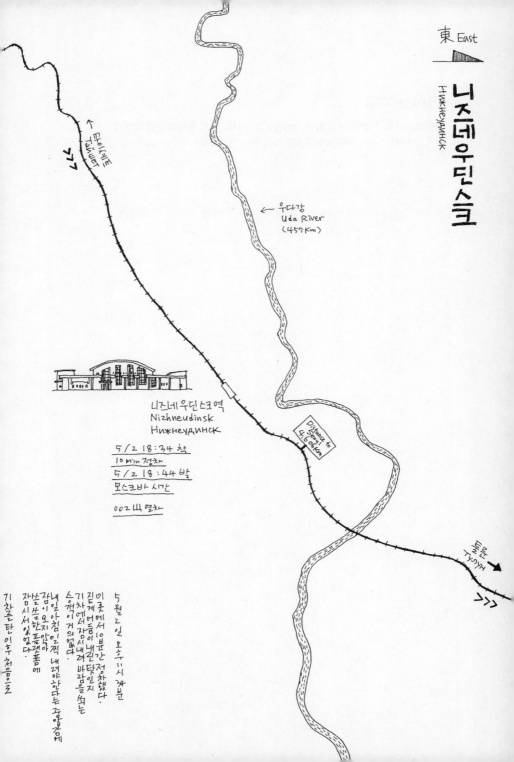

東 East

Нижнеудинск

니즈네우딘스크

← 타이셰트
　Тайшет

↖↖↖

← 우다강
　Uda River
　(457 Km)

니즈네우딘스크역
Nizhneudinsk
Нижнеудинск

5/2 18:34 착
10 min 정차
5/2 18:44 발
모스크바 시간

002 山 열차

Distance to Seoul
4606 km

툴룬
Тулун
↘

↘↘↘

5월 2일 오후 6시 34분

이곳에서 10분간 정차했다.

진즉에 어둠이 내린 탓인지
기차에서 잠시 내려 바람을 쐬는
승기객이 거의 없다.

내일 아침 일찍 내려야만 하는 탓에
잠을 자 오지 않아 품품아
잠시 서 있었다.

기차로 탄 이후 처음으로

116km 이동

5월 3일 01시 22분(모스크바 시간 5월 2일 20시 22분) 러시아 툴룬역 도착
한국과의 시차 1시간. 파리 출발 후 6일 16분 경과. 서울까지 4,490km 남음.

모두가 잠을 뒤척일 새벽 시간. 열차는 이곳에서 2분간 정차했다.

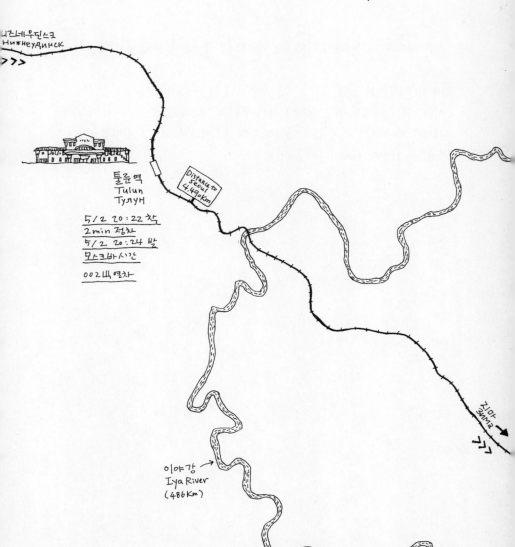

東 East
Tyyн

튈룬

5월 3일 오전 5시 22분
모두가 잠을 뒤척일 새벽 시간
열차는 이곳에서 2분간 정차했다

니진네우딘스크
Нижнеудинск
>>>

툴룬역
Tulun
Тулун

5/2 20:22 착
2min 정차
5/2 20:24 발
모스크바시간

002 № 열차

Distance to
Seoul
4,490Km

이야강
Iya River
(486Km)

지마
3имя
>>>

139km 이동

5월 3일 03시 29분(모스크바 시간 5월 2일 22시 29분) 러시아 지마역 도착
한국과의 시차 1시간. 파리 출발 후 6일 2시간 23분 경과. 서울까지 4,351km 남음.

깊은 새벽에 29분이나 정차했지만 아무도 그 사실을 몰랐을 것 같다.

5월 3일 05시 29분

처음으로 기차에서 잠을 설쳤다. 몸이 무겁고 그렇지 않아도 작은 눈이 자꾸
감겼다. 먼 동이 터올 무렵에 이미 바깥의 풍경이 연둣빛으로 밝아졌음을
느낄 수 있었다. 시베리아에 봄이 왔다.

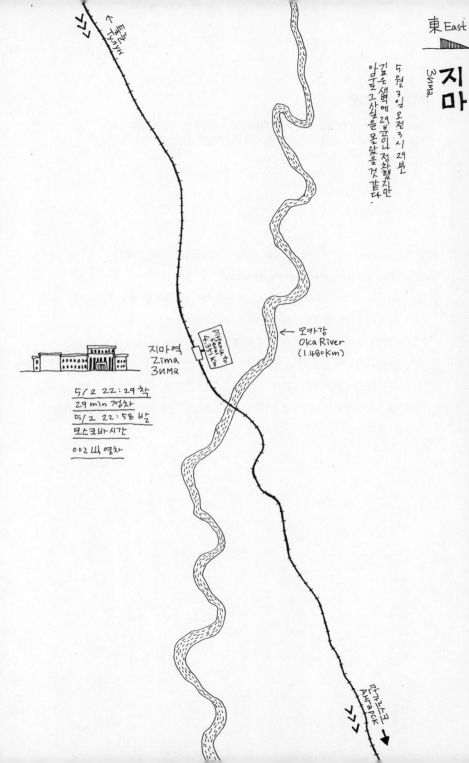

東 East

지마
Зима

5월 3일 오전 3시 29분
기포는 색벽에 29분이나 정착했지만
암두도 그 사실을 모를것 같다.

오카강
Oka River
(1.480km)

지마역
Zima
Зима

distance to
Seoul
4.351km

5/2 22:29 착
29 min 정차
5/2 22:58 발
모스크바시간

002 ш 열차

특별기
ТУЛУН

암그르스크
АЧГРСК

211km 이동

5월 3일 06시 46분(모스크바 시간 1시 46분) 러시아 안가르스크역 도착
한국과의 시차 1시간. 파리 출발 후 6일 5시간 40분 경과. 서울까지 4,140km 남음.

1분간 정차했다.

양치질을 하러 가는 길에 옆방의 영국인 할아버지를 마주쳤다.
그들 내외 역시 이르쿠츠크에서 내렸다.
할아버지는 내가 알아듣기 쉬운 효율적인 영어를 구사하며 감동을 줬는데,
내가 이제 조금만 더 가면 내리겠네요. 라고 말하고 싶을 때
(이걸 어떻게 영어로 말할까 고민하고 있을 때) 먼저 Not long now. 라고
흥얼거리며 여행의 일단락을 알렸고,
내리시기 전에 양치질하러 가시나 봐요, 저도 그런데. 라고 말하고 싶었을 때
(역시 입이 떨어지지 않았을 때) 먼저 Same idea! 라고 유쾌하게 말을 건네며
칫솔을 흔들었다.

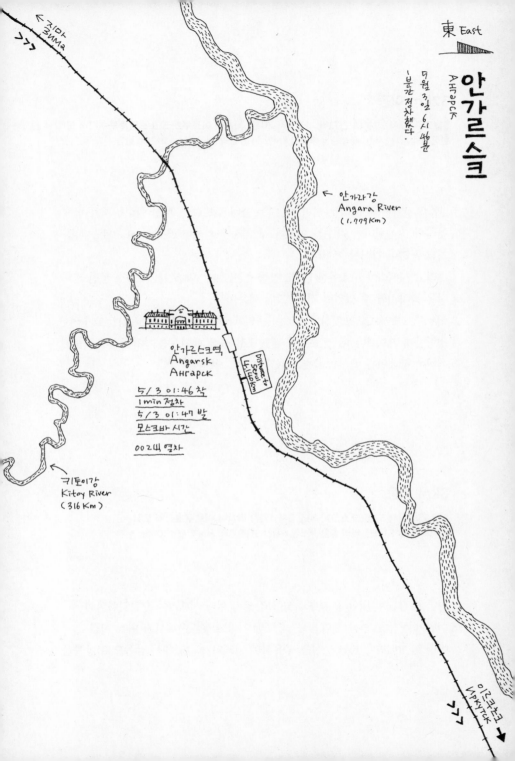

東 East

안가르스크
AHTAPCK

← 치이타
ЧИТА
3 KM

1분간 정차했다.

5월 3일 6시 쯤

← 안가라강
Angara River
(1,779 Km)

안가르스크역
Angarsk
Ангарск

5/3 01:46 착
1 min 정차
5/3 01:47 발
모스크바 시간

002 번 열차

Distance to Seoul
4,140 Km

← 키토이강
Kitoy River
(316 Km)

이르쿠츠크
ИРКУТСК →

32km 이동

5월 3일 07시 20분(모스크바 시간 2시 20분) 러시아 이르쿠츠크 소르티로보츠니역 도착
한국과의 시차 1시간. 파리 출발 후 6일 6시간 14분 경과. 서울까지 4,108km 남음.

2분간 정차했다. 10여분 뒤면 이르쿠츠크에 도착한다. 차장 할아버지가 방에
찾아와 고마웠다며 악수를 청했다. 나 역시 스빠씨바(러시아어로 고맙습니다)
라고 말하며 감사를 표했다.
그리고 시베리아 수호여신에게도 감사를 전했다. 4박 5일간의 여정 동안 혼자
방을 독차지할 수 있었던 건 다 그녀 덕분이다.
이르쿠츠크역으로 느릿하게 움직이는 열차 안에서 이번에는 바이칼 호수의
정령에게 기도했다. 이 정도도 훌륭했어요. 다음 베이징행 기차를 탈 때는
기꺼이 동행인을 받아들이겠습니다. 그래도 기왕이면….

8km 이동

5월 3일 07시 37분(모스크바 시간 2시 37분) 러시아 이르쿠츠크역 도착
한국과의 시차 1시간. 파리 출발 후 6일 6시간 31분 경과. 서울까지 4,100km 남음.

많은 사람들이 내렸다. 짐을 들고 승강장에 서니 시베리아 횡단열차와의
이별이 실감났다. 물론 다음에 탈 중국 기차도 울란우데까지 일곱 시간
동안은 시베리아 횡단 노선을 공유하며 달리다가 그곳에서 남쪽으로 방향을

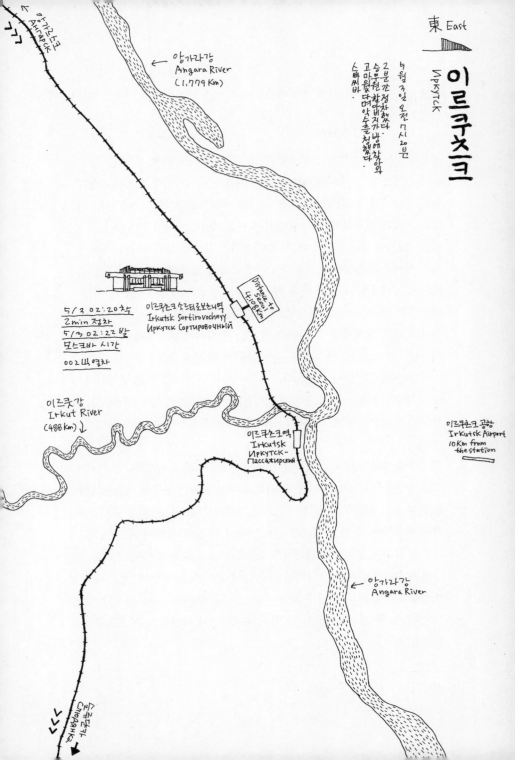

← 앙가라강
← Ahrapck

東 East

ИРКУТСК
이르쿠츠크

앙가라강
Angara River
(1,779 Km)

5월 3일 오전 7시 20분
2분간 정차했다
승무원 항방지가 냉에창앞와
고미원 다며안을처했다.
쇼빠씨바.

5/3 02:20착
2min 정차
5/3 02:22 발
모스크바 시간

002씨 열차

이르쿠츠크 소르티로보츠네믹
Irkutsk Sortirovochnyy
Иркутск Сортировочный

Distance to
Seoul
4,108 Km

이즈쿳강
Irkut River
(488 Km) ↓

이르쿠츠크역
Irkutsk
Иркутск-
Пассажирский

이르쿠츠크 공항
Irkutsk Airport
10 Km from
the station
→

앙가라강
Angara River
←

슬류댠카
Слюдянка
↙↙ ↖

틀게 된다. 철도 노선과의 공식적인 이별은 다음 기차에서로 미루고 혼돈의 역 광장으로 나섰다.

예전에 상트페테르부르크에서 택시 바가지를 제대로 한 번 맞아본 적이 있어서 그리 멀지 않은 호텔까지 가는 비용을 택시기사와 흥정하고 싶지 않았다. 보나마나 훨씬 많은 돈을 내야하는 상황을 맞이할 것이었다. 마침 박물관 혹은 고물상에서 막 탈출한 것처럼 보이는 트램이 도착했다. 시내 방향이었기에 냉큼 올라탔다. 차장 아줌마가 차내를 돌아다니며 표를 파는 정겨운 시스템이었다. 운전석 옆에 15루블(260원)이라는 가격이 쓰여 있었기에 내 차례가 왔을 때 준비해둔 동전을 당당히 건넸다. 차장 아줌마는 어림없다는 표정으로 내 캐리어를 툭툭 쳤다. 짐 값으로 15루블을 추가로 냈다. 도착 정류장을 대충 계산한 뒤 자리에 앉아 1947년에 운행을 시작했다는 소련소련한 트램과 잠시 사랑에 빠졌다.
전차가 운행하는 도시는 방문객을 실망시키지 않는다. 먼지를 발생시키지 않는 특유의 느림이 맑은 공기와 적정한 삶의 속도를 도시에 제공한다. 서울이 정신없이 바쁘고 먼지에 뒤덮인 건 전차가 사라져버린 탓도 크다.

역에서 중심가는 네 정거장이었다. 모든 연결부위에서 삐걱거리는 트램에서 내려 호텔로 찾아갔다. 숙소는 무턱대고 평점이 좋은 곳으로 예약했는데 알고 보니 일본인이 운영하는 이르쿠츠크에서 가장 고급스러운 곳이라고 했다. 예약했던 곳 중 유일하게 먼저 연락이 와 도착시간과 이른 체크인 여부를 물어본 곳이기도 했다. 1,500루블(25,500원)을 추가로 내고 아침 일찍 체크인하기로 했었다. 여덟 시에 방에 들어와 닷새 만에 씻고 점잖은 옷으로 갈아입은 뒤 뷔페가 아닌 주문 조식을 제공하는 근사한 레스토랑에 가 연어와 연어알을 곁들인 러시아식 팬케이크와 버섯을 넣은 오믈렛을 부탁했다.

5월 3일 09시 45분

배가 부르자 당연한 차례인 것처럼 졸음이 밀려왔다. 철도의 덜컹거림을 추억하며 미동도 하지 않는 더블침대 위에 누워 잠들었다.

5월 3일 14시

호텔 인근 카페에 가 비즈니스 런치(점심 세트)를 시켰다. 199루블(3,400원)에 시큼한 양배추 샐러드, 향채를 넣은 소고기뭇국, 양고기 볶음밥, 검은 빵과 차 한 잔이 제공됐다.

5월 3일 20시 30분

고요하게 어둠이 내렸다. 호텔 1층에 있는 일식당에 가서 연어 초밥과 연어알 초밥, 우동을 주문해 먹었다. 금발에 파란 눈을 가진 소녀가 일본식 전통의상을 입고 주문을 받고 음식을 가져다줬다. 그 모습이 귀여워서 나도 모르게 그만 너무 많은 팁을 놓고 와버렸다.

5월 4일 17시 50분

잠시 산책했다. 거리는 멋지게 옷을 입고 다니는 러시아인들로 쓸쓸함을 지웠다. 이후 기차에서 필요한 생수 등을 샀던 시간을 제외하면 하루 종일 방 안에서 쉬었다. 지금까지 달려왔던 길을 그려보고, 기록을 살펴보다가 잠시 잠들었다.

5월 5일 02시 30분

잠이 오지 않아 침대 위에서 뒤척였다.

5월 5일 06시 55분

아침식사가 방으로 왔다. 연어와 연어알, 팬케이크와 치즈만 주문했는데

크루아상과 소혓바닥 요리를 추가로 가져다줬다. 여행길에 가져가라고 주스
두 병도 딸려왔다. 리셉션에 전화를 걸어 기차역으로 가려 하니 15분 후에
택시를 불러달라고 부탁한 후 러시아에서의 마지막 아침을 먹었다.

5월 5일 07시 40분

택시는 일부러 좀 돌아왔던 것 같지만 짧은 거리였기에 두둑하게 팁을 준
다음 기차역 안으로 들어갔다. 4호 열차는 이미 4번 플랫폼에 도착해 있었다.
장애인 편의시설이 설치되지 않은 계단을 통해 승강장으로 갔더니 지금까지
보던 것과는 전혀 다른 모습의 짙은 녹색 기차가 보였다.
러시아 키릴문자와 한자, 몽골문자(러시아와 표기법이 조금 다른)로 각각
〈베이징-울란바토르-모스크바〉라고 쓰인 팻말이 달렸다. 더욱 달랐던 건 객차
앞마다 서 있는 차장들이었다. 격조 있는 검푸른 제복 차림으로 반듯하게
서 있었던 러시아 차장들과 달리 중국 차장들은 몸에 맞지 않아 보이는 조금
구겨진 파란색 제복을 입고 귀찮은 표정으로 건들거리고 있었다.
새로운 세상으로 떠남이 실감났다.

10호 객차를 찾아 차장에게 표를 내밀었다. 중궈런? 하고 물어왔다. 아니
한궈런. 하고 대답했다. 더 이상의 대화는 없었다. 10호차 차장은 따라오라고
눈짓하더니 4번 객실로 안내했다. 일제강점기에 만주를 달리던 객차와
비슷한 분위기의 디럭스 칸이었는데 운치가 넘치는 만큼 먼지도 쌓여 있었다.
무엇보다 창문이 문제였다. 20년 정도는 청소한 적 없어 보이는 뿌연 먼지가
덮인 유리가 시야를 방해했다. 이곳에서 바이칼 호수를 바라보며 달려야
하는데 낭패였다. 바이칼의 정령이 동행인 없이 혼자 방을 사용하게 해준 것에
위안을 삼았다.
전체 구간 중 거리 비례 가장 비싼 요금을 냈던 객실답게 매력적인
부분이 많기도 했다. 10호 객차의 내부는 중국식 인테리어가 되어 있는

걸 제외한다면 〈오리엔트 특급 살인사건〉에 나왔던 객차와 거의 비슷한
평면구조를 가졌다(심지어 당시 유럽의 고급 기차는 중국 소품으로 장식하기도
했다). 소설 속의 주인공이 된 것 같은 느낌을 받으려는 찰나 보게 된
속옷만 입은 남자가 8번 객실에서 나와 복도를 거쳐 화장실을 가는
모습만 아니었다면 그 기분이 더 오래 갔었을 것이다. 2층 침대 구조의 2인
객실이었기에, 침대 맞은편에는 따로 앉아 차를 마시거나 독서를 할 수 있는
1인용 의자가 배치되었고 두 객실이 공유하는 샤워실(10년 전에 받아뒀던 물이
나오게 생긴)도 있었다. 외투를 걸 수 있는 벽장마저 작게 마련되어 있었다.

자상함은 부족했다. 미리 침대시트가 깔려 있었던 러시아 객실과 달리,
차장이 시큰둥하게 찾아와 시트를 던져주고 갔다. 수건이 없어 달라 했더니
잠시만 기다리라고 하고선 한참 후에 행주 같은 작은 수건을 어디선가 꺼내
가져다줬다. 러시아 구간이라 식당칸은 러시아 국영철도에서 운영하고 있었다.
저녁에 찾아가기로 하고 점심은 어제 슈퍼마켓에서 장을 봐둔 인스턴트
매쉬포테이토와 닭다리, 바나나로 해결했다.

이르쿠츠크-베이징 구간 승차권.

5월 5일 08시 08분(모스크바 시간 03시 08분) 러시아 이르쿠츠크역 출발
한국과의 시차 1시간. 파리 출발 후 8일 7시간 2분 경과. 서울까지 4,100km 남음.

열차가 서울을 향해 서서히 출발했다.

3호 열차(베이징발), 4호 열차(베이징행)의 매력은 또 있었다.

벨라루스 비자와 러시아 비자(한국인은 60일간 면제)를 꼼꼼하게 확인하던 러시아인 차장과 달리 중국인 차장은 내가 몽골 비자나 중국 비자를 갖고 있는지 관심이 없었다. 국경에서 통과하지 못할 경우 내리면 된다고 생각하는 것 같았다. 러시아 열차나 중국 열차 모두 객차마다 온수기를 갖고 있었는데 전기로 가열했던 러시아 열차와 달리 석탄을 이용해 물을 끓였다. 덕분에 객차마다 작은 굴뚝이 달렸고 증기가 뿜어져 나왔다. 이는 객실 장식과 함께 수십 년 전 기차를 타는 감흥을 줬다. 석탄은 생각보다 잘 보이는 데 두었다. 객차 끝 출입문 바로 앞 바닥에는 석탄 알갱이들이 아무렇게나 굴러다니고 있었다. 모든 것이 감동적이리만큼 허술했고 그럼에도 불구하고 아무 문제없이 잘 달렸다.

5월 5일 09시 15분

열차는 산으로 이루어진, 시베리아 횡단철도 부설과정에서 가장 어렵게 시공했던 구간을 오르기 시작했다. 20년치의 먼지가 쌓인 창밖으로 만년설이 덮인 높은 산이 보였다.

5월 5일 09시 46분

기차가 짧은 터널을 지나는가 싶더니 곧 그림 같은 바이칼 호수가 펼쳐졌다. 먼지 너머로 그 광경을 바라보며 나도 모르게 소심한 탄성을 질렀다.

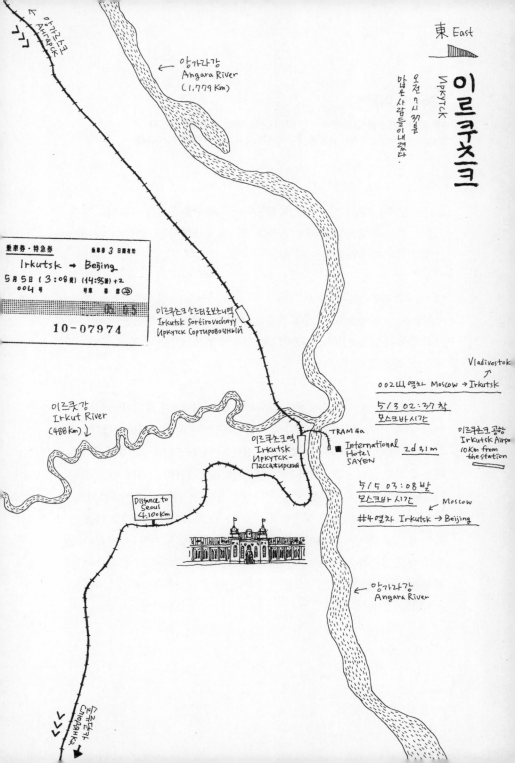

← Ангарск
앙가라강
Angara River
(1,779 Km)

東 East
ИРКУТСК
이르쿠츠크

오전 7시 37분
많은 사람들이 내렸다.

乗車券・特急券   有效期間 3日間有効
Irkutsk → Beijing
5月5日 (13:08発) (14:35着) +2
004号   号車 番 席
                    13.05
10-07974

이르쿠츠크 수르타로보츠너역
Irkutsk Sortirovochnyy
Иркутск Сортировочный

Vladivostok
↑
002번 열차 Moscow → Irkutsk

5/3 02:37 착
모스크바시간

이르쿠츠크 공항
Irkutsk Airport
10 Km from
the station

이르쿳강
Irkut River
(488 Km) ↘

이르쿠츠크역
Irkutsk
Иркутск-
Пассажирский

TRAM 4a
■ International
Hotel
SAYEN   2d 31m

5/5 03:08 발
모스크바 시간   ← Moscow
#4 열차 Irkutsk → Beijing

Distance to
Seoul
4,100 Km

앙가라강 →
Angara River

↙↙↙
Слюдянка

126km 이동

5월 5일 10시 11분(모스크바 시간 5시 11분) 러시아 슬류단카역 도착
한국과의 시차 1시간. 파리 출발 후 8일 10시간 경과. 서울까지 3,974km 남음.

슬류단카역에 2분간 정차했다. 가이드북에서 바이칼의 명물 물고기인 훈제 오물을 파는 아줌마들이 있을 거라고 했는데 플랫폼에는 개미 한 마리도 없었다. 아쉽지만 다음을 기약했다.

5월 5일 11시 13분
바이칼 호수 연안을 따라 계속 달렸다. 호수의 가장 남쪽 부분만 제외하고는 아직 얼음이 남아 있었다. 겨우내 얼었던 1m 두께의 얼음이 녹기 위해선 몇 주가 더 필요할 것 같았다.

1904년 러일전쟁을 치러야 했던 러시아 정부는 시베리아 횡단철도에서 가장 공사가 어려운 바이칼 호수의 미완성 구간 때문에 골치가 아팠다. 어서 조선쪽으로 병사와 물자를 보내 일본을 무찌르고 전쟁에 승리해야 하는데 철도 없이는 그곳까지 가는 데 너무 오랜 시간이 걸렸다. 산을 깎아 철도를 만들 시간이 없다고 판단한 러시아 정부는(그땐 아직 소비에트 연방이 되기 전이지만) 소련소련한 결정을 하나 한다. 1m 두께 위의 바이칼 얼음 위에 철로를 깔기로 한 것이다. 길은 순식간에 완성됐고 기차는 전쟁물자를 잔뜩 싣고 호수를 건넜다. 아니, 건너다 말고 얼음이 깨지며 호수 깊숙이 빠져버렸다고 한다(바이칼 호수는 세계에서 가장 깊은 민물호수다). 그 기차는 바이칼의 정령이 되었다.

5월 5일 11시 50분

두 시간 넘게 바이칼 연안을 따라 달리고 있다. 가끔씩 내륙으로 들어오는 것
같다가도 다시 호수를 만나면 전과 같은 경관이 이어진다. 가도 가도 똑같은
풍경의 매력은 바이칼에서도 넘쳐났다. 혹시 작은 새 한 마리라도 놓치고
지나칠까 봐 더러운 유리창에서 눈을 떼지 못했다.
훗날 한반도 철도가 연결된다면 첫 국제선 여객열차로는 베이징행이
운행될지도 모르겠지만 이후에는 바이칼 노선이 가장 각광받지 않을까 싶다.

5월 5일 13시 07분

세 시간 넘게 바이칼 연안을 따라 달리다 드디어 내륙으로 접어들었다.
잠시 옆 칸으로 넘어가 산책했다. 딱딱한 침대 4인실 객차였다.
문이 열려 있던 객실 세 곳에선 모두 책을 든 서양 여행객들이 바이칼과의
이별을 담담하게 받아들이고 있었다.

이르쿠츠크 방향 →
ИРКУТСК
777

슬류단카역
Slyudyanka-1
Слюдянка-1

5/5 05:11 착
2min 정차
5/5 05:13 발
모스크바 시간
#4열차

Distance to
Seoul
3,974 Km

슬류단카
СЛЮДЯНКА

5월 6일 오전 10시 11분
역에 2분간 정차했다.
가이드북에서
바이칼호의 명물 물고기인
오물오무를 파는 아줌마들이
있을거라고 했는데
플렛홈에는
개미 한마리도 없었다.
아쉽지만
다음을 기약했다.

5월 6일 오전 11시 13분
바이칼 호수 연안을 따라
계속 달렸다.
호수의 가장 남쪽부분만
제외하고는
아직 얼음이 남아있었다.
우내 얼어있던
1미터 두께의 얼음이
녹기 시작하면서
엷구 더 편하였던것 같았다.

바이칼 호수
Óзеро Байкáл
Байгал далай
LAKE BAIKAL

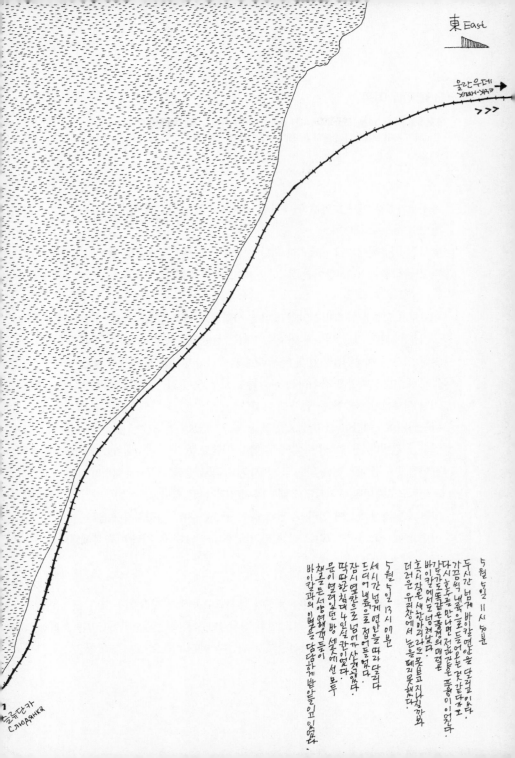

東 East

울란우데
XYLAH-YAƎ

>>>

5월 6일 11시 5분
두 시간 넘게 바이칼 연안을 달리고 있다.
가끔씩 내륙으로 들어오는 것 같다가도
다시 호수로 만나면 전과 같은 풍경이었다.
바이칼에서도 넘겨보였다. 매번
호수 장운 새난과 지칠까와
더러운 유리창에서 눈을 떼지 못했다.

5월 6일 13시 이분
세 시간 넘게 연안을 따라 달리다
드디어 내륙으로 접어들었다.
잠시 멀찍이 넘어가 사라졌다.
딱딱한 침대 나일 관이었다.
문이 열려있던 방 선로에 선 모두
책으로든 서양 여행객들이
바이칼과의 이별을 담담하게 받아들이고 있었다.

1
슬류단카
С.ЛЮДЯНКА

330km 이동

5월 5일 14시 54분(모스크바 시간 09시 54분) 러시아 울란우데역 도착
한국과의 시차 1시간. 파리 출발 후 8일 14시간 49분 경과. 서울까지 3,644km 남음.

예정보다 6분 일찍 도착했다. 추가된 시간까지 합쳐 51분간 정차했다.
청명한 하늘이 예뻤다.
열차는 이곳에서부터 시베리아 횡단철도 본선과 분리되어 몽골 종단철도를
타고 남하한다. 오늘 밤이면 몽골 국경에 도착하게 될 것이다.

이르쿠츠크역에서는 자고 있었던 다른 사람들도 이곳에서는 잠시 내려 신선한
공기를 마셨다. 그냥 객실에 머무르고 있는 사람들을 고려하더라도 여행객 중
절반 이상이 서양인들이었다. 타문화에 관용적이며 미지의 세계를 향한
도전정신이 강하다고 자신하는 사람들이 모두 모여 있는 것처럼 보였다.
이미 서로에게 익숙한 듯 인사를 나눴다.
나는 SEOUL이라는 글자가 쓰인 옷을 입고 있었다. 누군가 쎄울! 이라 외치며
인사를 건넸다. 칠레에서 아내와 두 딸을 이끌고 왔다는 여행객이었다. 그들도
베이징까지 간다고 했다. 나는 국경까지 가요 라고 말했다. 중국과 북한의 경계요.
그 이상으로는 아직 못 가지요. 그래도 곧 가게 되기 바란답니다.
그는 호탕하게 웃으며 얼마 전 남과 북이 두 지도자가 친근하게 포옹하는
사진을 봤다고 했다. 그리고 곧 철도가 연결되는 날이 올 거라며 축복해줬다.

5월 5일 17시 01분
다시 출발해 남쪽으로 달리자 풍경이 급속도로 변하기 시작했다. 그냥
여기부터 몽골이라고 해도 믿을 만한 경치였다. 초원에는 풀을 뜯고 있는 소와
말과 양이 보였다. 철로는 단선으로 바뀌었다. 아직 이곳으로는 그리 많은

東 East

南 South

울란우데 Улан-УДэ

부랴트 공화국 Бурят Республика

셀렝가강 → Selenga River (1,024Km)

유루가강 Среднюю

울란우데역 Ulan-Ude Улан-УДэ

#4열차
5/5 10:00 착
45min 정차
5/5 10:45 발
모스크바시간

우다강 (457Km) Uda River

블라디보스톡 → Vladivostok

구도심 old city

Distance to Seoul 7,644Km

이칼 공항 ...ikal Airport ...Km from the station

일렝가강 → elenga River

지타 Джида 몽골 Mongolia 중국 CHINA

5월 5일 14시 54분

예정보다 6분 일찍 도착했다.
추가된 시간까지 합쳐
뒤 8분간 정차한다.

청명한 하늘이 매혹적
이다. 이곳에서부터
시베리아 횡단철도 본선과 불리되어
나뉜다.

오늘 밤이면
모고국 국경에
도착하게 될 것이다.

열차가 지나지 않는 것이다.

열차에서 시간을 좀 보내고 나니 내가 타고 있는 10호차의 비밀이 풀렸다. 아침에 8번 방에서 나와 속옷 차림으로 화장실을 갔던 사람은 러시아인으로 철도회사와 관련이 있는 사람이었다. 6번 방에도 비슷한 임무를 맡고 있는 또 한 사람이 타 있었다. 그들은 운행 중에는 거의 벗고 있다시피 하다가 정차할 때가 되면 말쑥하게 옷을 차려입고 구두를 신었다. 그리고 역의 누군가를 만나고 돌아온 다음 다시 벗었다. 중국인 승무원들과 소통은 되지 않았지만 암묵적인 눈빛도 오갔다. 그들은 일반적인 승객이 아니었다. 분명 미심쩍은 구석이 있었다.

내가 탄 객차는 공식적으로 1등칸이 아니었다. 대외적으로 평등함이 중요했을 중국 기차는 신분제의 유물이었을 숫자 등급을 표기하는 대신 촉감으로 객차를 구분했다.

· 푹신한 침대칸-(아주 조금) 푹신한 침대가 4개 놓임
· 딱딱한 침대칸-쿠션감이 거의 없는 벤치 같은 딱딱한 침대가 4개 놓임(중장거리 노선에는 푹신한 의자칸, 중단거리 노선에는 딱딱한 의자칸도 있음)

2인 1실의 9호차와 10호차는 일반 열차에서는 보기 어려운 디럭스라는 이름의 초호화 칸이었다. 코팅된 베니어합판으로 마감된 70년대 풍의 벽과 고급스럽지만 먼지를 잔뜩 머금고 있는 푸른 카펫이 깔린 바닥, 서역에서 직조했지만 몇 번 빨았더니 크기가 줄어 의자와 맞지 않는 빛바랜 시트커버도 이곳에만 적용된 것이었다. 합성수지 벽체로 마감된 다른 객차와 극명한 차이가 있었다.

결정적으로 내가 타고 있는 10호차가 9호차를 비롯한 다른 객차와 달랐던 건, 이 칸에 돈을 내고 탄 사람은 나밖에 없다는 사실이었다. 1호실은 영원히 승객을 받지 않을 예정인지 각 객차의 차장들이 모여 밥을 먹고 담배를

피우고 수다를 떠는 장소가 되어 있었고 중간 중간 비어 있는 객실에서는
잠시 낮잠을 잔 차장이 이따금씩 튀어나왔다(한번 훔쳐봤는데 빨아서 널어놓은
빨간 팬티도 보였다).
이 모든 정황을 확실하게 해준 것은 울란우데역을 출발한 후 10호차 차장이
가져온 객차별 출국 신고자 리스트였다. 스무 명쯤은 채울 수 있는 종이 칸에
유일하게 내 이름만 있었다. 비행기 1등석에 혼자 앉아 있었다면 왕이 된
느낌일 수도 있었겠지만, 오지를 달리는 낡고 삐걱거리는 열차 안에 혼자
승객이 되어 있다는 사실은 공포영화의 시나리오를 구상하기에 보다 적합했다.

5월 5일 15시 43분
열차의 왼편으로 아름다운 호수와 그 뒤에 있는 발전소 혹은 비밀공장 같은
곳을 지났다.

5월 5일 18시 16분
또 다른 호수가 이어졌다. 아름다운 풍경이다.

5월 5일 18시 55분
식당칸에 갔는데 마침 나 말고도 다섯 명이 더 왔다. 인상 좋은 갈색머리의
러시아 아줌마 승무원은 단호한 표정을 지으며 알 수 없는 말로 막 호통을
쳤다. 악의가 있어 보이지 않는 그녀의 행동을 러시아어를 조금 할 줄 아는,
이미 자리를 잡고 먹고 있던 한 여행객이 통역했다. 이제 국경 근처에 와서
문 닫을 시간이 한 시간밖에 안 남았는데 지금 와서 어떻게 먹고 가겠다는
거냐고 호들갑을 떠는 것이었다. 모두들 한 시간이면 충분하다고 미소로
대답하며 자리에 앉았다. 특히 빠른 식사에 익숙한 한국인으로서 자신
있게 연어 팬케이크와 햄과 베이컨이 들어간 토마토 수프, 검은 빵과 맥주를
주문했다.

212km 이동

5월 5일 19시 11분(모스크바 시간 14시 11분) 러시아 지다역 도착
한국과의 시차 1시간. 파리 출발 후 8일 19시간 경과. 서울까지 3,432km 남음.

열차가 서는 둥 마는 둥 하며 1분간 정차했다. 초원의 통나무집 마당에서
아이들이 뛰어노는데 몽골인처럼 생긴 애들과 슬라브인들처럼 생긴 애들이
평화롭게 섞여 있었다.

South

지다
ДЖИД9

УЛАН-УДЭ다 방향

5월 5일 19시 11분
열차가 서쪽으로 마주보고 하며
1분간 정차했다.
초원의 통나무집 앞에서
아이들이 뛰어노는데
물웅덩이처럼 생긴 애와
술라보인처럼 새긴 애가
평화롭게 서 있었다.

지다 역
Dzhida
ДЖИД9

#4 열차
5/5 14:11착
1분정차
5/5 14:12발
모스크바시간

← 셀렝가강
Selenga River
(1,024 Km)

Dzhida River
지다강
(567 Km)

Distance+1
Seoul
343 Km

나우쉬끼 (НАУШКИ) 방향

43km 이동

러시아 국경 도시였다. 기차가 멈추자 같은 칸에 타고 있던 정체불명의 러시아
남자 두 명이 내렸다. 이제 진짜 나 혼자였다.
1시간 50분 동안 정차하며 러시아 출국심사와 세관검사를 받았다. 차장이
열차 출입문을 모조리 닫은 후 객실과 화장실 등의 모든 문과 천장의
점검구를 열었다. 객실 의자에 다소곳이 앉아 있었다. 십여 분쯤 뜸을
들이더니 먼저 슬라브인 여자 경찰과 귀엽게 생긴 복실이 마약탐지견이 객실
앞을 지나갔다. 잠시 후 훨씬 더 북쪽 출신으로 보이는 이국적인 외모의 여자
세관공무원이 와서 가방 안의 내용물을 훑고 갔다. 다시 시간이 흐른 후
부랴트족으로 보이는 남자 경찰이 여권 검사를 하러 왔다. 또다시 실제와
여권사진이 다른 것에 대해 의심을 받아 꼼꼼하게 비교 당했다. 여권 위조
판독을 한 뒤 속지에 있는 모든 도장들을 천천히 훑어본 다음 벨라루스 입국
도장 옆에 출국 도장을 찍어줬다. 역시 기차 그림이 있어 신이 났다. 이후
슬라브계 여자 검사관이 와서 손전등을 들고 객실 내부를 샅샅이 뒤졌다.
무사통과. 모든 절차가 끝났지만 다른 객차 상황은 알 수 없었다.
다민족 국가의 국경을 신기해하며 남은 시간 동안 객실에 가만히 앉아
피스타치오를 까서 먹었다.

5월 5일 21시 40분
기나긴 정차시간이 끝나가고 있었다. 잠시 내릴 수 있으면 좋겠지만 누구도
꿈쩍하지 않고 있는 것처럼 느껴졌다.

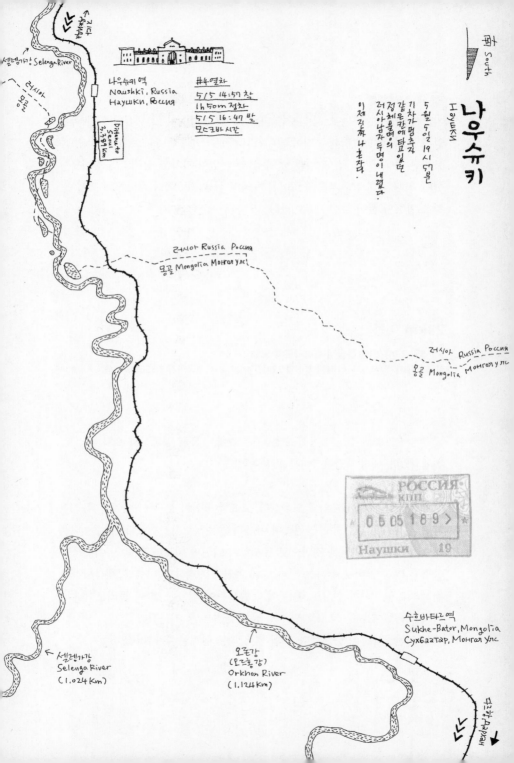

나우슈키역
Naushki, Russia
Наушки, Россия

#4열차
5/5 14:57 착
1h 50m 정차
5/5 16:47 발
모스크바 시간

Distance to Seoul
7,791 km

셀렝가강 Selenga River

러시아
몽골

↗ 기다
АХМАА

South 南

나우슈키
Наушки

5월 5일 19시 57분
기차가 멈추자
갑자기 칸에 닥쳤던
정체불명의
러시아남자 두명이 내렸다.
이제 진짜 나 혼자.

러시아 Russia Россия
몽골 Mongolia Монгол улс

러시아 Russia Россия
몽골 Mongolia Монгол улс

РОССИЯ
КПП
0 5 05 189 > ★
Наушки   19

수흐바타르역
Sukhe-Bator, Mongolia
Сухбаатар, Монгол Улс

← 셀렝가강
Selenga River
(1,024 km)

오르홍강
(오르홍강)
Orkhon River
(1,124 km)

울란바타르 →
Улаан

5월 5일 22시 01분

기차가 어둠 속을 느릿느릿 움직였다. 아무 것도 보이지 않나 싶던 순간 국경 앞에 오자 주변에 탐색 조명이 들어왔고 몽골 국경수비대 초소를 지났다. 괜히 뭉클한 마음이 들게끔 수비대 중 총을 멘 군인이 기차를 향해 거수경례를 했다. 거대한 대륙 한가운데 그어진 욕망의 선을 지났더니 잠시 잊고 지냈던 영토 확장의 꿈이 불현듯 피어났다.

23km 이동

5월 5일 22시 29분 몽골 수흐바타르역 도착
한국과의 시차 1시간. 파리 출발 후 8일 22시간 18분 경과. 서울까지 3,366km 남음.

국경에서 20km 정도 떨어진 수흐바타르역에서 몽골 입국심사 절차가 진행되었다. 예정 시간은 1시간 45분이었다.

열차가 어둠 속의 철도역에 도착했다. 고요함이 십여 분 동안 이어진 후 처음 등장한 사람은 건장하고 늘씬하며 아름다운 입국심사관이었다. 그녀는 나를 일으켜 세운 뒤 얼굴을 정면으로 응시하며 여권과 비교한 후 속지 이곳저곳을 들춰본 다음 앉아도 좋다는 말과 함께 여권을 가져갔다. 다음은 세관이었다. 건장하고 늘씬하며 인상이 좋은 여자 검사관이 객차를 한 번 둘러보더니 나의 허름한 모습을 보고 간단하게 짐을 들춰본 후 지나갔다.
다시 보안검사관이 등장했다. 객실 몇 군데를 살펴본 후 사라졌다.

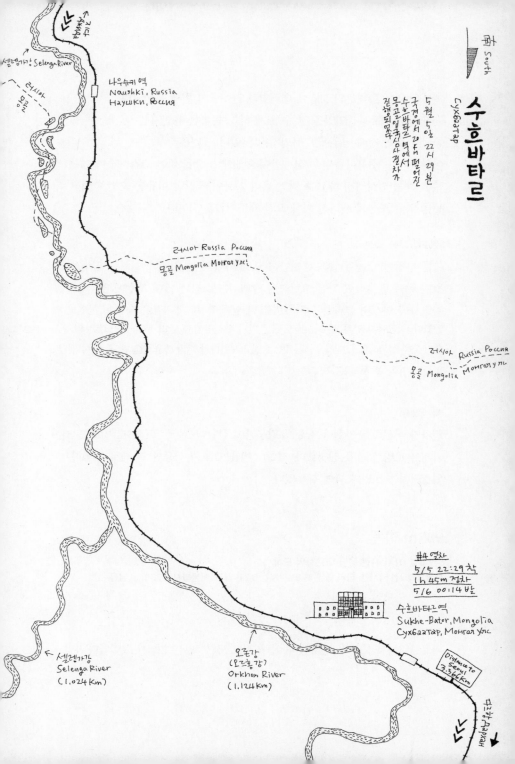

南 South

Сухбаатар

수흐바타르

두 원 누 일 22시 29분
국경에서 간 다 펼 어 진
수흐바타르 역에서
몽골 입국 심 사 절차 가
진행되었다.

러시아 Russia Россия

몽골 Mongolia Монгол улс

선렝가강 Selenga River

러시아

몽골

나우슈키 역
Naushki, Russia
Наушки, Россия

러시아 Russia Россия

몽골 Mongolia Монгол улс

#4 열차
5/5 22:29착
1h 45m 정차
5/6 00:14발

수흐바타르역
Sukhe-Bator, Mongolia
Сухбаатар, Монгол улс

선렝가강
Selenga River
(1.024 Km)

오르홍강
(오르홍강)
Orkhon River
(1.124 km)

Distance to
Seoul
7.366Km

다르항 Дархан

제복을 입은 그녀들의 모습에 엄격함과 관대함이 함께 묻어났다.
누가 보더라도 몽골인임을 알 수 있게 하는 독특한 유전자는
중국과 소련 지배 이후에도 사라지지 않았다.
삼십여분이 지나 아름다운 심사관이 여권에 도장을 찍어 가져다주며 여행
잘 하라는 인사까지 해줬다. 다만 괜히 기분이 좋았던 이유는 순전히 여권 속
몽골 입국 도장에 새겨진 기차 그림 때문이었을 것이다.

5월 5일 23시 30분

모든 과정이 끝난 듯했다. 하지만 밖으로 나갈 수는 없었다. 열차는 앞뒤로
왔다 갔다 반복하며 가끔 요란하게 합체되는 소리를 냈다. 객실에 앉아
과일차를 마시며 출발을 기다렸다(분리, 합체 작업의 결과물은 다음 날 확인할 수
있었다. 지금까지 열차 끝부분에 달렸던 러시아 식당칸과 달리 몽골 식당칸은 열차
한가운데 설치되었고 이를 위해 절반을 분리시켰다가 식당칸을 연결한 후 다시 절반을
잇는 작업을 한 것이었다).

5월 6일 00시 14분

열차가 서서히 출발했다. 유럽 로밍구간이 끝났다. 한국 통신사로 전화를 걸어
아시아 로밍 상품을 신청했다. 객실 조명을 끄고 독서등만 켠 채로 누웠다.
덜컹거리는 소리와 함께 잠들었다.

98km 이동

5월 6일 01시 41분 몽골 다르항역 도착

한국과의 시차 1시간. 파리 출발 후 9일 1시간 30분 경과. 서울까지 3,268km 남음.

다르항역에서 18분간 정차했다. 아무 것도 모른 채 신나게 자고 있었다.

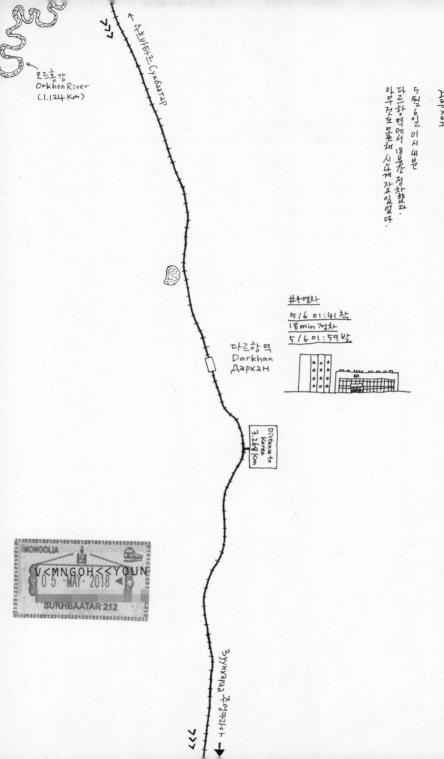

南 South

Дархан

다르항

5월 6일 이시 4분
다르항역에서 18분 정차했다.
아무것도 못사 시나게 자고있었다.

오르홍강
Orkhon River
(1,124 Km)

Сухбаатар 수흐바타르

#4열차
5/6 01:41 착
18min 정차
5/6 01:59 발

다르항 역
Darkhan
Дархан

Distance to
Korea.
3,268 Km

MONGOLIA
V<MNGOH<<YOUN
0 5 MAY 2018
SUKHBAATAR 212

Улаанбаатар 울란바토르

109km 이동

5월 6일 03시 45분 몽골 주엉카라아역 도착

한국과의 시차 1시간. 파리 출발 후 9일 3시간 34분 경과. 서울까지 3,159km 남음.

주엉카라아역에 15분간 정차했다.

아무 것도 모른 채 신나게 자고 있었다.

주엉카라아
Зуунхараа

두월 6일 03시 45분
주엉카라아역에
15분간 정차했다.
아무것도모른채
신나게 잠자고있었다.

#4 열차
5 16 03:45착
15min 정차
5 16 04:00발

주엉카라아역
Zuunkharaa
Зуунхараа

Distance to
Seoul
3.159 Km

오르홍강의 지류
a branch of the Orkhon

172km 이동

눈이 부셔 잠시 깼던 것도 같지만 막상 진짜로 눈을 떴을 땐 이미 햇살이
찬란한 새벽의 울란바토르역에 멈춰 있었다. 이곳에서의 정차시간은
40분이었다. 고개를 빼꼼 내밀어 창밖을 보니 이번 승강장은 좌측 편,
그러니깐 내 자리의 창문 쪽이었다.
황급히 일어나 이를 닦고 옷을 입었다. 꼭 하고 싶은 일이 있었다.
물티슈를 들고 밖으로 나갔다. 석탄 온기로 겨울을 견뎌냈을 이곳 특유의
봄 냄새가 났다. 울란바토르 체류를 마친 서양 여행객들이 그들의 종착지인
베이징으로 가기 위해 기차에 오르고 있었다. 혼자 지내야 했던
10호 객차에도 몇몇 서양인들이 탔다. 중국인 여행객들은 딱딱한
침대칸 쪽에 모여 있었다. 항공기와 고속철도의 속도에 감명 받은
중국인들은 더 이상 기차여행에 매력을 느끼지 못하는 것 같았다.
현지인들의 실제 교통수단이 되어주었던 시베리아 횡단열차와 달리
몽골 종단열차에는 동방을 향한 느린 여정을 즐기는 서구권 여행자가
생각보다 더 많았다.

일교차가 20도까지 벌어지는 몽골 대륙의 아침은 차가웠다.
0도에 가까운 찬 공기를 맞으며 내 객실 창문 앞에 섰다. 까치발을 하고
가져간 물티슈로 유리창을 닦았다. 한 번만 문질렀는데도 순수한 검정에
가까운 먼지 덩어리가 휴지에 묻었다. 문제는 같은 자리를 또 한 번 문질러도
같은 색의 먼지가 묻어나오는 것이었다. 여러 장의 물티슈를 사용해 생각보다
오래 닦았는데도 먼지는 계속 나왔다. 결국 내가 먼저 포기했다.

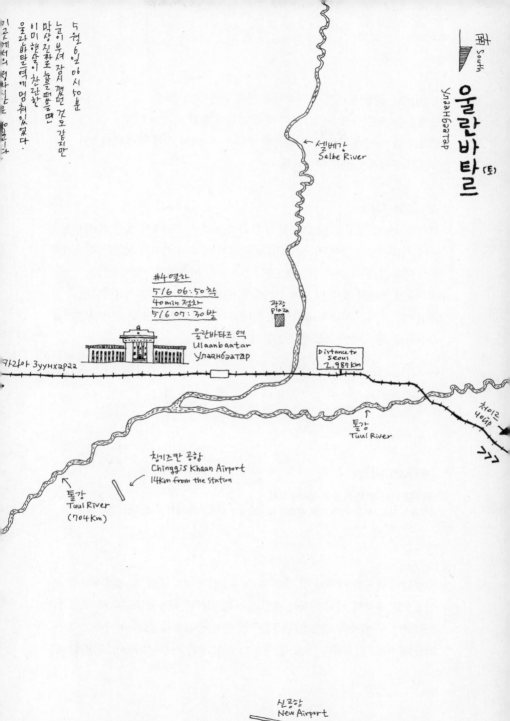

남
South
Улаанбаатар

울란바타르 (토)

셀베강
Selbe River

두 번 일 아시 50분
눈이 부셔 잠시 깼던 것도 같지만
막상 진짜로 눈을 떴을 때,
이미 해살이 찬란한
울란바타르역에 멈춰있었다.

비행기의 연착이라는 엄청난....

#4열차
5/6 06:50 착
40min 정차
5/6 07:30 발

울란바타르 역
Ulaanbaatar
Улаанбаатар

광장
plaza

Distance to
Seoul
2,987 Km

가라아 Зуунхараа

똘강
Tuul River

처이르
40ир

똘강
Tuul River

칭기즈칸 공항
Chinggis Khaan Airport
14km from the station

똘강
Tuul River
(704Km)

신공항
New Airport

50Km from the Station

이 정도도 훌륭해. 이것은 화석이라 어찌 해볼 수가 없어.

객실로 돌아와 자리에 앉았더니 바깥 풍경이 훨씬 맑게 보였다.
커피를 타 마시며 기분 좋게 창밖을 바라본 후 다시 역에 나가 매력적인
몽골의 중앙역을 잠시 구경했다.

5월 6일 09시 24분
고비사막으로 향하고 있었다. 갓 푸름을 드러냈던 초원에서 점점 더 황량한
메마른 대지로 풍경이 바뀌어갔다. 이따금씩 가축의 사체가 보였다. 한꺼번에
일곱 마리의 양이 누워 있는 모습도 봤다. 어떤 이유에서든 긴 겨울을
견뎌내지 못하고 몸과 마음이 한꺼번에 무너졌을 녀석들이다. 살아남은
생명들도 아직은 시간이 필요했다. 갈비뼈가 앙상히 드러난 말들이 흙 밖으로
간신히 고개를 내민 풀들을 정신없이 뜯었다.

5월 6일 10시 20분
졸음을 이기지 못하고 잠시 누웠다. 30분 정도 달게 잤다.

247km 이동
5월 6일 11시 20분 몽골 처이르역 도착
한국과의 시차 1시간. 파리 출발 후 9일 10시간 9분 경과. 서울까지 2,740km 남음.

황량함이 유일한 매력일 것 같은 작은 철도역이었다. 풀도 별로 자라지 않는
이곳으로 유목의 임시 거처를 정한 이들은 밀려난 이들이었을지, 아니면 풀은
조금 적어도 따뜻한 게 좋았던 이들이었을지 궁금했다. 15분 정차하는 동안
역을 한 바퀴 산책했다. 여덟 명 정도의 인상 좋은 아주머니들이 쇼핑카트에

南 South

처일
4oйp

← 울란바토르
Улаанбаатар
Ulaanbaatar

5월 6일 11시 20분
황량한 유정한 맥없는 같은
잠은 철도역이었다.

#4 열차
5/16 11:20 착
15min 정차
5/16 11:35 발

처이르역
Choir
4oйp

Departure to
Seoul
2,1460Km

사인샨다
Сайншанд
Sain-Shanda

물과 콜라, 컵라면 등을 싣고 장사를 하고 있었다. 다시 잔돈을 챙겨 양고기 만두 하나를 사려 했는데 만두를 손으로 가리키는 순간 내 눈앞에 만두 봉지를 든 여덟 개의 손이 등장했다. 이럴 땐 누구를 선택해야 할까? 어쩔 수 없이 몇 가지 더 골라 양고기 만두와 김치찌개 컵라면, 콜라와 물 한 병씩을 각각 네 명의 아줌마에게 샀다. 선택받지 못한 네 명의 아줌마도 어깨를 으쓱할 뿐이었다. 모두가 웃으며 헤어졌다.

양고기 만두와 콜라를 먹었다. 17년 전 몽골에 와서 먹었던 양고기 만두는 끔찍했다. 비릿한 향에 입맛도 잃어 다음 끼니까지 걸렀었다. 이후 여행은 이곳저곳에 존재하는 많은 음식의 매력을 알려주었는데, 그건 세상에서 가장 맛있는 음식은 엄마가 해준 밥이라는 깨달음 때문이었다. 어딘가에 가서 먹게 되는 입맛에 맞지 않는 음식 대부분은 모두 그 동네 사람들이 어렸을 적부터 먹었던 것들이고 그렇기에 어디론가 떠났을 때 가장 먹고 싶은 맛일 것이었다. 그때부터 나는, 역시 한식이 내겐 제일 맛있다고 생각하면서도, 세상 모든 음식을 좋아하기로 했다. 이후 첫 경험이 끔찍했던 고수를 비롯한 향초들과 일본의 낫또와 중국의 향신료와 유럽의 생선절임 같은 것들과 사랑에 빠졌다. 양고기 만두는 맛있었다.

5월 6일 12시 19분

별 것 없는 황량한 모래땅에 개처럼 생긴 동물 하나가 쓸쓸히 걷다가 고개를 돌려 달리는 기차를 잠시 보곤 다시 가던 길을 갔다.
길을 잃었을까? 낙오되었을까? 아니면 원래부터 혼자인 게 편한 늑대류의 어떤 야생동물이었을까? 그래도 혹시 무섭지는 않을까?

사회의 수준은 공포심의 총량으로 규정된다. 발전된 사회일수록 두려움은 줄어들도록 되어 있다. 그리고 그 종류도 바뀐다.

예전에는 들짐승한테 물리거나 먹을 게 없어 굶거나 신분이 높은 사람한테 맞거나 갑자기 흑사병에 옮거나 산적한테 목이 베이거나 또는 전쟁통에 총알에 맞을 수 있다는 두려움이 인류 사회를 지배했다. 이후 시대가 발전하며 공포는 공권력에게 고문 당하거나 길에서 깡패를 만나거나 임금을 받지 못하는 유형의 것으로 변했다.

지금은 다르다. 불확실한 미래 앞에서 혼자 낙오될지 모른다는 걱정, 그래서 자신이 바라는 모습으로 살 수 없을지 모른다는 공포가 사회를 엄습한다. 거리에 만연한 두려움은 행인들의 웃음을 빼앗고 사람들의 인상을 고약하게 만든다. 조금 더 행복한 세상을 만들기 위해 수준 높은 사회는 불확실성을 최소화시키고 낙오된 자를 돌봐주며 무엇보다 그렇게 성공하지 않아도 괜찮은 인생이라는 확신을 주려 애쓴다.

내가 살고 있는 곳엔 공포심이 가득하다. 하지만 대부분 굶어죽을 위험에서는 벗어나 있다. 생존에 대한 공포심으로 치자면 단연 최고일 수밖에 없는 광활한 사막을 몇 시간째 지나고 있으니 우리 사회의 고민과 두려움은 아무 것도 아닌 듯 싶다가도, 실제가 없는 존재로부터 느끼는 공포야말로 진정 무서운 것일지도 모르겠다는 생각을 했다.

227km 이동

뼈대만 남은 예쁜 기차의 시체를 지나 역에 도착했다. 제법 길게 33분간
정차했다. 아직 완전한 봄은 아니었지만 햇볕은 몹시 따가웠다. 사람들이
작은 역사 앞으로 몰려나와 태양을 만끽했다. 거의 모두가 불과 며칠 전까지
시베리아에 머물던 이들이었다. 주변으로 외딴집 하나 없는 허허벌판에
작은 역이 있는 경우가 종종 있었다. 그렇다고 역사 하나만 덩그러니 있는
것은 아니었고 부속 창고와 관사처럼 보이는 집 한 채, 작은 정원과 어린이
놀이터까지 갖췄다. 처음에는 유목민이 돌아다니다가 도시에 갈 일이 있으면
작은 역에 찾아와 기차를 타는 것으로 생각했는데, 다시 보니 단선 철로의
특성상 중간 중간 열차들이 교차하기 위해 한쪽 방향의 열차가 멈춰서는
장소인 것 같았다. 사막 한가운데서 역무원 혼자 살 수는 없으니 가족이 모두
이사를 하도록 했고, 아이들을 위해 놀이터까지 만들어준 것이라 여겼다.

5월 6일 15시 15분
몽골 철도회사가 운영하는 아주 근사한 식당칸에 갔다. 실내에 목각 장식이
가득했다. 몽골 전통음악도 흘렀고 몽골 아줌마 종업원들도 정겨웠다. 누가
봐도 몽골 그 자체였다. 이곳에 앉아 계속 사막을 바라보기로 했다. 양고기
만두를 먹었기 때문에 음식은 시키지 못하고 몽골 맥주 한 캔을 마셨다.
강한 햇살을 맞았기 때문인지, 아니면 지대가 높아서였는지 500ml 한 캔에
취기가 돌았고 이상하게 편두통이 왔다. 드디어 챙겨왔던 의약품 두 가지를
쓸 때가 왔다. 진통제를 두 알 먹고, 소형 파스를 어깨에 붙였다. 어서 혈액이
더 잘 순환되길 바라며 객실로 돌아와 누웠다.

南 South

↑레이르 나이P >>>

사인샨드
САЙНШАНД

5월 6일 14시 45분
뻔대만나봄 예반기차의 시체를 지나
역에 도착했다.
제법 길게 쳐뭏간 정차한다.
아직 완전한 봄은 아녔지만
해낵빛은 몹시 따뜻웠다.
사람들이 갸운데서 않으로 몰려나와
태양을 만끽했다.
거의 모두가 블라디보스톡까지
시베리아에 머물던 이들이다.

#4 열차
5/6 14:47 착
33min 정차
5/6 15:20 발

사인샨드역
Sain-Shanda
Сайншанд

Distance to
Seoul
2,513Km

자미인우드 ЗАМЫН YYД >>>

30km 이동

몽골과 중국의 국경에 도착했다. 예정보다 9분 늦었다. 이곳에서 1시간 40분
정도 정차하며 출국심사 후 중국으로 넘어가 여행자들 사이에서 악명 높은
중국 입국심사를 받을 예정이었다. 어제 받았던 심사와 마찬가지로 세관과
출입국담당관, 보안요원 등이 차례로 방에 들렀다가 사라졌다.

역시 기차 그림이 있는 출국 도장이 찍힌 여권을 받아들고 즐거워했다.
러시아도 마찬가지였지만 몽골에서도 철도와 출입국 업무의 대부분을
여성들이 맡았다. 남녀차별이 없는 사회의 측면도 있을 테지만 한편으로는
모든 남자가 군대로 (끌려)가야 했던 나라에서 일상과 관련된 일들은 여자가
도맡게 되었던 이유도 있었을 것 같다. 사유야 어쨌든 결과적으로 평등한
사회가 된 것은 나쁜 일은 아니다.

중국 역시 전쟁이 잦았고 여자들도 동등한 대우를 받으며 각종 분야에서
일을 했지만, 정치 뉴스를 보거나 당장 내가 타고 있는 기차를 보면 거의 모든
사람들이 남자다. 기차 승무원들은 착하면서 조금 게을러 보였는데 여자
차장이었으면 안 그랬을 거라고 속으로 흉을 본 적이 몇 번 있었다.

몽골 구간에서 열차를 끌어줬던 낡은 디젤기관차가 분리되어 쉬러 가는
모습이 창밖으로 보였다. 파란 바탕에 몽골 느낌이 가득한 문양으로
장식된 철마였다. 이곳의 기관차들에는 유난히 말 그림이 많이 그려져
있었다. 세계에서 말을 가장 잘 탔고, 내친김에 유럽까지 말을 타고 가
세계 정복을 했던 민족에게 기차는 그 누구보다도 철마로 인식되었을
것이다. 어둠 속에서 덜컹거리는 소리가 났다. 중국 기관차였다.
다시 전철화가 된 구간으로 접어들었다.

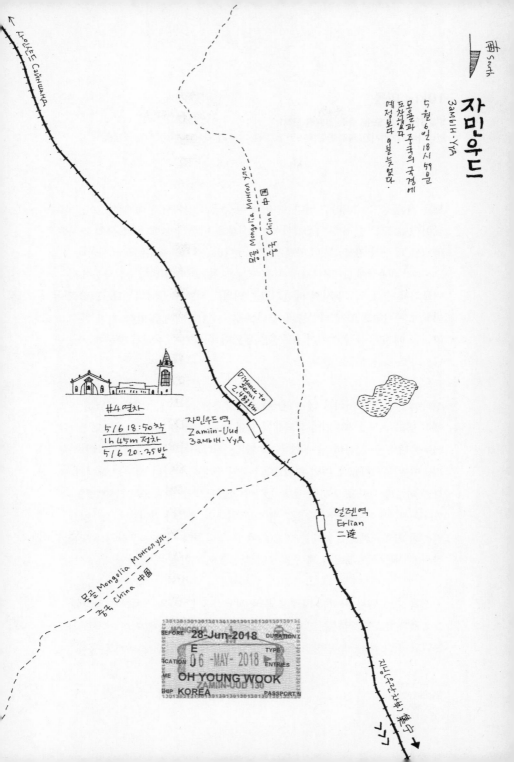

10km 이동

5월 6일 18시 59분 중국 얼롄역 도착
한국과의 시차 1시간. 파리 출발 후 9일 20시간 49분 경과. 서울까지 2,473km 남음.

모든 짐을 들고 내리라고 했다. 악명 높은 중국 국경에서의 대기 시간이
찾아왔다. 모든 승객은 이곳에서 다섯 시간을 머물러야 했다. 그 사이 기차는
바퀴를 바꾸러 가고(러시아 광궤 1,520mm짜리에서 표준궤 1,435mm짜리로
교체하러 대차장에 다녀온다고 했다) 승객들은 철도역사의 출입국심사동에서
머물러야 했다. 입국심사와 세관신고는 의외로 빠르게 끝났다. 그도 그럴 것이,
이제야 확실하게 알게 되었는데, 승객은 총 60명도 되지 않았다. 기차 칸수를
따졌을 때 수용가능 인원이 200명은 됐었다. 비수기 열차였기 때문에 가능한
밀도라고 생각하기로 했다.

생각해보니 조금 어이가 없는 게 60명의 입국심사는 40분 만에 끝났고,
예전 벨라루스에서의 기억을 되새겨 보면 바퀴 규격을 바꾸는 작업도
서두른다면 한 시간이 넘지 않을 일이었다. 기다려야 하는 다섯 시간의
기준이 의문스러웠다. 다만 지난 10년 동안 열심히 살았던 시절을 돌이켜
보면 이렇게 시간을 멍하니 보냈던 적이 있었던가 싶었다(20대에는 뻘짓을
한다고 시간을 버렸던 적이 좀 있긴 했다). 그렇다면 중국의 기이한 시스템에
의존해 비효율적으로 보내는 이 200여 분간의 잉여 시간은 생활의 속도를
잠시 멈춰본다는 점에서 꽤 괜찮았던 경험으로 기억될 것도 같았다.

자정이 조금 넘자 바퀴를 바꾸고 중국 식당칸을 달고 온 기차가 승강장에
도착했다. 철도역 직원은 지쳐 쓰러져가고 있는 승객들에게 이제 기차로 가도
좋다고 했다. 어둠 속 변방의 플랫폼에는 가로등마다 달린 스피커를 통해

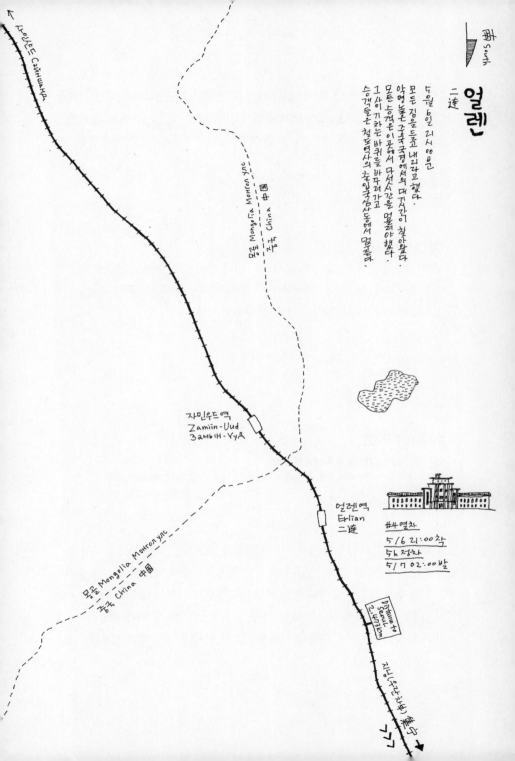

南 South

二連
얼렌

두 명의 러시아인
모든 짐을 들고 내리라고 했다.
악명높은 구역 국경에서의 대기시간.
모든 승객들이 공산서 다섯시간을 멈춰야했다.
그 사이 기차는 바퀴를 바꾸러 가고
승객들은 철도역사의 중앙 국경선 동에서 멀리
떨어져.

자민우드역
Zamiin-Uud
Замын-Үүд

얼렌역
Erlian
二連

#4열차
5/6 21:00착
5h 정차
5/7 02:00발

Россия → Seoul
2.배정36km

싸인샌드 Сайншанд

몽골 Mongolia Монгол улс
중국 China 中國

몽골 Mongolia Монгол улс
중국 China 中國

지난(으로진행) 集寧

아련한 느낌의 음악이 흘러나왔다. 중국은 투박하고 세련되지 못하지만 가끔 이렇게 마음을 흔드는 감성을 보일 때가 있다. 다들 무엇을 위해 이 불편한 여행을 감행하는지 몰라도 각자 저마다의 생각을 간직한 채 기차에 올랐다.

5월 7일 02시 00분
열차가 서울을 향해 출발했다.

5월 7일 05시 50분
날이 밝아와 잠에서 깼다. 밤새 사막을 건너 다시 스텝기후를 보이는 초원 지대로 들어섰다. 그사이 사막의 먼지가 다시 유리창에 퇴적됐다. 천 리 정도 가면 만리장성이 나올 것이다.

333km 이동
5월 7일 06시 37분 중국 지닝남역 도착
한국과의 시차 1시간. 파리 출발 후 10일 6시간 26분 경과. 서울까지 2,140km 남음.

우란차부라는 도시 남부에 위치한 역이었다. 새로 지은 깔끔하고 건조한 플랫폼에 멈췄다. 이곳에서 18분간 정차했다. 5번 방에 머물던, 간신히 걷기 시작한 딸아이와 함께 여행 중인 네덜란드 부부가 여기서 내렸다. 윈강석굴을 보기 위해 다퉁으로 간다고 했다. 아내는 임신 중이었는데 배가 상당히 불러 있음에도 무거운 배낭을 가볍게 어깨에 걸쳤다. 역시 네덜란드인은

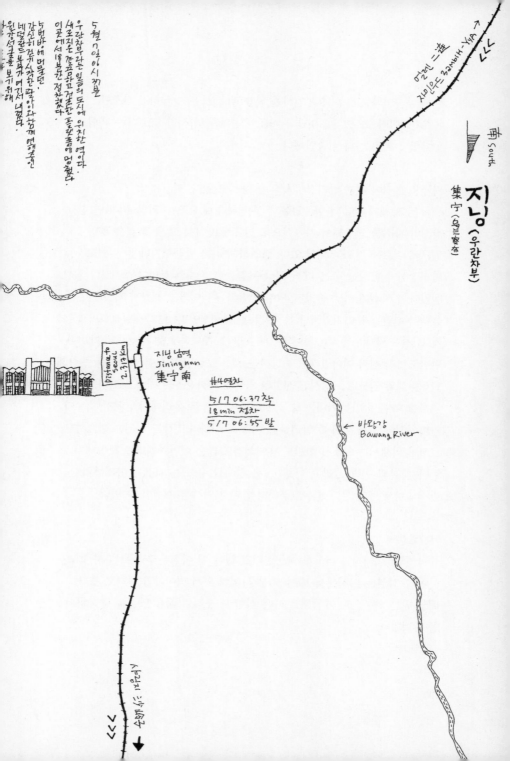

5월 7일 아침 6시 37분
우란차푸는 일익 도시에 위치한 역이다.
새로운 깔끔하고 견고한 플랫폼이었었다.
이곳에서 18분간 정차했다.

누런 바위 머물던,
가산히 걷거나 짝한 말이나와
네덜란드 부가 여기서 내렸다.
원강서강을 보기 위해

南 South

지닝 二站
지민운드 32MNIH-YRA →

지닝 (우란차부)
集宁 (우란차부)

지닝 남역
Jiningnan
集宁南

Distance to
Seoul
2,313 Km

#4열차
5/7 06:37착
18 min 정차
5/7 06:55 발

← 바왕강
Bawang River

<<<
수해 三나건가
↓

강한 종족이라고 감동했다. 인사를 나눈 뒤 그들은 깔끔하고 건조한 에스컬레이터(모스크바를 떠난 후 처음 보는)에 올라 사라졌고 나는 객실로 돌아왔고 기차는 다시 출발했다.

지금은 흔적이 없는 만리장성 구역을 향하고 있다.
중국은 20세기 말부터 현존하는 부분(명나라 때 축조된) 외의 2000년 전 장성의 자취를 연구해서 지속적으로 발표했고 이제 그 동쪽 끝은 평양 인근에 이르는 것으로 되어 있다. 당연히 우리는 발끈했지만 곧 잊었고 만리장성에 환상을 품은 다른 나라 사람들은 고대의 장벽이 생각보다 훨씬 길었다는 사실이 마냥 좋았다. 당시 변방의 성벽이라고 해봤자 기껏해야 돌멩이 섞인 흙무더기였거나 목책이었을 가능성이 더 많기에(실제 로마제국이 게르만족을 막기 위해 세운 방어벽은 나무판자를 투박하게 덧대놓은 수준이었다). 한반도까지 성이 이어졌다고 주장하는 것은 오늘날의 성벽 이미지를 투사해 만리장성의 역사로 포장시킨 신화의 영역에 가까운 이야기일 뿐이다. 고대의 역사를 마음껏 만들어내는 중국과 일본의 행동은 우리에게 남북한이 보다 가까워져야 하는 이유를 알려준다. 아무리 신화라고 해도 근거는 필요하고, 그러기 위해서는 최소한 한반도 내에서라도 많은 이야깃거리를 찾아내야 한다. 자본과 인력, 그리고 이곳저곳을 탐사할 수 있는 자유가 아직까지 밝혀내지 못했던 고조선과 고구려의 찬란한 역사를 재생할 수 있다.

5월 7일 07시
중국 구간 내에서는 식사를 제공한다고 했다. 단 아침은 7시에서 7시 30분 사이에, 점심은 10시에서 10시 30분 사이에 와서 먹어야만 한다고 했다. 배급 받는 기분으로 아침으로 나온 식빵 세 조각과 삶은 달걀을 중국차와 함께 먹었다.

200

205km 이동

예정에 없던(내가 조사했던 자료에는 없었던) 장자커우라는 도시 남부의
샤링지역에 4분간 정차했고 몇몇 중국인들이 탔다. 사람이 많아 뒤늦게
자리를 잡은 식당칸에서 하얀 쌀밥과 무조림, 양배추를 곁들인 고기완자로
이른 점심을 먹었다. 모든 음식이 차갑게 식어 있었지만 여행 중 처음으로
흰쌀밥을 먹어본 것에 의의를 뒀다.
3번 방의 네덜란드인 부녀와 잠시 이런저런 이야기를 나눴다. 아시아가
처음이라는 그녀는 다리가 불편한 아버지를 모시고 모스크바에서 여러
장소들을 거쳐 베이징으로 가는 중이었다. 몽골의 자연이 너무 좋았다며,
마지막으로 만리장성을 본 후 비행기를 타고 돌아간다고 했다. 지난 밤 모든
짐을 갖고 내려야 했을 때 어르신께서 무거운 배낭을 짊어진 채 힘겹게
걸음을 내딛는 모습이 눈에 밟혔었다. 내 시선과는 상관없이 새로운 세상을
바라보는 그의 눈빛은 살아 있었다. 넓은 세계를 향해 여행은 계속되어야
하는 것이다.

5월 7일 12시 01분
어제 확인하지 않았던 여권을 펴보았다. 역시 낭만이나 섬세함을 저버린
문화혁명 이후의 중국에서 입국 도장에 기차 그림을 넣어주는 배려 따윈
없었다. 사실 어제 입국심사 전에 조금 쫄아 있었다. 출국편 항공권 사본이
있었지만 배를 타기로 마음먹은 이후 취소해버렸던 것이다. 출국하는
교통편 증명을 요구하고, 내 항공권이 취소된 것임을 알아차리면 어떡할까

하는 걱정을 했었다. 물론 정신을 차리고 생각해보면 그런 것까지 치밀하게 검토할 행정 시스템은 중국이 아니라 세계 어디에도 존재하지 않을 것이다. 입국심사에는 며칠 전부터 중국 전역에서 개시되었다는 지문채취 과정이 추가되었다. 열 손가락의 지문을 채집하고 얼굴 사진을 찍는 과정은 간단히 끝났다. 쾅 소리를 내며 도장이 찍혔다.

기왕 가슴을 졸이는 김에 상상의 세계에 빠져보기도 했다. 과거 안중근 의사가 거사를 위해 하얼빈을 향할 때 신의주를 통해 중국으로 가는 노선 대신 러시아를 거쳐 만주에 이르는 열차를 탔다고 한다. 그쪽이 심사가 덜 엄격했던 이유였다. 더불어 3등칸에 비해 승객에게 예우를 갖추며 대충 검문하는 2등칸을 이용했다. 하지만 중대한 임무를 갖고 있는 이로서 국경을 넘는 순간에는 엄청 긴장되었을 것이다. 그 느낌이 어땠을지 궁금했다. 순사 제복과 별 다를 바 없는 철도승무원 제복과 국경수비대 제복은 사람을 위압하는 힘이 있다. 막상 도장을 받고 나자 중국에서 특별히 할 행동도 없었던 나는 가슴을 졸여야 했던 게 다소 억울했고 조금은 한심했다. 계획이라고는 기껏해야 대륙횡단이 거의 끝나가고 있음을 자축하며 저녁은 훠궈를 실컷 먹고 으리으리한 가게에 가서 세 시간짜리 마사지를 받겠다고 다짐했던 게 다였는데 말이다.

5월 7일 12시 51분

수없이 많은 터널들을 통해 험준한 산맥을 지났다. 베이징의 서북쪽에서부터 서서히 접근하는 이 경로가 매력적인 건 예전에 흉노족이나 몽골족이 중국 본토로 쳐들어갈 때 이용했던 길과 비슷하다는 사실 때문이었다. 이 산만 넘으면 한족의 땅이었다.

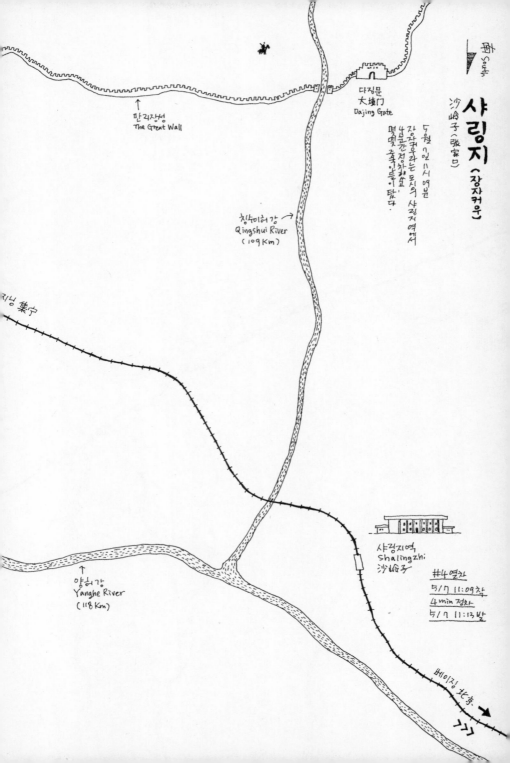

南 South

샤링지 (장자커우)
沙崎子 (張家口)

다징문
大境門
Dajing Gate

5월 7일 11시 09분
장자커우라는 도시의 샤링지역에서
4분군 정차하고
몇몇 조선인들이 탔다.

판리장성
The Great Wall

칭수이허강
Qingshui River
(109 Km)

지닝 集宁

양허강
Yanghe River
(118 Km)

샤링지역
Shalingzhi
沙崎子

#4열차
5/7 11:09착
4 min 정차
5/7 11:13발

베이징 北京

6월 7일 14시 35분
시내구간을 서행하던 열차가
베이징역에 도착했다.
60여 명의 정보원 승객 중
모스크바에서 출발해
인생원정의 여정을 마친 여행객들은
저마다 꿈을 안고서
기차 안에서 사진 찍는 시간을 가졌다.
여행자에게
특히 서양에서 온 이들에게
베이징으로의 긴 시간을 제대로 씻지 못한 채 견뎌내며
힘겹게 찾아온 목적지였다.
하지만 길은 끝나지 않았다.
철로는 동쪽으로 더 뻗어 있었다.

← 사링지 방냐우쯔

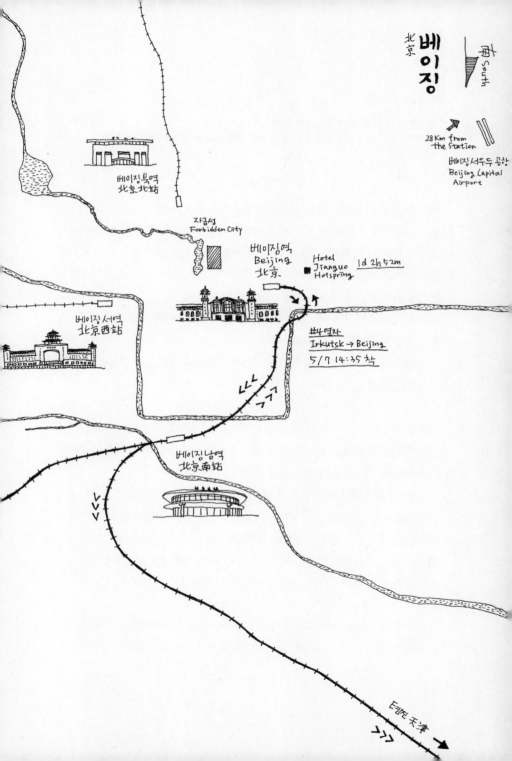

北京 **베이징**

南 South

28 km from the Station

베이징서우두 공항
Beijing Capital Airport

베이징북역
北京北站

자금성
Forbidden City

베이징역
Beijing
北京

Hotel Jianguo Hotspring   1d 2h 52m

베이징 서역
北京西站

#4열차
Irkutsk → Beijing
5/7 14:35 착

베이징남역
北京南站

텐진 天津

204km 이동

시내 구간을 서행하던 열차가 베이징역에 도착했다. 60명 정도의 승객 중
모스크바에서 출발해 인생의 첫 시베리아 횡단을 마친 여행객들은 저마다
감격에 겨워 기차 앞에서 사진 찍는 시간을 가졌다. 여행자에게, 특히
서양에서 온 이들에게, 베이징은 긴 시간을 제대로 씻지 못한 채 견뎌내며
힘겹게 찾아올만한 목적지였다.
하지만 아직 길은 끝나지 않았다. 철도는 동쪽으로 더 뻗어 있었다. 내일
출발하는 연결편을 타기 위해(사실 바로 타도 됐지만 몸의 먼지를 씻어내고 싶을
것 같았기에) 하루 머물기로 했지만 여기서 압록강까지는 고속열차를 이용하면
여섯 시간이면 갈 수 있다.

횡단을 마쳤다고 신나하는 저들에게 애써 말로 설명할 필요 없이 아직 길이
끝나지 않았음을 알려줄 방법은 무엇이 있을까? 이곳에 잠시 머문 뒤 다시
기차에 올라 좀 더 동쪽으로 가게 할 매력은 무엇일까?
한 가지는 확실했다. 베이징은 이 여정의 절정이 되기에 충분한 역사와
잠재력을 지닌 곳이었다. 전 세계 사람들 누구나 중국이라고 했을 때
떠올리는 구체적인 장소나 형상이 있었고 그걸 부정할 필요는 없었다.
많은 여행자들이 참조할 《론리플래닛 가이드북》 시베리아 횡단철도 편
마지막 챕터는 베이징이다. 내용은 이렇게 시작한다.

열차를 타고 시베리아를 횡단하면서 지친 여행자들에게 베이징은 꿈에 그리던
천국과 같이 다가온다. 2008년 하계 올림픽을 계기로 중국의 수도 베이징은 크게

변모했다. 외국계 기업과 전 세계의 다양한 음식이 넘쳐나고, 도시 곳곳에서 볼 수 있는 현대적인 건축물은 국제적인 도시 베이징에 예술적인 감성을 더해준다. 미래를 향해 급속히 발전하고 있지만 베이징의 진정한 매력은 과거의 유산에 있다. 자금성, 천단공원, 이화원, 그리고 만리장성 등의 걸출한 역사유적들을 다 보려면 며칠 동안 분주하게 돌아다녀야 한다. 급격히 사라지고 있는 후통(좁은 골목길) 사이로 베이징의 구석구석을 구경하러 다니는 것도 즐거운 경험이 될 것이다.

베이징에 도착하면 저녁때쯤 수많은 술집 중 하나에 들러, 장대한 대륙횡단여행의 끝을 기념하며 '간베이!'를 외쳐보자.

훗날 남북의 철도가 연결되고 북한이 개방되었을 때 한반도는 횡단코스의 절정 역할을 맡을 필요가 없다. 바이칼 호수와 몽골의 초원, 자금성과 만리장성에 그 자리를 양보하고, 저예산 영화가 주는 잔잔한 마무리나 누구도 예측하지 못한 반전 같은 것이면 충분했다. 특히 우리에겐 몇 가지 괜찮은 소재가 있다.

· 평양-워터미트(수육)를 안주로 소주를 마음껏 마신 뒤 흥에 겨워 세계에서 마지막으로 남은 비밀의 도시를 활보하기
· 비무장지대-비무장지대의 에너지제로 숙소에서 들짐승 울음소리와 함께 밤을 보내며 평화를 느끼기
· 일본-아시아의 갈라파고스인 일본으로 배를 타고 가보기
· 서울-진정으로 대륙의 끝에 위치한 극동의 메트로폴리스에서 마음을 풀어버리기

《론리플래닛》의 저자가 된 셈 치고 시베리아 횡단철도 편 마지막 챕터로 서울편이 추가된 것을 가정하여 머리말을 상상해봤다.

여정의 피날레를 울릴 때다. 서울로 가는 길은 유라시아 대륙의 마지막 메트로폴

리스를 찾아가는 여정이다. 중간에 비밀의 도시 평양을 지날 때 마음이 움직인다면 절대 그냥 지나치지 말자. 심시티라는 게임을 즐겼다면, 현실로 구현된 우승자의 작품을 보게 될 것이다.

챔피언스리그 4강이나 월드컵 4강의 대진표를 본 적이 있는가? 팀 이름만 보더라도 심장이 뛰는 팀들이 경기를 준비한다. 서울에서도 늘 흥미진진한 4강전이 열린다. 아시아의 끝자락에 위치한 이 작은 반도에서 미국과 러시아, 중국과 일본은 늘 경쟁했다. 영원한 승자나 패자가 없는 게임들이 끊임없이 펼쳐진다. 그렇기 때문에 서울의 모습은 모든 게 뒤섞여 있다. 네 나라의 경쟁이 남긴 흔적이 산재한다. 경이롭게도 한국인들은 그런 땅에서 자신들만의 독특한 문화를 잃지 않으며 살아왔다. 세계 그 어느 곳에서도 볼 수 없는, 밥 한 공기를 시키면 여러 가지의 반찬(조선의 왕에게 올려지는 12가지의 반찬으로 된 수라에서 비롯됐다)이 나오는, 마법의 식사를 한 후 초록색 유리병에 든 신비의 술을 따라 '건배'를 외치며 세상 끝에 위치한 도시를 즐겨보자.

5월 7일 15시 30분

혼돈의 세상이었다.

예약 확인증을 내일 타는 기차표로 바꾸기 위해 베이징역 서측에 위치한 매표소로 갔다. 짐 검사와 몸 수색을 받아야 했는데 나도 어디에다 둔 줄 잊은 여행용 칼을 찾는다고 인파 속에서 모든 짐을 풀어헤쳤다. 그렇게 해서 겨우 찾았더니 여자 수색요원은 한 번 스윽 보더니 됐다고 다시 짐을 챙겨 가라고 했다. 거대한 매표홀의 창구들에는 길에 떨어진 사탕 주위에 몰려든 개미들처럼 사람들이 모여 있었고 그건 유일하게 영어소통이 가능한 16번 창구도 마찬가지였다(영어가 필요하지 않은 사람들도 몰려든 탓이다).

한숨을 쉬며 줄에 섰다. 20여분 후 창구 근처까지 왔다. 내 바로 앞으로는 서양남자 하나, 중국남자 하나, 내 바로 뒤로는 남미에서 온 커플이 있었다. 그런데 내 바로 앞의 중국남자가 그 앞의 서양남자에게 자꾸 밀착하는 것이었다. 중국인이 줄을 설 때 새치기를 방지하기 위해 앞뒤 틈을 거의

주지 않는다는 것을 경험상 알고 있었지만 내가 봐도 그는 과도하게 앞으로
밀착했다. 참다못한 서양남자가 항의해서 잠깐 물러나나 싶더니 금세 다시
붙었다. 서양남자가 창구에서 표를 구매할 땐 거의 끌어안다시피 했다. 결국
항의는 두 번 더 추가됐고 두 번째 항의 땐 중국남자도 잠시 느슨하게 거리를
벌려야만 했고 그 사이 한 남자가 새치기를 했다. 하지만 자신의 차례가
오자 원래 줄을 서 있던 중국남자가 그 한 명을 거칠게 밀어냈다. 새치기
남자는 이제 그와 나 사이의 공간을 노렸는데 나는 새치기를 당하더라도
앞의 남자에게 몸을 밀착하고 싶은 생각이 전혀 없었다. 새치기 남자는
손쉽게 다음 차례를 차지했고 내가 항의하자 억울하다는 듯이 뭐라고 하더니
결국 표를 구매했다. 나와 뒤의 남미 커플은 대형을 벌려 그를 둘러쌌다.
중국인들처럼 다른 새치기꾼이 접근하지 못하도록 바리케이드를 친 것이다.
결국 내 차례가 왔고, 나는 승차권을 손에 쥐었고 다른 사람이 끼어들기 전에
그 커플이 창구 직원과 마주한 것을 확인한 후 즐겁게 웃으며 헤어졌다.

신경을 곤두세웠더니 배가 고파졌다. 게다가 충격적인 사실이 있었는데 내가
예약했던 호텔은 구글지도상에 표시된 곳에 있지 않았다. 800m를 걸어가야
했다. 역에서 가장 가까운 호텔에 묵겠다는 컨셉에 타격을 받았다. 어쩔 수
없는 상황이니 배라도 채우자 싶어, 역 광장에 있는 수많은 식당들 중 가장
간판도 크고 깨끗하며 이름마저 '미국캘리포니아우육면'인 식당에 들어갔다.
목이버섯 초무침과 매운맛 우육면 세트를 시켜 감동을 받으며 먹었다.
중국이다.

중국이 새치기의 왕국이라고 하지만, 뻔뻔하게 새치기를 하는 사람은 아무리
많게 쳐도 전체의 10% 정도였을 것이다. 이방인의 눈에 새치기를 하는
사람만 보였을 뿐이다. 나머지 90% 이상의 중국인들은 묵묵히 줄을 선 채로
나처럼 속으로 욕을 하거나 부러워하고 있었을 게 분명하다.

이 10%(5%나 15%라고 해도 상관은 없다)의 인구는 세상 어디에나 존재한다. 노골적으로 황인종은 더럽다고 생각하는 백인도, 여자는 열등하다고 믿는 남자도, 민주화 운동이 쓸데없는 짓이었다고 폄하하는 한국인도 비슷하게 현실에 존재한다. 현대 사회에서 그들을 피할 방법은 없다. 내가 그들보다 더 행복하면 되는 것이다.

5월 7일 16시 04분

이미 여름이 와버린 것 같았다. 땀을 뻘뻘 흘리며 예약해둔 호텔로 갔다. 오는 길에 호텔을 열 개는 봤다.

비교적 저렴하게 예약했지만 호텔은 마음에 쏙 들었다. 호텔을 고르는 내 취향 중의 하나는 권위주의 시절에 지어져 당시 잘나가던 사람들이 애용하다가 시대의 변화에 대응할 기회를 놓친 채 예전 그대로의 방식으로 영업하는 곳에서 지내는 것이다. 새로 지은 모던한 디자인의 호텔과 비교했을 때 다소 촌스럽고 구식처럼 보이는 게 많지만 그 모든 게 매력처럼 다가온다. 요즘 사람들이 기피하는 카펫이 깔려 있다거나(그것도 화려한 무늬로), 호텔 전화기로 국제전화를 걸고 받는 방법이 자세하게 설명되어 있다거나(휴대폰이 보편화된 건 아직 20년도 되지 않았다), 벽체에 소리만 우렁찬 일체형 헤어드라이어가 붙어 있다거나(당시엔 얼마나 세련된 기계였을까) 하는 식이다.

베이징에서 하룻밤 보내게 될 호텔은 (의도한 건 아니었지만) 온천이 있었다. 지하 1,100m에서 물을 끌어올린다고 해서 찾아갔다. 외부 마당을 거쳐 가야 했는데 안내판에 러시아어까지 같이 적혀 있어 괜히 반가웠다. 사우나는 남녀가 분리되었지만 온천은 수영장과 같이 있어 수영복을 입어야 한다고 했다. 68위안(11,500원)을 주고 이곳이 아니라면 영원히 입을 수 없을 것 같은 디자인의 수영복을 샀다. 옛 베이징 부자들이 애용했을 것 같은 온천은 20년 동안 온천수의 미네랄이 모든 시설을 삭아버리게 했지만 영광의 흔적은 남아 있었다. 특히 네 개의 온천탕이 인상적이었는데 중국의 이름난 강을 대변하듯 모두 흙탕물이었다. 황하색, 양쯔강색, 흑룡강색 같은 오묘하게 다른 누런 물속에 중국인들이 우아하게 몸을 담그고 있었다. 나 역시 기쁜 마음으로 탕에 들어가 횡단 여정으로 굳어버린 몸을 풀었다.

5월 8일 11시 50분

체크아웃 했다. 호텔 로비의 찻집에 앉아 기차 출발시간까지 기다리기로 했다. 이런 불가항력적인 기다림은 세상이 철도 대신 자동차를 택하게 된 계기였을지도 모른다. 더 이상 시간의 공백을 견디지 못하는 시대에 살기에 예전 같으면 당연했을 이 순간을 담담하게 맞으려 애썼다.

5월 8일 16시 27분

먼저 승강장으로 내려가 기차를 구경하고 싶었기에 출발 한 시간 전임에도 개찰구 앞에 가서 줄을 섰다(중국에서는 아무나 승강장으로 가지 못하고 지정시간에 표를 가진 사람만이 입장 가능하다). 구경엔 관심이 없지만 기차를 놓칠까 봐 걱정이 큰 사람들도 줄을 섰다. 내 근처에는 열 명 정도의 북한 사람들이 있었다. 선수단이었는지 북한 국기가 달린 유니폼을 입은 사람도 있었다. 귀를 쫑긋하며 그들의 대화를 들어보려 했지만 그러기엔 주변의 다른 중국인들 목소리가 너무 컸다.

5월 8일 16시 43분

드디어 개찰구가 열리고 승객들은 인해전술처럼 1층 승강장으로 몰려 내려갔다. 녹색 객차와 적색 객차가 아무렇게나 뒤섞여 연결된 열차편이었다. 끊임없이 사람이 들어갔다.

5월 8일 17시 05분

11호차 푹신한 침대칸 2번 침대에 짐을 풀었다. 슬프게도 2층이었고 1층은

인정머리 없게 생긴 30대 여자 자리였다. 그녀는 인상처럼 하는 짓도
별로였다. 낮 시간에는 좌석으로 공유하게 되어 있는 1층 침대자리에 그대로
누워버렸던 것이다. 널브러져 있는 육체를 통해 나와 나란히 앉아 있기
싫다는 의사를 강하게 드러냈다. 나는 2층에 쭈그리고 있거나 복도의 접이식
의자에 앉아야만 했다. 반면 맞은편에는 역시 각각 따로 온 중년남자(1층)와
중년여자(2층)가 평화롭게 양 끝에 앉아 각자의 시간을 보내고 있었다.
영원히 같이 지내도 친해지기 어려울 것 같은 네 명은 서로의 시선을 계속
외면하며 오늘 밤이 어서 지나기만을 기다리는 중이었을 것이다.

5월 8일 17시 27분 중국 베이징역 출발
한국과의 시차 1시간. 파리 출발 후 11일 17시간 16분 경과. 서울까지 1,631km 남음.

정시에 출발했다. 11호차 차장이 객실로 찾아와 표를 수거해가며 자리번호가
적힌 카드를 주고 갔다. 나중에 다시 교환한 다음 내리면 된다고 했다.

5월 8일 17시 48분
베이징의 하늘은 맑았다. 복도 창가에 앉아 도시를 구경하다가 옆 객차로
구경을 갔는데 바로 식당칸이었다. 이미 왁자지껄하게 요리와 함께 백주를
마셔대는 사람들이 있었다. 밤이 깊어질 때까지 그곳에 있기로 했다. 볼이
특히 귀여웠던 여자 종업원에게 돼지고기와 함께 볶은 목이버섯 요리와
맥주를 시켰다. 식당칸에는 유쾌한 분위기가 가득했고
요리는 예상 외로 너무 맛있었다.

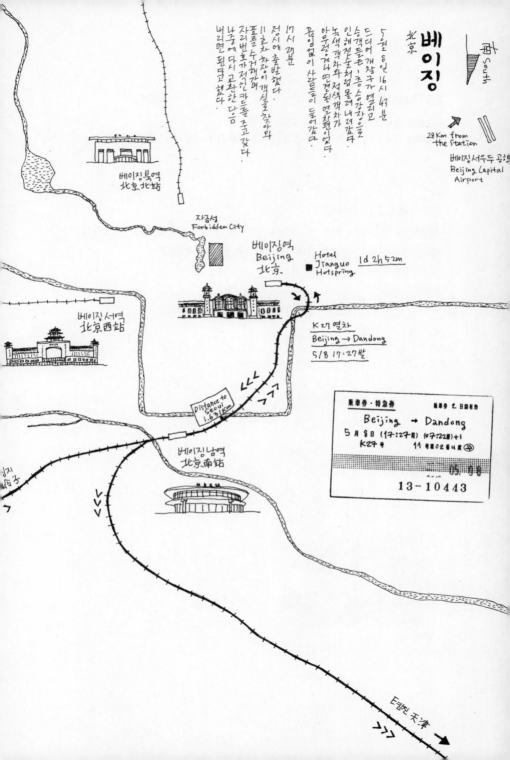

北京 베이징 北京

南 South

28 Km from the Station

베이징서우두 공항
Beijing Capital Airport

17시 24분
정시에 출발했다.
11호차 차장이 객실로 찾아와
풀르수거걱잇가며
자리번호가 적힌 카드를 주고 갔다
나중에 다시 교환한 다음
버리면 된다고 했다.

5월 8일 16시 43분
드디어 개찰구가 열리고
인해전술을 방불 승강장으로
녹색객차와 적색객차가
아우러진 먼 연락열차가 있었다.
끝없이 사람들이 들어갔다.

베이징북역
北京北站

자금성
Forbidden City

베이징역
Beijing
北京

Hotel Jianguo Hotspring   1d 2h 52m

베이징서역
北京西站

K27 열차
Beijing → Dandong
5/8 17:27발

Distance to Seoul
1,631km

베이징남역
北京南站

평지
천진

톈진 天津

乘車券·特急券   2日間有効

Beijing → Dandong

5月 8日 (17:27発) (07:22着)+1

K27号   11号02番4座

05.08

13-10443

137km 이동

5월 8일 19시 09분 중국 톈진역 도착
한국과의 시차 1시간. 파리 출발 후 11일 18시간 52분 경과. 서울까지 1,494km 남음.

톈진역에 6분간 정차했다.

식당칸의 손님들이 일부 바뀌었다. 맥주를 한 병 더 주문했다. 버드와이저 병맥주의 값은 고맙게도 10위안(1,700원)밖에 하지 않았다.

베이징-단동 승차권.

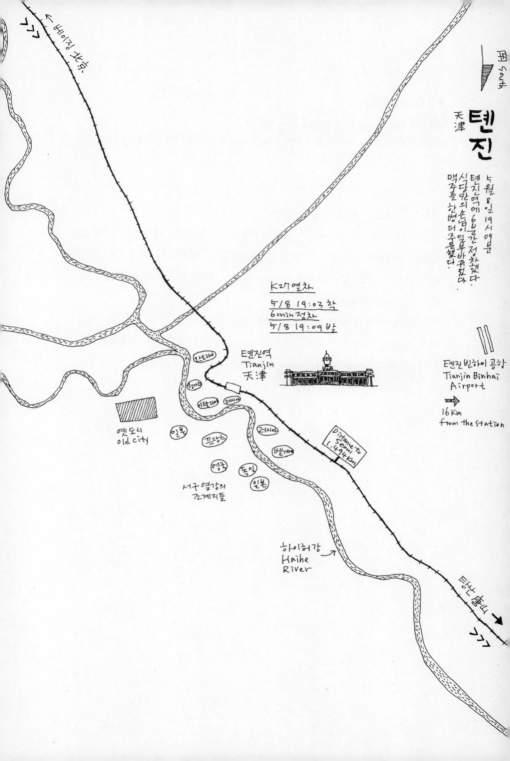

123km 이동

5월 8일 19시 09분 중국 탕산역 도착
한국과의 시차 1시간. 파리 출발 후 11일 20시간 18분 경과. 서울까지 1,371km 남음.

탕산역에 3분간 정차했다.
밖은 어두워졌고 신축 아파트들은 장식조명을 밝혔다. 식당칸은 이제 막장이
되었다. 사람들의 목소리가 경쟁적으로 커졌고, 계속해서 벨이 울리고 있는
전화기를 바라보기만 하며 철학하는 사람도 생겼다(벨소리는 너무도 귀에
거슬리는 음악이었다).
각 객차의 차장과 승무원들도 식당칸으로 모여 자기들끼리 식사를 했다.
이후 소소한 일들만 반복되는 일상이지만 이렇게 건강하게 하루를 보내는
것이 얼마나 행복한 일인지 감격하는 목소리로 수다를 떨었다.

북 서울쪽

唐山 **탕산**

상하이관 山海关 → ㄱㄱㄱ

5월 8일 20시 29분
탕산역에 3분간 정차했다.
밖은 어두워졌고
신축아파트들은 저녁조명으로 화려했다.
식당칸은 만장이 되었다.

Distance to Seoul 1301 Km

탕산역
Tangshan
唐山

K27열차
5/8 20:29착
3min 정차
5/8 20:32발

톈진 天津 ㄱㄱㄱ

178km 이동

만리장성의 동쪽 끝에 도착했다. 6분간 정차했지만 현대식 승강장의 지나치게 밝은 조명 너머로는 보이는 게 없었다. 그래도 이곳부터는 옛 중국의 바깥쪽에 존재하던 다른 민족의 땅인 거라고 의미를 부여했다.

객실로 돌아오니 이미 문이 굳게 닫혔고 불도 꺼져 있었다. 예의 없던 여자는 잠들었다. 나머지 둘은 스마트폰을 지루한 표정으로 들여다보고 있었다. 재미라고는 하나도 없을 것 같은 적막한 어둠 속에 멀뚱히 누워 있고 싶은 마음은 없었지만, 들락날락거리는 민폐를 끼치기 싫어 양치만 마친 뒤 2층 자리에 올랐다. 콘센트는 1층 자리 사이에 하나만 달려 있어 스마트폰으로 마음껏 놀기도 여의치 않았다. 어둠 속에 누워 서울로 돌아가는 시간만 꼽았다. 단둥까지 남은 아홉 시간이 시베리아보다도 아득하게 느껴졌다.

내가 좋아했던 건 그냥 기차여행이 아니라 사람이 별로 없는 기차여행이었다. 좌석에 앉아 가더라도 옆자리 정도는 비어 있어야 마음이 들떴고, 객차 안이 고요할수록 흥이 더해졌다. 특히 밤기차 4인 침대칸에서 친구나 가족이 아닌 낯선 세 명과 시간을 보내는 건 상대에게도 나에게도 고역이었다. 기차의 침대칸은 인류가 창조한 세상의 모든 방 중에서 가장 작은 곳이기 때문이다(교도소보다도 작다).

훗날 우리나라에 국제선 야간열차가 생긴다면 한 칸 정도는 캡슐호텔처럼 만드는 것도 괜찮지 않을까 한다. 2층으로 배열해도 좋고, 좁고 높은 형식이어도 괜찮을 것 같다. 혼자 창밖을 바라보며 사색하기 좋아하는 이들을 위해, 혹은 친구나 가족끼리 왔더라도 잠만은 혼자 자고 싶은 사람들을 위해 1등칸과 2등칸 사이의 금액으로 운영이 가능한 구조를 만들어보면 좋겠다.

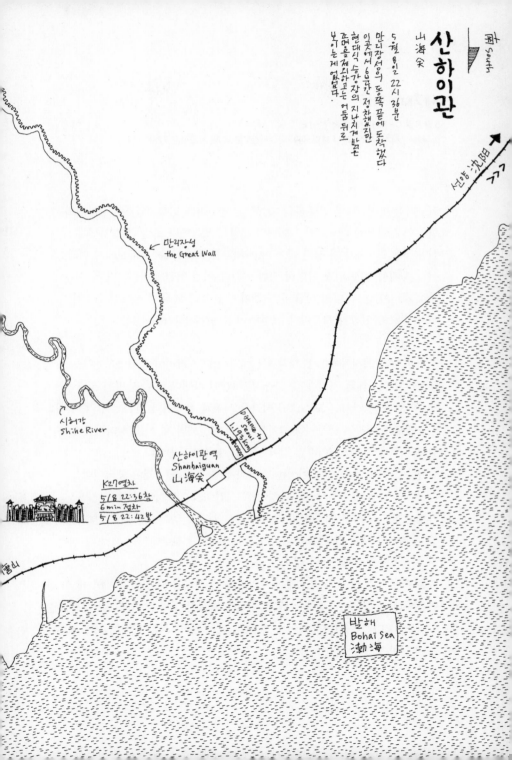

南 South

산하이관
山海关

5월 8일 22시 36분
만리장성의 동쪽 끝에 도착했다
이곳에서 6분간 정차했지만
현대식 승강장의 지나치게 밝은
조명을 제외하고는 어둠 뒤로
보이는 게 없었다.

선동 沈陽
ㄱㄱ

만리장성
the Great Wall

시허강
Shihe River

Phanie to Seoul
1,193km

산하이관역
Shanhaiguan
山海关

K27열차
5/8 22:36착
6 min 정차
5/8 22:42발

탕산

발해
Bohai Sea
渤海

417km 이동

고구려의 땅이었다가 만주족의 땅이었고 청나라의 발원지였으면서도 이제는
한족으로 가득한 대도시가 되어버린 선양에 도착했다. 22분간 정차했다.
선양역에 도착하기 전 훨씬 더 바쁘게 지나는 기차들을 먼저 보내기 위해
어둠 속에서 30분 남짓 가만히 멈춰 있었다. 이걸 어떻게 아느냐면 두 시간
남짓 자다가 깬 후 다시 잠들 수가 없어 객실 밖으로 나와 복도의 접이식
의자에 앉아 있었기 때문이다. 그렇게 아침까지 버티기로 했다.

거대한 나라 러시아에는 11개의 시간대가 있고 시베리아 횡단열차는 그
중 8개의 시간대를 거친다. 즉 일곱 번 시간이 바뀐다. 혼란을 막기 위해
러시아의 모든 열차는 모스크바 시간을 사용해 운행한다. 해가 하늘높이 떠
있음에도 불구하고 극동지역 역에 달린 시계는 새벽 세 시를 가리키고 있는
것이다. 익숙해지기 전이라면 경이를 느낄 대국의 모습이다.
경이를 느끼게 하는 데 있어서는 타의 추종을 불허하는 것이 중국이다.
러시아와 맞춰본다면 최소한 다섯 개의 시간대가 있어야 하는 나라지만
기차 운행의 편리함과 기타 몇 가지 이유로 거대한 땅이 하나의 시간대를
쓴다. 특별히 낮이 긴 계절이 아니라도 신장위구르 지구에서는 해가 열 시에
질 수 있다. 이런 시스템이 내게 도움을 줬다.
잠을 이루지 못해 객차 복도에 웅크리고 있는 신세가 되어 있던 새벽 세 시 반
즈음에 이미 먼동이 터오고 있었던 것이다. 깜깜한 창밖을 바라보며 긴긴밤을
지새우기보다는 이것저것 보이는 게 많은 편이 훨씬 낫다. 새벽 네 시가 되자
온 세상이 말갛게 빛났다.

南 South

沈阳 **선양**

潘陽

선양북역
沈阳北

구도시중심
Old city center

선양역
Shenyang
沈阳

prisoner to Seoul
1116 Km

산해관 山海关

K27 열차
5/9 03:18 착
22 min 정차
5/9 03:40 발

훈허강
Hunhe River
(415Km)

TMR
경의선

23Km from the station

선양 타오셴 공항
Shenyang Taoxian
Airport

북시 北京線

녹원오일 03시18분
고구려의 땅이었다가
만주족의 땅이 되었고
청나라의 발원지였으면서도
이제는 한족으로 뒤덮힌
대도시가 되어버린
선양에 도착했죠.
22분간 정차했다.

84km 이동

5월 9일 03시 18분 중국 번시역 도착
한국과의 시차 1시간. 파리 출발 후 12일 4시간 31분 경과. 서울까지 692km 남음.

대낮처럼 밝은 새벽 시간에 승강장에 도착하니 대낮처럼 사람도 많았다.
6분간 정차했다.
앳돼 보이는 여자 차장이 도착 20분 전쯤에 내릴 사람들을 깨우고 다녔다.
사람들이 자고 있는 걸 전혀 신경 쓰지 않고 평상시처럼 문을 열어
자는 사람을 흔들어 깨웠고, 잠에서 깨어나 내릴 준비를 하는 사람도
이웃 승객을 개의치 않고 불을 켠 다음 내릴 준비를 했다.

만리장성 밖의 영역에 있으니, 베이징 일대의 건조기후대에서도 확실히
벗어나 있음이 느껴진다. 대지는 푸석한 느낌을 지웠고 산천은 내가 살고 있는
지역과 한층 비슷해졌다.
쾌청한 날씨가 한몫했겠지만 한국을 향해 달리고 있음이 보다 실감났다.

南 South

本溪 번시

↗ 77

↑ 션양 沈陽

5월 9일 04시 42분
대낮처럼 밝은 새벽시간에
대낮처럼 사람도 많았다

6분간 정차했다.

타이쯔강
Taizi River
(464 km)

번시역
Benxi
本溪

K27 열차
5/9 04:42 착
6min 정차
5/9 04:48 발

Distance to
Seoul
692 km

Feng Huang Cheng
(펑후앙청)

∨
∨
∨
↓

133km 이동

평황청역의 영문 표기는 Phoenix Station이다. 우리말로 읽으면
봉황성역이다.
이곳은 고구려의 옛 산성인 봉황성이 있는 곳이다. 고구려 이름은
오골성이었다고 한다. 승강장 밖 광장에서는 고구려민족과는 전혀 상관없어
보이는 한족들이 삼삼오오 모여 무언가를 하며 시간을 보내고 있었다.
3분간 정차했다.

예전에 백두산을 다녀올 때도 마찬가지였지만 이번에도 만주와 연해주에
대한 아쉬움을 숨길 길이 없었다. 잘나갔던 시절의 기억은 영원히 잊히지
않는 법이다. 다만 이제부터라도 현실적인 대안이 없는 의식의 추억을
소환하지 않기로 했다. 만주는 이미 전형적인 중국 시골의 모습을 하고
있었다. 어떤 사유로든 이 땅에서 살아가는 사람들은 중국어가 더 편한
사람들이다. 19세기 초에 간행 된《열하일기》에서도 압록강 너머는 도무지
소통이 되지 않는 오랑캐의 땅이었다고 기록한다.
민족은 더 이상 피의 문제가 아니었다. 왕조가 바뀌거나 전쟁이 일어날
때마다 인종이 섞였다. 대신 언어로 민족이 결정됐다. 같은 말을 쓰며 관습을
공유하고 애국심을 나눴다. 말이 다르면 다를수록 민족은 갈라졌다.

새벽의 잡념과 함께 이번 열차의 종착역을 향해 출발했다.

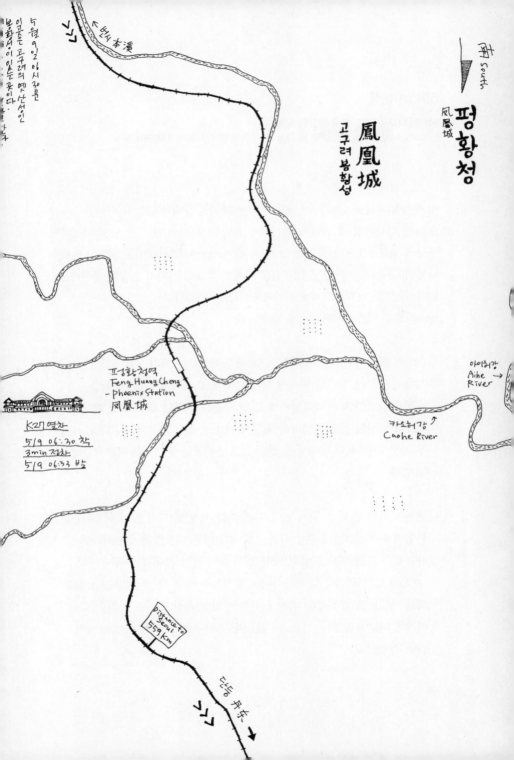

누런 9일 아시30분
이곳은 고구려의 애산성인
봉황성이 있는 곳이다. 남쪽

← 본시 本溪

南 South

凤凰城

평황청

凤凰城

鳳凰城

고구려 봉황성

평황청청역
Feng Huang Cheng
- Phoenix Station
凤凰城

K27 열차
5/9 06:30 착
3min 정차
5/9 06:33 발

아이허강
Aihe
River →

카오허강 ↑
Caohe River

Distance to
Seoul
559 Km

단둥 开东 →

60km 이동

역 플랫폼에서도 북한 땅이 보였다. 맞은편 승강장에는 단둥과 평양을
오가는 기차마저 서 있었다. 파리에서 출발한 후 제법 먼 길을 달려 이곳까지
무사히 당도했음에 안심했다. 잠이 덜 깬 승객들이 열차에서 끊임없이 쏟아져
나왔다. 그들이 모두 플랫폼을 비울 때까지 북한행 기차의 모습을 구경하고
있다가(심지어 마지막 한 량은 파란색의 북한 차량이었다),
마지막으로 에스컬레이터에 올랐다.

구글맵이 알려주는 호텔 위치와 호텔 예약 사이트 지도의 호텔 위치가
판이하게 달랐다. 당연히 역에서 가까운 곳에 표기된 구글맵을 따르는 것이
일반적일 수 있겠지만 베이징에서 한 번 배신을 당했던 터라 호텔 예약
사이트에 표시된 곳으로 가방을 질질 끌며 찾아갔고 인생의 법칙대로 거기엔
아무 것도 없었다. 다시 가방을 질질 끌고 돌아오는데 오줌이 마려운 고통이
너무 컸다.

나쁜 일이 있으면 좋은 일이 있다. 아직 여덟 시 반도 되지 않아 이른 체크인이
가능할지 의문이었는데 호텔 직원은 흔쾌히 방을 내주었다. 만실이라면
불가능했을 작은 행운은 하필 비어 있던 방이 가장 꼭대기 층에 층마다
두 개밖에 없는, 압록강이 파노라마로 펼쳐지는 코너 객실이었다는 사실로
거대한 기쁨으로 증폭됐다. 마침 맑은 날이라 압록강 너머로 신의주 도시가
뚜렷하게 내려다 보였다. 씻고, 아침을 먹고(옆자리에는 북한 사람들이 앉아
있었다) 잠들었다.

남 South

K리열차
Beijing → Dandong
5/9 07:22 착

단둥역 Dandong 丹东

신의주역 Sinuiju

Hilton Garden Inn Dandong
1d 10h 38m

펑황청 Fenghuang Cheng

중국 China

북한 North Korea

위화도

丹东 단둥

5월 9일 아시 22분
역 플랫폼에서도 북한마을이 보였다.

제법 멀지않은 곳에 마을과 사람들이

기차마저 서있는

단둥과 평양을 오가는
마주본 소파 장식에는

단둥 랑토우 공항
Dandong Langtou Airport

15Km
from the station

암록강
Amlok River
Yalu River
(790 Km)

경의선

중국 China 中国

북한 North Korea 강의아주군 인민공화국

from the station

서해
(黄海)

페리회사로 찾아가 인천행 표를 샀다. 다행히 조선족 직원이 한 명 있었다.
무조건 혼자 자야 합니다. 배에 세 개밖에 없는 스위트 객실이 있는데 많이
비쌉니다. 같은 말도 쓰시는데 4인실 중 아직 아무도 예약하지 않은 방을
주시면 안 되나요? 그건 보장할 수 없습니다. 그러면 스위트룸을 할인가로
주시면 안 되나요? 그건 어렵습니다.
사실 선양으로 돌아가 항공권을 편도로 사는 값과 크게 다르지 않았기에
스위트 객실 표를 정가에 샀다.

압록강 철교에 갔다. 두 철교가 나란히 있었다. 북한쪽 절반이 끊어진 다리가
한국전쟁에서 중국군을 막기 위해 미군이 폭파시켰던 압록강 철교고, 바로
옆에 새로 지은 다리는 조중우호교다.
압록강 철교라는 이름이 더 마음에 들어 혼자서 둘 다 압록강 철교라고
부르기로 했다. 마침 북한쪽에서 화물기차가 중국으로 넘어오는 중이었다.
덜컹거리며 지나는 기차의 모습만 봐도 내가 타고 있는 기분이었다. 이후 다른
기차가 오기를 기다려봤으나 차 몇 대가 지나는 게 전부였다.

셍겐조약이 맺어지기 전에도 서유럽을 여행할 때 국경을 넘는 건 별다른
일이 아니었다. 유로화를 사용하기 전의 여행에서 겪었던 복잡한 환전 과정이
오히려 다른 나라에 입국했음을 알리는 신호가 되었다. 그렇기에 최소한
서유럽 내의 도경은 그리 극적인 느낌을 주지 못했다(셍겐조약은 초기 주요국
기준 1985년에서 1996년 사이 체결되었고, 유로화는 초기 주요국 기준 2002년에
자국 통화를 폐기하며 통용됐다).
육로로 국경을 넘는 건 지금도 계속 이어지는 로망이다. 다행히 유럽 내의
시시한 국경 외에도 몇 차례 경험해본 적이 있다. 몇 번은 배를 타고 넘어
다니기도 했다. 국경도시에 이를 때마다 경계에 위치한 장소들이 주는 독특한
매력이 좋았다(따뜻하거나 포근하지는 않다).

아마도 가장 긴장되고 떨렸던 순간은 범죄와 마약의 도시인 멕시코의 후아레스에서 리오그란데강의 다리를 도보로 건너 미국의 엘파소에 이르렀을 때였다. 비록 느린 걸음이었더라도 순식간에 세상이 바뀌는 과정을 극적으로 체험할 수 있었다. 언어와 사람, 건물과 자동차, 쓰레기통과 가로등, 그리고 거리의 냄새와 사람들의 표정 자체가 완전히 달라졌던 것이다(멕시코 여행을 행복하게 하다가 마지막 국경도시의 묘한 삭막함에 쫄아 있기도 했다).

비록 늘 유쾌하진 않긴 했지만, 국경도시가 주는 묘한 긴장감과 혼란은 그 자체만으로도 여행의 목적이 될 만했다. 많은 간판에 두 개 언어가 쓰여 있고, 특히 자국 언어가 아닌 것은 조금 이상하게 적히고, 그럼에도 불구하고 고유의 음식이나 패션이 유지되면서, 한편으로 건너편 나라 음식을 파는 식당들은 꽤 많은 것이다. 마치 정체성의 혼란을 겪는 사춘기 소년 같아 보이곤 했다. 단둥은 지금도 반갑고 웃긴 한글 간판들이 많은 곳이지만 훗날 북한 사람 외에 대한민국 사람도 자주 이용하게 된다면 지금보다 조금 더 흥미진진한 곳이 되어 있을 거라고 기대했다.

북한식을 파는 식당에 가서 석쇠불고기와 백김치, 그리고 평양냉면을 시켰다. 어리고 예쁜 종업원이 조금은 야한 느낌의 개량한복을 입고 고기냉면과 회냉면이 있습네. 어떤 것으로 하시겠습니까? 라고 물었다. 하나에 25위안(4,250원). 평양냉면을 좋아하는 나는 두 개 모두 주문했다. 표정이 바뀌면 안 되는 것 같은 그녀가 얼굴을 살짝 실룩이며 놀랐다. 한 명인데 두 개를 시키시는 겁네까? 식당에서 의사소통이 원활하다는 건 이렇게 좋은 일이다. 지금까지의 여정 중에 처음 맞이하는 경험이다. 네, 두 가지 다 먹어보고 싶어서요.

나도 궁금한 게 하나 있었다. 음식 사진 찍어도 될까요? 음식만 나오게 찍을게요. 그녀가 같이 나오게 찍고 싶은 마음을 자체적으로 억누르며 물었다. 음식사진은 일없습네. 순간 큰 기쁨이 찾아왔다. 사진을 찍을 수 있어서가 아니었다. 드디어 나도 진짜로 살아 움직이는 '일없습네다'를 들어봤다.
맥주도 주문했다. 대동강 맥주와 압록강 맥주 중에 어떤 걸로 하시겠습네까? 대동강
맥주는 조선에서 온 것이고 압록강 맥주는 중국 것이네. 북한이 어서 압록강
맥주와 두만강 맥주를 제조하면 좋겠다고 생각하며 당연히 대동강 맥주를
선택했다. 그녀가 직접 뚜껑을 따 맥주를 따라줬는데 거품이 넘쳐흘렀다. 급히
잔을 들어 거품을 들이켰다. 여전히 표정 변화 없이 미안합네. 라고 말하는
모습이 귀여웠다.

북한식 점심식사의 결론을 말하자면, 회냉면은 한국에서 먹던 비빔 방식이
아니었다. 같은 물냉면에 고기가 얹혔는지 (명태)회가 얹혔는지의 차이였다.
즉 욕심쟁이처럼 거의 똑같이 생긴 냉면사발을 두 개 앞에 놓고 밥을 먹어야
했다.
무엇보다 평양냉면은 예상과 달랐다. 평양식이 서울에서 자체적으로 진화한
맑은 육수에 메밀 함량이 많은 면이 담긴 서울식 평양냉면에 비해, 평양에서
계속 발전해온 평양냉면은 조금 심심하고 미지근한 칡냉면 같았던 것이다.
고기와 채소 쌈까지 있어 양이 많았고 절반 정도를 남길 수밖에 없었다.
너무 배불러서 다 먹지 못했어요. 라고 조금 미안한 마음이 들어 마지막으로
그녀에게 말을 했지만 이번에는 표정이 변하지 않았던 것은 물론이고, 어떤
말도 꺼내지 않았다. 나를 음식 아까운 줄 모르는 반동으로 보면 어쩌나 하는
걱정과 함께 차가운 그녀를 뒤로 하고 한자와 한글로 뒤섞인 단둥의 거리로
되돌아왔다.

어둠이 내렸다. 중국의 통일된 시간 덕에 밤도 빠르게 찾아왔다.
강 너머의 신의주는 깊은 어둠에 묻혔다. 사실 단둥도 크게 다르지 않아
거리는 어두운 편이었다. 한글 간판을 크게 달고 있는 호텔 앞 마사지 가게에
들어가 이곳까지 여행하며 뻣뻣해진 발과 어깨를 풀었다.

5월 9일 23시 50분

국경에 위치한 호텔에 묵는 것은 난생 처음이었다. 싱숭생숭한 마음에 쉽게
잠에 들지 못할 것 같았는데 갑자기 묵직한 졸음이 밀려왔다.
내일의 마지막 여정을 꿈꾸며 잠들었다.

5월 10일 09시 중국 단둥역 출발
한국과의 시차 1시간. 파리 출발 후 13일 8시간 49분 경과. 서울까지 499km 남음.

서둘러 아침을 먹은 뒤 짐을 챙겨 단둥역으로 갔다. 중국 기차역 대합실 역시
표가 있어야만 들어갈 수 있다. 내부 진입이 자유롭지 않다는 점에서 김이
샌다. 아무리 크고 멋지게 지어놔도 기능적인 역할만 수행할 뿐이다.
마지막으로 탈 기차는 고전적인 형태였다. 고속 운행이 아직 여의치 않은
경의선 철로였기에 신형이었지만 시속 100km 정도로 운행할 것이었고,
기왕 그럴 바에는 추억이라도 살리자는 의미로 겉모습을 20세기 초의 크기와
모습을 따라 제작했다고 한다.
내부에도 운치가 가득했다. 구석구석 목재와 황동주물을 이용해 꾸몄다.
내가 탄 5호 객차는 2-2 좌석배열로 총 63석이 있었다. 어림잡아 스무 명
정도가 탑승했다. 북한 사람으로 보이는 이가 다섯 명 정도 되었고 서양인도
두 명 있었다.

북한 기관차가 끄는 열차는 출발하자마자 곧 압록강 철교로 진입했다. 중간이
끊긴 구 압록강 철교 위에서는 많은 중국인 관광객들이 과거를 음미하는
중이었다.
기차가 다리를 건널 때 나는 소리를 좋아해서 그 때만큼은 꼭 유리창에
붙어 귀를 쫑긋 세우는 편이다. 이번은 더더욱 의미가 있는 소리였다. 그동안
무수히 많은 철교를 지났지만 이렇게 설레었던 적은 없었던 것 같다. 특히
이번 여정에서는 한강 철교를 건너지 않아 의미가 더 깊었다.
다리 중간쯤에서부터 전형적인 북한 말투로 안내 방송을 하는 차장의
목소리가 흘러나왔다. 말투가 재밌어서 소리를 내지 않으며 따라했다.

3km 이동

5월 10일 10시 10분 북한 신의주청년역 도착

한국과의 시차 없음. 파리 출발 후 13일 8시간 59분 경과. 서울까지 496km 남음.

30분 정차했다. 시간이 한 시간 빨라졌다. 이제 서울과 같은 시간대다.
기차에서 내리지 않는다는 조건으로 간단한 입국(통과)심사가 진행됐다.
심사원이 기차를 돌아다니며 승객 하나하나를 신속하게 확인했다. 지금까지의
그 어느 곳보다 엄숙한 분위기였지만 정작 입국도장을 찍어주는 일이
아니었기 때문에 별 일 없이 끝났다.
앳된 모습의 국경수비대가 잠시 나를 흘낏거린 후 다음 칸으로 넘어갔다.

창밖으로 보이는 역 너머의 도시는 잿빛에 가까웠다.

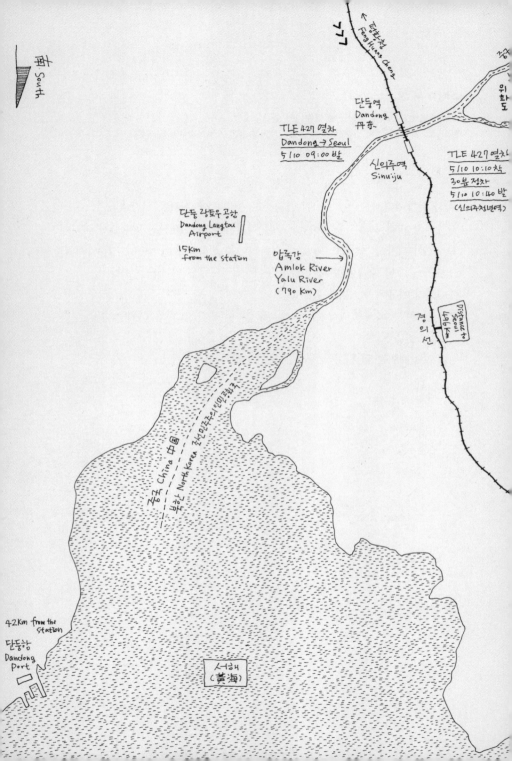

위화도

← 압록강
Amlok River
(790 Km)

신의주활주로

신의주

Sinuiju

녹월 1일 09시
북한 기관차가 끄는 열차는
축복하잤마자 곧
압록강철교로 진입했다.
중간쯤에 구아녹강철교 위에서는
많은 중국인 관광객들이 과몰으며 한 증이었다.

다리중간쯤에서부터
전혀정인 북한땅독에 비로 바루는
창창의 봉우리가 눌려나왔다.
마른가 재밌어서
소리를 내지 않았으며
따라했다.

5월 1일 0시 0분
30분 정차했다.
시간이 한시간 빨라졌다.
이제 서울과 같은 시간대다.
창밖으로 부어는 역 너머의 도시는
재빛에 가까웠다.

乗車券・特急券   急行券 4 日間有効

Dandong → Seoul

5月10日 (18:00発) (23:59着)

TLE 566号
427   1 号車 7 番A席

05.10

15-11575

평양 Ryongyang
>>>

236km 이동

10분간 정차했다.
거대하게 높이 솟은 류경빌딩이 보였다.
내 취향에는 전혀 맞지 않는 형태였지만 평양을 평양답게 만드는 힘이 있었다.

훗날 남북한이 통일이 되거나 자유로이 왕래하고 거래하게 되었을 때
꼭 지켜내고 싶은 게 있다. 지금 현재의 평양 도시다.
건축시장이 열려 한국이나 중국의 부동산업자들이 망가뜨리게 될 평양을
보고 싶지 않다.
이미 평양도 서서히 불안한 모습을 보이고 있었다. 최근 대외적으로 선전했던
려명거리 사진을 보고 우려가 커졌다. 매력이 느껴지지 않는 중국식의
현대적인 고층 오피스 빌딩들이 길 양 옆으로 듬성듬성 세워져 있었다.
많은 사람들이 찾아가 아름다움에 감동하며 사진으로 남겨 돌아오는 도시와
전혀 달랐다.

서울과 평양의 공통점이 있다면 바로 이념에 의해 만들어진 도시라는 점이다.
두 곳 모두 옛 흔적이 많이 사라져버린 역사 위에 각자의 이념을 바탕으로
도시를 건설했다. 서울의 답답한 요새 같은 아파트 단지와 쾌적함과는 거리가
먼 다세대주택촌은 자유와 자본의 어두운 면을 보여준다.
함께 살아가며 자신의 것을 조금 양보하는 모습을 잃어버린,
방종과 천민자본주의의 극단이 드러난다. 물론 나쁜 것만은 아니다.
서울은 그런 면으로 독보적이어서 세계에 또 없고 그런 의미에서

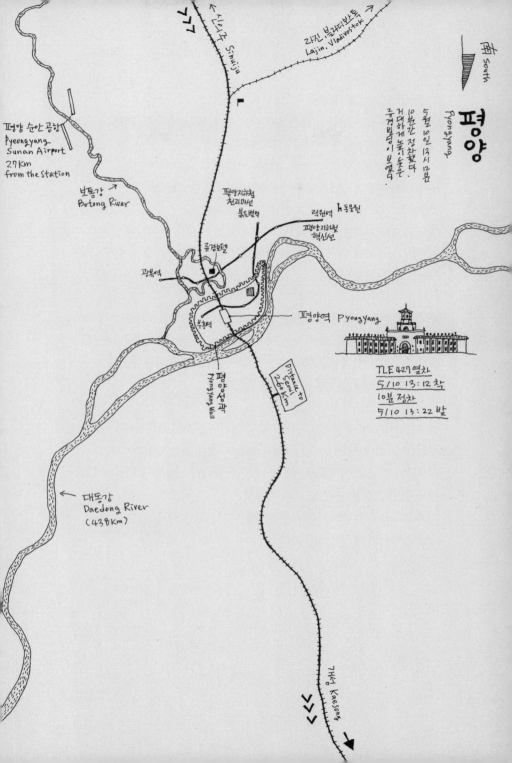

신의주 Sinuiju

라진, 블라디보스톡
Lajin, Vladivostok

南 South

평양
Pyeongyang

평양 순안 공항
Pyeongyang
Sunan Airport
27Km
from the Station

보통강
Botong River

5월 10일 13시 12분
10분간 정차했다.
거대하게 놓여있는
주체사상이 보였다.

평양지하철
천리마선
붉은별역

력원역 h동물원
평양지하철
혁신선

류경호텔

광복역

박물관

평양역 Pyongyang

부흥역

평양성곽
Pyongyang Wall

Distance to
Seoul
260 Km

대동강
Daedong River
(438Km)

TLE 427열차
5/10 13:12 착
10분 정차
5/10 13:22 발

개성 Kaesong

우리만의 독자성을 내세울 수 있다.

하지만 그 모습을 평양에 재현해서는 안 된다. 평양 역시 공산주의를
기반으로 한 자신들의 이념에 따라 계획되었다.

과거의 흔적을 지우고 쭉 뻗은 가로와 드넓은 광장을 계획했다.

러시아와 중국의 영향을 받은 콘크리트 위에 대리석을 얹은
기념비적 건축들이 세워졌고 선전 문구가 더해졌다.

그 결과 인민을 위한 가장 비인간적인 건축과 도시를 만들었다.

평양은 그 자체로 아이러니의 박물관이다. 역시 독보적이라 세계에 당당히
자랑할 만한 유산이다.

평양의 발전은 기존의 것을 보존하며 비어 있는 공간에 첨가하는 방식으로
진행되었으면 한다. 그건 반드시 새 건물을 짓는 것을 의미하지 않는다.

도시에 의미를 부여하고 이야기를 만드는 것만으로도 지금의 평양이
훨씬 풍요로운 공간이 될 수 있음을 믿는다.

철도여행자로서 평양에는 서울이 갖지 못한 독보적인 매력이 하나 더 있음을
부인할 수 없다. 모스크바 지하철과 똑같이 생긴 평양 지하철이다.

러시아의 원조로 지어졌기 때문에 내부에 장식된 미술품만 제외한다면
세부적인 재료나 디테일도 거의 똑같다.

지하 100m에 위치한 비밀의 궁전들을 다녀오지 못하고
그냥 지나치는 게 너무도 아쉬웠다.

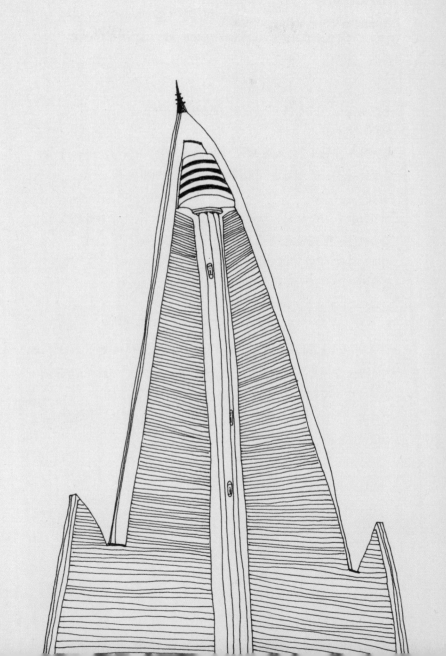

187km 이동

5월 10일 15시 51분 북한 개성역 도착
한국과의 시차 없음. 파리 출발 후 13일 14시간 40분 경과. 서울까지 73km 남음.

주변 풍광이 익숙하게 바뀔 무렵 개성역에 도착했다.
3분간 정차했다.
평양역과 개성역에서 여섯 명이 내려 객차 안은 더욱 한산했다. 서서히
출발하기 시작한 열차는 바로 종착역을 향해 달렸다.

개성공단을 지난 열차는 곧 도라산역에 정차한 뒤 한 무리의 경찰과
입국심사관을 태웠다. 객차 당 경찰 두 명과 세관검사원 한 명,
입국심사관 한 명이 배치되었다.
대한민국 국기가 그 어느 때보다도 반가웠다.
심사는 금세 마무리됐다.

심사 과정이 모두 끝난 기차는 바로 움직이지 않았다. 북한 기관차를 우리
기관차로 교체하는 데 시간이 필요했다. 삼십 분 정도 지나자 열차는 다시
움직이기 시작했다. 곧 파주 시내가 보였다.
산과 밭 사이에 흉물스럽게 지어진 아파트 단지가 여정이 거의 끝났음을
알렸다.

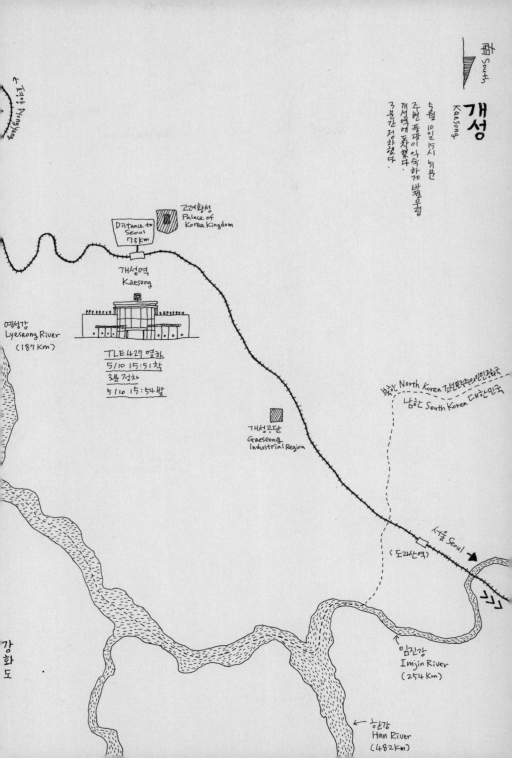

← 평양 PyongYang

南 South

개성 Kaesong

개성
5월 10일 15시 51분
주변 풍파이 익숙하게 발음으로
개성역에 도착했다.
3분간 정차한다.

고려화성
Palace of
Korea Kingdom

Distance to
Seoul
73km

개성역
Kaesong

예성강
Lyeseong River
(187 Km)

TLE 427 열차
5/10 15:51착
3분 정차
5/10 15:54발

개성공단
Gaeseong
Industrial Region

북한 North Korea 조선민주주의인민공화국
남한 South Korea 대한민국

서울 Seoul →

(도라산역)

임진강
Imjin River
(254 Km)

한강
Han River
(482km)

강
화
도

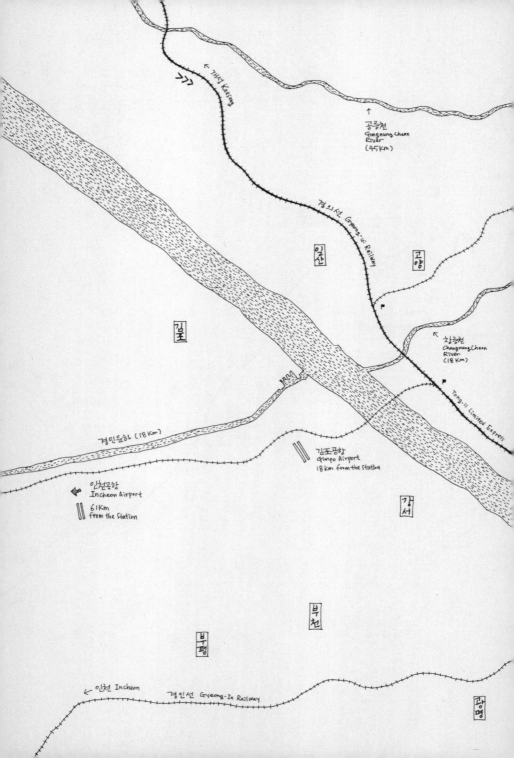

개성 Kaesong →

↑
공릉천
Gongnung Cheon
River
(45Km)

경의선 Gyeong-ui Railway

이산

고양

창릉천
Changnung Cheon
River
(18Km)

Tong-il Limited Express

김포

경인운하 (18Km)

김포공항
Gimpo Airport
18 km from the station

인천공항
Incheon Airport

61Km
from the Station

강서

부천

부평

← 인천 Incheon   경인선 Gyeong-In Railway

광명

73km 이동

5월 10일 17시 30분 대한민국 서울역 도착
파리 출발 후 13일 16시간 경과.

종착역을 알리는 안내 방송이 흘러나왔다. 더 이상 북쪽 말투가 아니었다.
내용은 별것 없이 잊은 물건 없이 안녕히 가라는 것이었다.
서울식 평양냉면처럼 담백해야 여운이 깊은 법이다.

긴 여정도 이렇게 무심히 끝나는 편이 좋았다.

5월 10일 10시 01분

창밖에서 경적이 울렸다. 단둥역에서 출발했을 북한 여객열차가 압록강
철교로 진입하고 있었다.

5월 10일 13시 05분

호텔에서 점심을 먹고 밖으로 나갔더니 낡은 택시에서 기사가 나왔다.
한국, 단둥항 등의 단어가 섞인 말을 하기에 어제 매표소 직원이 연결해준
택시인 줄 알고 바로 탔다. 알고 봤더니 내가 단둥항에 가야하는 걸 어쩌다가
알게 된 조선족 브로커가 보낸 것이었다. 정가가 100위안(17,000원)이었는데
열심히 달리고 있는 중에 기사 휴대폰으로 전화를 걸어온 브로커는 알아듣기
어려운 연변 말투로 150위안(25,500원)을 택시기사한테 주라고 했다.
젠장. 속으로 한 번 외친 뒤 그냥 100위안을 주고 말까 고민하다,
인상 좋은 기사는 소개로 온 걸 테고, 내가 100위안만 내는 걸 가만히 두고
보지도 않을 테며, 어떻게 넘어가더라도 브로커한테 50위안을 뜯길 것 같아,
12시 체크아웃시간부터 와서 기다렸을 그에 대한 보답으로 150위안을 주고
내렸다.

5월 10일 14시 30분

단둥항은 신도시의 간척지 위에 있었다. 따로 여객항구가 있는 것 아니라
물류 중심 항구 구석에 여객선이 잠시 머물렀다. 압록강 철교 인근에
여객항이 있었다면 더 근사했겠지만 거대해진 산업규모의 효율성은 구식
낭만을 허락하지 않는다.

항구는 거대했다. 비행기가 아무리 크다 해도 배에는 미치지 못한다.
단둥항의 정문에서 배까지 가는 길은 특히 황량했다. 셔틀버스를 타고 폐쇄된
공장단지를 지나는 느낌이었다. 보안도 그리 심하지 않았다. 이곳에 몰래

들어온 사람은 광활한 벌판에 홀로 버려진 느낌을 받고 곧 노출되어 잡힐 수밖에 없을 것이었다. 형식적인 보안검사와 간단한 출국심사를 받은 후 다시 배로 향하는 셔틀버스에 올랐다. 출국심사 조사관은 내 여권의 입국 도장에 낯선 도시 이름이 적힌 걸 보더니 얼렌? 하고 중얼거렸다.

워낙 국경도시가 많아 모든 곳을 알 수는 없으리라. 나는 어깨를 으쓱하며 몽골의 국경에서 왔다고 영어로 말했다. 알아들었을지는 모르겠지만 단둥의 이름이 적힌 출국 도장이 찍혔다. 기차나 배 그림이 없는 중국 출입국 도장에도 역시 낭만이 없었다.

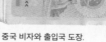

중국 비자와 출입국 도장.

42km 이동

5월 10일 17시 10분 중국 단둥역 출발
한국과의 시차 1시간. 파리 출발 후 13일 16시간 59분 경과. 인천항까지 499km 남음.

요란한 후진 소리와 함께 배가 출발했다. 하지만 곧 고요해졌고, 배는 천천히
서울을 향해 움직였다.

커다란 여객선은 하나의 큰 건물과 같다. 대형 조선소에는 건축과 인테리어
담당이 있다고 들었다.
단둥과 인천을 오가는 배는 단동훼리라는 이름의 한중 합작회사에서
운행하는 동방명주호였는데 이름과는 전혀 다르게 곧 허물어질 것처럼 낡아
있었다. 대부분의 승객들은 다다미 객실이라는 이름의 사방이 뚫린 홀에서
머물렀다. 침대 네 개짜리 3층 선실은 텅텅 비어 있었다. 스위트 선실에까지
머물 필요는 없었다는 생각이 잠시 들었지만 제법 넓은 화장실에 욕조까지
갖추고 창이 두 개나 있으며 정식 침대가 놓인 선실을 이때 아니면 언제
경험해볼까 싶어 역시 잘 했다고 생각하기로 했다.
5,000원짜리 불고기 백반으로 저녁을 먹은 뒤 배의 이곳저곳을 다니며
구경했다. 이곳저곳 한국과 중국의 뒤처진 부분만을 모두 모아 꾸며놓은 것
같았다. 물론 스위트 선실도 엄청 촌스러웠는데 장미넝쿨 무늬의 황금색
벽지와 고흐 그림으로 제작한 포인트 벽지가 붙었고 80년대 유행했을 것
같은 커튼이 달렸다. 침대와 소파는 뜬금없이 보라색이었고 벽장은 꽃무늬가
새겨진 번쩍거리는 검붉은 빛이었다. 조명은 창백하게 밝았으며
금연 안내판은 분홍색 종이에 인쇄된 것이었다.
한 마디로 총체적 난국이었지만 그 모든 걸 넓은 공간이 주는 편안함이
해결해 줬다.

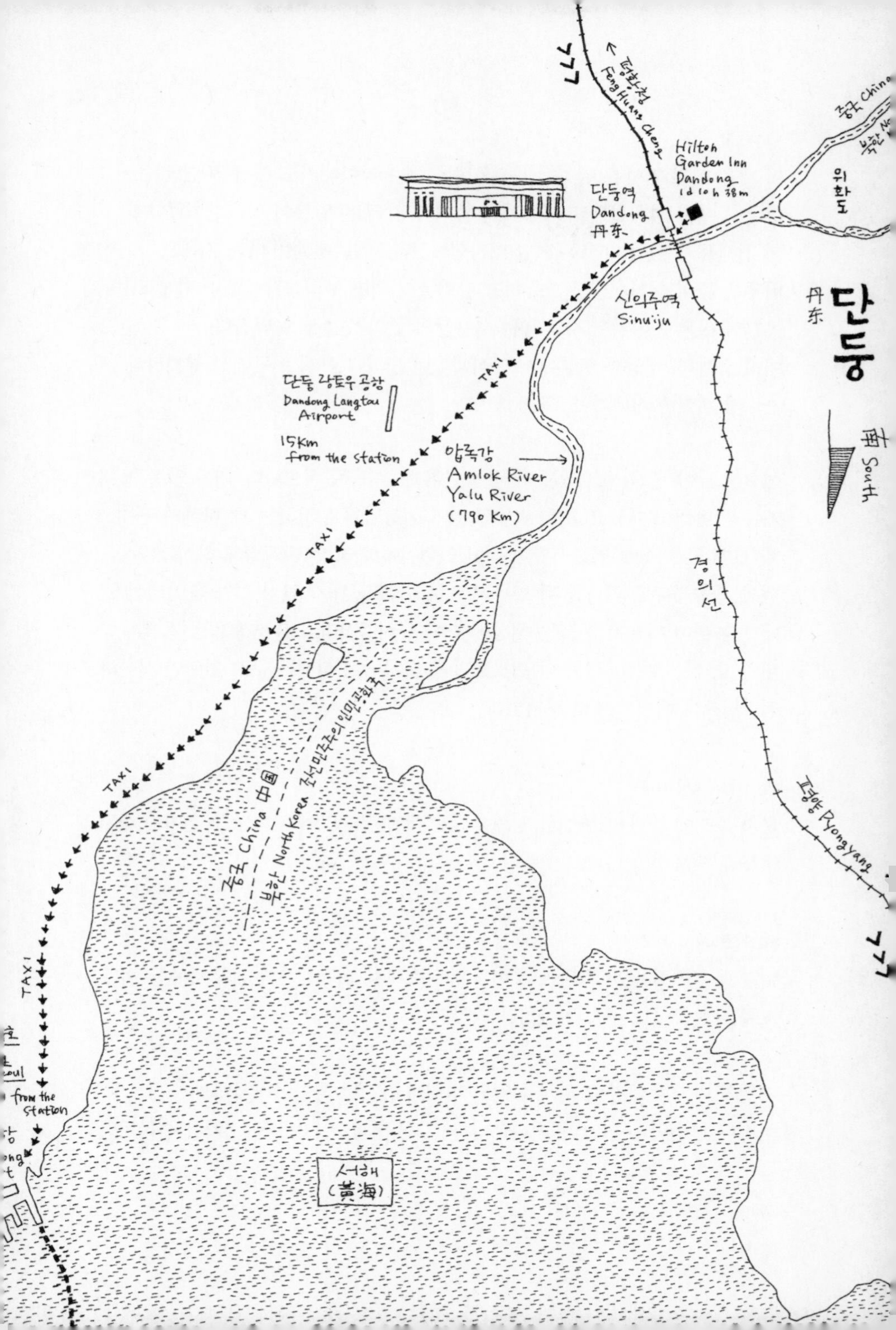

펑황청
Feng Huang Cheng
Hilton
Garden Inn
Dandong
1d 10h 38m
단둥역
Dandong
丹东
중국 China
위화도
丹东
단둥
南
South
신의주역
Sinuiju
TAXI
단둥 랑토우 공항
Dandong Langtau
Airport
15Km
from the station
압록강
Amlok River
Yalu River
(790 Km)
TAXI
경
의
선
TAXI
중국 China 中国
북한 North Korea 조선민주주의인민공화국
평양 Pyongyang
TAXI
from the
station
서해
(黄海)

이 낡은 배의 역사를 알 수 있는 흔적을 하나 찾아내기도 했다. 30년 전쯤에
다른 곳에서 여객선으로 사용되며 붙여진 것 같은 일본어 안내판이었다.
배 전체를 통틀어 가장 세련된 디자인이었다. 작은 팻말을 다는 것에도
비용을 들여 디자이너를 고용하고 감리를 거치면 무의식적으로 느끼게 되는
공간의 질은 높아지고 사용하는 사람들의 삶의 수준도 올라간다.
이미 오래 전 서양과 일본에서 알아차렸던 법칙이 아직 이곳에선 경제성의
논리에 의해 무시되거나 조롱당한다.

선실에 앉아 홀을 보고 있는데 승무원이 문을 똑똑 두드렸다. 내가 앞쪽 창에
커튼을 활짝 열어놓고 불을 켜놓고 있어 선장님이 운전하는 데 방해가 된다고
했다. 맨 앞 객실에 머물러봤던 적이 있었어야 미리 알고 그렇게 하지 않았을
텐데. 죄송하다고 인사한 뒤 성급히 커튼을 쳤다. 내가 관심 있는 분야에선 늘
내 눈높이에 따르지 못하는 세상에 대해 구시렁거리고 불평하지만 나 역시
내가 모르는 부분에서는 나도 모르게 누군가에게 피해를 주고 있었던 것이다.
선장님께도 마음속으로 사과했다.

5월 11일 04시 48분
문자 소리에 깼다. 대한민국 영해에 들어서며 통신망이 잡혔다. 물결이 인식될
정도로 어둠이 끝나가고 있었다.

5월 11일 07시 01분
낡은 욕실에서 씻고 식당에서 미역국과 소시지볶음, 김치와 단무지무침, 이름
모를 생선구이로 구성된 아침을 먹었다.

여정의 마지막 순간에 의식을 잃고 병원에 계시던 외할아버지께서 소천
하셨다는 연락을 받았다. 떠나오기 전 앙상한 몸으로 어린아이처럼 주무시던

할아버지를 깨워 마지막일지도 모르는 인사를 드리고 왔었다.

할아버지와의 추억이 많지만 가장 기억에 남는 건 2002년의 몽골 여행이다. 이미 2001년에 몽골에 다녀온 적이 있었던 나는 그 원초적인 모습이 좋아 가족들을 설득해 함께 갔던 것이다. 목적지는 바이칼 호수의 동생 같은 홉스굴 호수였다. 울란바토르에서 50인승 프로펠러기를 타고 근처로 간 다음 러시아산 지프차를 타고 다시 몇 시간을 달려야만 이를 수 있는 곳이었다. 지금도 크게 달라지진 않았겠지만 당시엔 조금 더 열악했을 비문명의 땅이었다.

당시에도 74세였던 할아버지는 고된 여정에도 불구하고 평소와 다르게 성도 덜 내시며 자연을 즐기셨다. 다른 사람들은 누린내 때문에 잘 먹지 못했던 양고기 호르헉 요리도 맛있게 드셨다. 투명하다는 표현으로도 설명이 부족할 홉스굴 호숫가의 게르 캠프에서 숙박했다. 어둠이 내렸고 푸르렀던 하늘을 그만큼의 별빛이 대신했다. 여름에도 초원의 밤은 추웠다. 잠들기 전에 게르 안의 작은 난로에 장작을 지폈다. 도중에 일어나 불이 꺼지지 않게 나무를 넣어줘야 했다. 그건 가장 젊은 나의 몫이었을 것임에도 불구하고 세상모른 채 자버렸다. 너무 추워 몸을 웅크리며 잠시 눈을 떴을 때 할아버지의 뒷모습을 봤다. 불쏘시개를 들고 직접 새 장작을 이리저리 옮기시며 불을 붙이고 계셨다. 당시엔 너무 졸려서 추위가 곧 사라질 것을 예상하며 다시 잠들었지만 이후 그 모습은 괜히 잊히지 않았다.

딱히 다른 하고 싶은 일도 없으면서 여행 중에 쇼핑하는 시간을 가장 싫어하셨고, 한편으로 엉뚱한 순간에 예상을 깨는 농담을 구사할 줄 아셨던 할아버지의 명복을 빌며.

421km 이동

5월 11일 09시 00분 대한민국 인천항 도착
파리 출발 후 14일 7시간 49분 경과.

인천항에 도착했다. 시끌벅적한 상인 무리 사이를 헤치고 나와 먼저
입국심사를 받을 수 있었다. 굳이 유인 심사대 앞으로 갔다. 혹시 도장을
찍어주실 수 있을까요? 배 그림이 그려진 대한민국 입국도장을 받았다. 출국은
동그라미, 입국은 네모. 나중에 국경을 넘는 기차가 오갈 때의 출입국심사인
기차 그림이 귀여웠으면 좋겠다.
입국장은 한산했다. 줄이 세 개 그어진 슬리퍼를 신고 건들거리며 어리숙한
중국 여행객들을 등쳐먹으려는 대여섯 명의 택시기사들이 출입문 앞을
서성였다. 배의 속도처럼 나라 사이의 전환도 더뎠다.

5월 11일 09시 39분

동인천역으로 향하는 버스 대신 손님을 내려주고 가는 택시를 잡아
인천역으로 갔다. 역 앞 차이나타운이 아니라도 1960년에 지어진 작은 역사와
아담한 광장만으로도 이곳의 가치는 빛났다. 이상한 색으로 장식됐던 시절도
있었지만 지금은 단아하게 새단장되어 옛 정취가 물씬 풍겼다.
마치 경인선이 처음 개통되었을 때 인천역에 몰려들었던 군중이 된
기분으로 소중한 역사의 구석을 훑다가 전철에 올랐다.

5월 11일 10시 47분

서울역에 도착했다.

공간의 기억

기차 안에서의 생활

01 고속열차(ICE, TGV)

01_1 구형 독일 ICE(InterCity Express) 열차 내부로 신형보다 쾌적하고 중후한 느낌이다. 창밖으로 보이는 것은 IC(InterCity) 열차.

01_2 독일 IC(InterCity) 열차 1등석 컴파트먼트. 프랑크푸르트에서 파리행 열차편 취소로 인해 밤을 보내야 했던 객차였다.

01_3 프랑스 TGV 열차 1층 내부. KTX와 동일한 모습의 객차였다가 현재는 많은 노선에서 2층 열차로 변경 운행 중이다.

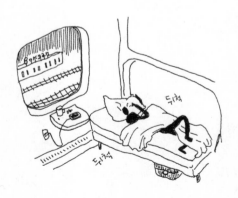

01.1

01.2

01.3

02 파리-모스크바 구간 러시아 국영철도 EN453/24호 열차

02_1 파리-모스크바 구간 러시아 국영철도 24호 열차 255번차 1등칸 침대 객실의 모습. 등받이를 모두 올려 좌석으로 만든 모습이다.

02_2 침대 객실(2인실) 내부의 등받이를 내리면 침대가 된다. 2층 부분의 침대를 내리면 객실 당 4개의 침대가 있는 2등칸 객실과 같아진다.

02_3 1등칸 복도의 모습. 독일 지멘스사에서 제조한 신형 객차로 객실마다 카드키가 제공된다. 일반적인 러시아 열차에 비치된 온수기 대신 승무원실의 정수기와 전기포트를 사용하도록 되어 있다.

02_4   출발 이틀째가 되어 난장판이 된 객실 내부 모습.

02_5   공용화장실 및 샤워실. 화장실은 동쪽으로 갈수록 열악해지고 마지막 중국 국내선 구간에
        서는 바가지에 물을 받아 변기에 붓는 지경에까지 이르렀다.

03 모스크바-블라디보스톡 구간 러시아 국영철도 2호 열차
(중간에 이르쿠츠크에서 하차)

03_1 파리-모스크바 구간 러시아 국영철도 24호 열차 255번차 1등칸 침대 객실의 모습. 등받이를 모두 올려 좌석으로 만든 모습이다.

03_2 침대 객실(2인실) 내부의 등받이를 내리면 침대가 된다. 2층 부분의 침대를 내리면 객실당 4개의 침대가 있는 2등칸 객실과 같아진다.

03_3 각 객차의 차장실 앞에는 여정 중 컵라면과 인스턴트 커피의 고마운 친구가 되어주는 온수기가 있다.

03_4 이틀째부터는 역시 점점 난장판이 되어간다.

03_5 바로 옆칸에 위치한 3등칸 오픈형 침대 객실의 모습. 칸막이벽이 없는 폭신한 침대 여섯 개가 놓였고 낮 시간 동안 아래층 침대는 좌석으로 공유한다(가 원칙이지만 보통 계속 누워 있다).

04_1

04_3

04 모스크바-베이징 구간 중국 국영철도 4호 열차(중간에 이르쿠츠크에서 승차)

04_1 모스크바-베이징 구간 중국 국영철도 4호 열차 10번차 디럭스 2인 침대 객실의 모습. 유
럽 기차와 달리 한쪽에 독서의자와 공용샤워실을 둔 2층 침대구조로 되어 있다(오리엔트
익스프레스 살인사건에 나오는 2인실과 같은 구조).

04_2 살림을 풀고 난 후의 모습. 따로 침대매트가 없이 의자 쿠션 위에 시트를 깔아 사용한다.

04_3 디럭스칸 복도의 모습. 다른 칸과 달리 내부는 체리나무 합판으로 검붉게 장식되어 있다.
차장실 앞에 석탄으로 가열하는 온수기가 있다. 구형 객차라 전기 등도 보일러로 생산하
며 에어컨 대신 선풍기가 달렸다.

04_4 하루 만에 일상의 공간으로 바뀐 모습.

05_1

05_2

05_3

05_4

05   모스크바-베이징 구간 중국 국영철도 4호 열차(중간에 이르쿠츠크에서 승차)

05_1   베이징-단둥 구간 중국 국영철도 K27호 열차 11번차 푹신한 침대칸의 모습. 낯선 이들과 함께 공유했기에 깨끗한 상태에서 사진을 찍지 못하고 아침이 밝아 모두가 하차한 후를 담았다.

05_2   중국 국영철도 K27 열차 복도. 나름대로 깔끔하고 접이식 의자가 객실 앞에 하나씩 있으며 복도에 콘센트 2개가 추가로 달려 있다.

05_3   차장실 앞의 모습. 신형객차라 전기로 가열하는 붙박이 온수기가 설치되어 있다.

05_4   푹신한 침대칸 세면실의 모습. 36명의 승객이 한 객차를 이용하기 때문에 효율적인 오픈형 세면실이 객차 끝에 위치해 있다.

기차에서 먹은 음식

여정을 계획하는 이들에게
대륙횡단열차에 타볼 만한 이유들

01   신형 기종 항공기에서는 이코노미석에도 꽤 근사한 항로지도 프로그램을 제공한다. 유럽
으로 향할 때 지도에서 보이는 옴스크나 페름, 크라스노야르스크 혹은 울란우데가 어떻게
생긴 곳인지 궁금하다면 대륙횡단을 감행할 만한 이유가 된다.

02   고독을 기꺼이 즐길 줄 아는 이라면 대륙횡단열차보다 더 완벽한 장소를 찾긴 어려울 것이
다. 특히 찬바람이 부는 계절 시베리아의 작은 역에 정차해 건너편 승강장에서 불을 밝히
고 있는 매점의 모습을 보고 있으면 이보다 더 슬프고 아련한 장면이 있을까 싶어진다.

03   각국 철도회사에 운영하는 식당칸의 분위기를 즐겨보는 것은 횡단여행만의 매력이다. 폴
란드와 러시아, 몽골과 중국의 식당칸은 저마다의 매력이 있는데 대체로 맛은 없지만 대신
훌륭한 분위기로 단점을 극복해낸다.

04   모스크바 중심가를 정처 없이 걷다 보면 어느 순간 가상의 도시에 도달한 것 같은 느낌을
받을 수 있다. 특히 추운 겨울과 일교차가 20도가 넘는 봄을 추천한다.

05   베를린 중앙역에 정차하는 시간은 길지 않지만 잠깐이라도 내려 보면 좋을 것이다. 세련된
건물이지만 휴전선상에 있을법한 비무장지대역에 다녀온 것 같은 기분을 느낄 수도 있다.

Time to Destination
3:03

Distance to Destination
1528 miles

РЕСТОРАН

УБТЗ
102

06

06 　세 나라의 언어로 표기된 노선 안내판을 보면 나중에 서울까지 기차가 연장되었을 때 한글 표기 방식에 대해 고민해보게도 된다. 같은 기차를 타고 있으면서도 사용되는 언어가 바뀌는 경험 역시 횡단열차가 주는 매력이다.

07 　소비에트 시절의 교통수단을 탄 채로 최신 스마트폰에 몰두하고 있는 모스크바 청년들의 모습은 바라보는 이들에게 시간여행의 기회를 선사한다.

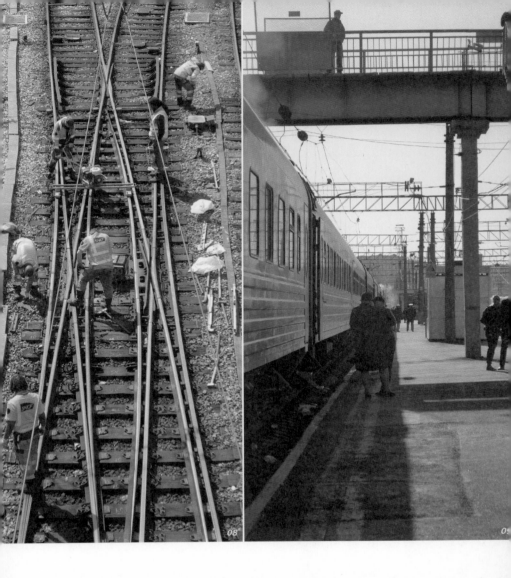

08   도시를 지탱하는 힘은 이웃들이 저마다 알 수 없는 직업을 갖고 제각기 맡은 역할을 수행하는 데서 비롯될 것이다. 철도역 인근을 산책하다보면 세상 곳곳에 숨어 있는 철도 관련 업무 종사자들을 발견할 수 있다.

09   긴 시간을 달리는 기차를 타고 있으면 정말로 지구가 돈다는 것을 느낄 수 있다. 하루가 한두 시간씩 길어지거나 짧아지는 경험은 비행의 시차부적응 현상을 방지하는 동시에 대지의 거대함을 체득하는 과정이다.

10 고비사막이나 초원을 지나는 중국 열차를 탔을 때 기회가 된다면 유리창을 닦아두는 것이 좋다. 먼지는 중국 기차의 매력이지만 시야를 가릴 때가 있기 때문에 잠시의 수고를 더해 야만 창밖의 풍경과 자신의 미래가 밝아진다.

11 일반적으로 직접 타고 내리지 않는다면 역은 의미를 얻기 힘들다. 다만 누군가 타고 누군 가 내리는 것을 유심히 바라보면 그 장소에 작은 의미가 생기기도 한다.

12 철도횡단의 여정은 순례길을 걷는 과정에 버금가는 잡념들과의 싸움이다. 아팠던 일들을 지워가고, 잘못했던 일들을 반성하며, 후회되는 일들에 화해를 청하다 보면, 어느새 아득 했던 종착역에 도착하는 환희를 누릴 수 있다(사진은 베이징역에 하차하는 횡단여행자).

13 러시아 연방과 몽골 구간에서는 광궤 철로가 깔려 있기에 영역을 벗어나 표준궤의 세상으로 가기 위해선 대차장에 들러 바퀴를 바꿔야 한다. 벨라루스에서는 승객들을 태운 채 객차 몸통을 들어 아래쪽에서 바퀴를 교환하는 신기한 모습을 볼 수 있다.

14 여러 나라를 다니다보면 민족성과 지역성이 가득 담겨 있는 독특한 안내판들을 마주하게 된다. 모스크바의 지하철 안내판은 도시의 그 어느 시설물보다 독특하게 모스크바의 느낌을 발산한다.

15 여행자에게 긴 여정 끝에 흩날리는 태극기를 마주하는 일은 올림픽보다도 더욱 감동적일 수 있다. 비록 이번엔 배를 타고 들어오는 여정이었기에 첫 태극기는 예인선 위에서 펄럭이던 것이었지만 훗날 육로로 국경을 넘을 때 보게 될 대형 태극기는 상상만으로도 가슴이 벅차다.

평생 장거리 철도여행을 하지 않을 이들에게
열차 대리체험 요소들

01   서유럽의 철도역은 구식과 신식이 공존하는 일상의 박물관이다. 철골지붕, 낡은 역명 안내판과 함께 설치된 최신 무선통신망 인쇄광고 뒤로 시속 300km로 주행하는 고속열차의 모습을 보는 경험은 그 자체로 각별하다.

02   기차역은 특히 방향을 엉뚱하게 잡고 걸어가기 좋은 장소이다. 누군가 길을 헤매지 않도록 묵묵히 자신의 일을 하는 이들 덕분에 사람들은 무사히 기차에 오른 뒤에 안도의 한숨을 내쉴 수 있다.

03   어디로 가는 기차인가요? 안심하기 위해선 마지막까지 물어야 한다. 승객의 얼굴과 목적지를 외운 차장은 안내 방송을 하지 않는 장거리 열차에서 가장 믿을 만한 사람이다.

04   휴대폰이 일상화되기 전까지는 손목시계를 5분 빠르게 돌려놓는 게 미덕이었기에 기차역의 시계만이 유일하게 맞는 시간을 나타냈을 것이다. 각 철도역을 순례하며 얼마나 근사한 시계를 갖고 있는지 구경하는 것은 철도여행의 소소한 재미가 된다.

05

05 러시아 구간에서 우연히 성당칸 열차를 마주칠 수도 있다. 비록 들어가 볼 기회는 없겠지만 성당 하나 세울 수 없었던 척박한 땅까지 진출했던 러시아인들과 그 뒷받침이 되어줬던 철도의 힘을 느낄 수 있다.

06 바이칼 호수는 굳이 물속으로 뛰어들 필요 없이 바라보기만 해도 마음이 뛴다(들어가면 너무 차가워서 심장이 급격히 뛸 것이다). 5월에도 여전히 얼음이 남아 있지만 봄의 사냥꾼들은 활동을 개시한다.

07 여정 중 지나게 되는 철도역에는 퇴역한 기관차들이 전시되어 있는 경우가 많다. 보통 증
   기기관차가 서 있는데 뒤늦게 철도가 개설된 몽골의 경우에는 모두 디젤기관차가 전시되
   어 있다. 하나같이 징키스칸의 용맹함과 몽골 아이들의 순박함을 함께 담고 있다.

08 옛 소련의 자취를 마주하고 싶다면 모스크바 지하철역 만한 장소가 없다. 완벽한 무대 위
   에서 진심을 연기하는 배우들처럼 시민들이 오간다.

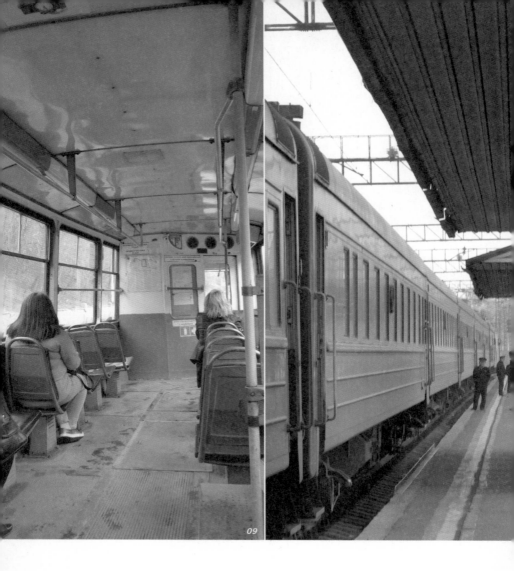

09

09   유물이 되어버린 모습으로 아직도 왕성하게 운행하고 있는 시베리아의 트램에 오른다면
     도시 곳곳에 역사가 흘러 다니고 있음을 실감한다. 조금 추웠지만 기회의 땅이기도 했던
     이곳을 상징하는 소련의 기념 공간이다.

10   러시아와 중국은 짧지 않은 국경을 공유하고 있는데 전 구간에 걸쳐 유럽과 아시아의 차
     이를 극명하게 드러낸다. 그걸 미리 경험하고 싶다면 시베리아의 아무 역에서 내려 러시아
     기차에서 중국 기차로 환승해보면 된다.

11

12

11 전철화가 되어 있지 않은 몽골 구간은 독특한 모습의 몽골 기관차가 길을 안내한다. 초원
을 달리는 기차의 모습은 말을 타고 대륙을 횡단하던 모습과 닮아 있다.

12 횡단 구간에서는 어쩔 수 없이 가난을 마주하기도 한다. 쇼핑카트가 큰 자산일 동네 주민
에게 물 한 병과 한국산 컵라면을 하나 사는 일은 여정의 주요한 임무다.

시간: 10:09:44   열차도착안내

도착시간	출발역		열차종류
10:10	부산 경주–동대구–대전–천안아산		KTX 112
10:13 (+7)	파리 Paris 모스크바(Moskva)–베이징(Beijing)–평양(Pyong		KTX T506
10:26	강릉 성–상봉–청량리		KTX 산천 808
10:36	행신	행신	KTX 산천 459
10:36	여수EXPO 천–순천–곡성–남원–전주–익산–공주–오:		KTX 704
10:46	신창)–온양온천–아산–천안–평택–서정리–오산		누리로 1722

平 壤 양   국제 直通   丹 东
평 양   51/82 图京州 85/86   단 동
전 싱 승

13   예나 지금이나 중국의 수도에는 세계 각지에서 몰려든 사람들로 가득하다. 문화가 뒤섞일 법도 하지만 중국은 수천 년 동안 자신의 정체성을 잃지 않았다. 베이징역에서 그 사실을 확인할 수 있다.

14   같은 기차를 타고 종착역까지 가는 여정도 좋지만 중간 중간 쉬어가며 여러 기차를 타보는 것도 의미가 있다. 잠시 역 주변을 즐기다가 다음 연결편이 도착하면 새로운 여행이 시작된다(무척 타보고 싶었던 연결편).

15   한반도 최초의 철도가 시작되었다는 사실이 아담한 인천역의 정취를 더욱 깊게 한다. 협궤 열차의 흔적은 사라진 채 지하철로 바뀌었지만 두 철도의 시점이라는 의미만으로도 작은 광장에선 풍성한 이야깃거리가 넘친다.

기차에서 바라본 풍경

철마(鐵馬)

기차에서 바라본 풍경
역(驛)

기차에서 바라본 풍경

대륙(大陸)

그리고 누군가에게

01   압록강에 도착해 철교 너머 신의주 도시를 바라보는 경험은 무엇보다 각별하다. 역사를 공유함에도 바라보기만 해야 했던 그곳을 지날 수 있게 되는 건 국가 지도층이 동시대를 살아가는 민족에게 줄 수 있는 가장 큰 선물이 되지 않을까 싶다.

02   압록강 철교를 지나는 북한 여객 열차가 내는 경적소리 덕분에 멀리서나마 국경을 오가는 사람들의 모습을 볼 수 있었다.

03   어쩌면 육로를 통해 지났을 저곳을 배위에서 바라보며 한반도 종단 철도 연결을 기다린다.

새로운 지도

철의 시대와 대안(alternative) 경로

다음 장의 지도는 이번 철도여행 여정의 대안 노선을 그린 것이다.
하나는 울란우데에서 분기하는 몽골 종단철도 대신 시베리아 횡단열차를
계속 따라가다 치타라는 도시에서 만주로 방향을 트는 경로다. 바이칼호를
지나 하루 정도 더 가면 있는 곳이다. 중국 국경에서 바퀴 교환을 한 후
하얼빈과 선양을 거쳐 압록강에 이른다. 거리는 이번 경로와 엇비슷하지만
몽골을 거치지 않아 수속 등에 보내야 하는 시간을 줄일 수 있다.
선로 정비를 하면 하얼빈에서 연변 쪽을 거쳐 라진선으로 연결될 수도 있다.
이 루트는 무엇보다 이제는 남의 땅이 된 우리민족의 옛 영토나 거주지를
지난다는 의미가 있다.
다른 하나는 가장 일반적인 경로라고 할 수 있는 시베리아 횡단철도 종착점인
블라디보스톡까지 직행하는 것이다. 이후 현재의 라진선과 경원선을 타고
서울까지 도착할 수 있다. 동해선 철도가 완성되면 원산 인근 (고원)에서
동해선을 타고 부산까지 바로 갈 수도 있다. 라진 인근에 러시아 광궤에서
표준궤로 바퀴를 교체할 수 있는 대차시설이 마련되어 있다.
철도 연결편은 아니지만 시베리아 횡단철도 상의 크라스노야르스키에서
바이칼 – 아무르 철도(BAM)을 타고 사할린 앞까지 간 다음 그곳에서 배를
타로 한국으로 오는 계획도 짤 수 있다. 다만 이곳은 그 어느 곳보다 황량한
곳으로 자신의 황폐한 마음보다 더 심한 풍경을 보며 위안을 받고 싶을 때
가는 게 좋을 것이다.

이 지도에 철의 시대라고 이름을 붙인 이유는 철도의 시작이 이천여 년 전

완성단계 철기문화의 결실처럼 여겨지기도 했기 때문이다.

흙과 돌과 나무의 시대에서 철의 시대로 넘어오면서 인류 문명은 이미 한 번의 속도 혁명을 겪었다. 쇠도끼를 사용하면 나무를 베어내는 데 걸리는 시간이 엄청나게 줄었고, 쇠붙이로 밭을 일구면 더 많은 사람들이 먹고 살 수 있는 만큼의 농작물을 재배할 수 있었다. 당시 사람들이 느꼈을 철의 위대함은 첫 증기기관차가 운행했을 때의 감동과 다르지 않았을 것이다. 그건 열흘 넘게 기차에 올라 레일과 기차 바퀴가 맞닿으며 내는 소리와 진동을 느끼며 가졌던 감회와 또한 다르지 않았다. 일정 길이마다 존재하는 레일 연결 부위는 뜨거운 여름을 대비해 약간씩 거리를 띄워놓았고 천천히 달리는 기차가 그 부분을 지날 때 특유의 덜컹덜컹 소리를 낸다. 지하철이나 고속철도에서는 느끼기 어려운 정통 레일만이 주는 기차여행의 낭만이다.

이런 기술적 장치를 포함한 철도의 많은 요소가 인류가 철을 사용하며 겪어야 했던 수많은 시행착오에서 비롯되었고, 좀 거창하게 들릴지라도 다른 교통수단에서는 느낄 수 없는 기차여행이 주는 역사적 의미가 될 수 있다.

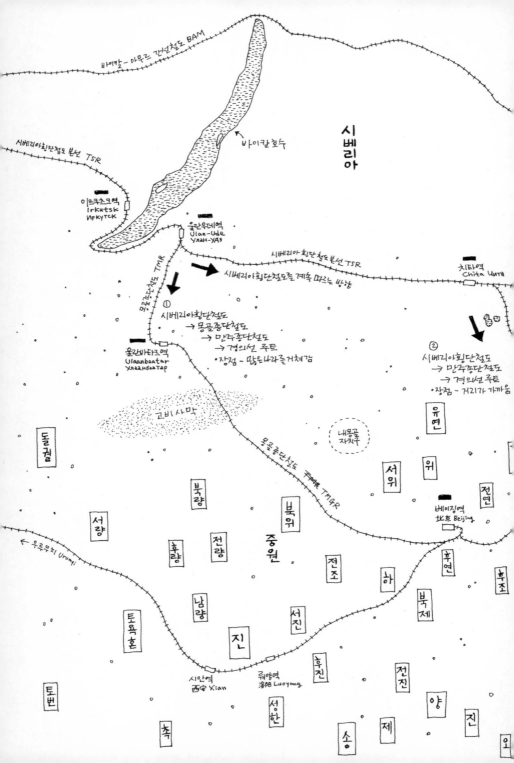

바이칼-아무르 간선철도 BAM

시베리아횡단철도 본선 TSR

바이칼호수

시
베
리
아

이르쿠츠크역
Irkutsk
Иркутск

울란우데역
Ulan-Ude
Улан-Удэ

시베리아 횡단철도 본선 TSR

치타역
Chita Чита

몽골종단철도 TMR

시베리아횡단철도를 계속 따르는 방향

① 시베리아횡단철도
→ 몽골종단철도
→ 만주종단철도
→ 경의선 루트
• 장점 - 많은나라를거쳐감

② 시베리아횡단철도
→ 만주종단철도
→ 경의선 루트
• 장점 - 거리가 가까움

울란바타르역
Ulaanbaatar
Улаанбаатар

고비사막

내몽골
자치구

돌궐

몽골종단철도 TMGR

유연

위

서위

전연

베이징역
北京 Beijing

←우루무치 Urumqi

북량

전량

북위

중원

서량

후량

남량

전조

하

후연

북조

토욕혼

서진

북제

진

후진

시안역
西安 Xian

뤄양역
洛阳 Luoyang

성한

전진

양

촉

토번

송

제

진

오

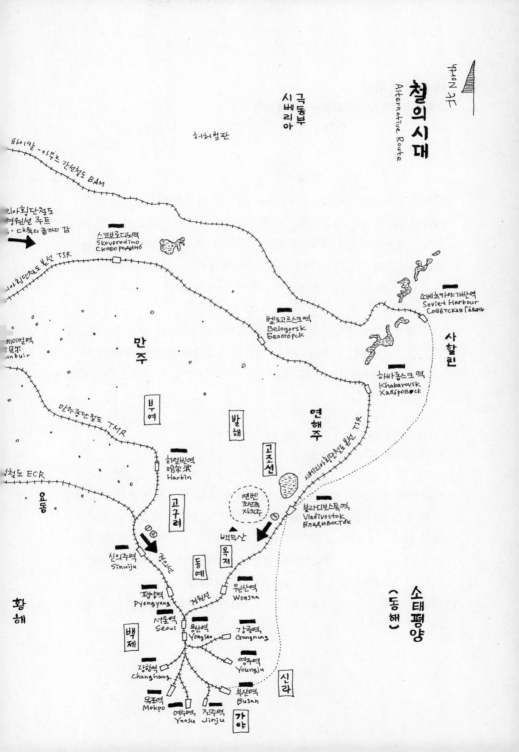

새 중앙역 구상
서울 중앙역의 신설과 새로운 철도역 배치

서울역과 용산역의 모습은 늘 슬픔을 줬다. 옛 역의 분위기가 완전히 사라진 민자역사는 철도여행의 낭만까지 송두리째 제거했다. 역사驛舍를 대형 쇼핑몰로 만들어버리기의 원조인 일본에서처럼 정밀함이 드러나는 양질의 설계와 시공이 이루어지지도 않았다. 우리는 멋없는 중앙역을 갖고 살고 있다(90년대 이후 개발된 다른 지방역 상황도 크게 다르지 않다).

단지 기차여행을 좋아할 뿐이지만 한반도의 철도가 복원, 확장되어 대륙과 연결하는 철도망이 구축될 것을 기대하며 나름대로 상상을 진행해보기로 했다. 가장 먼저 그려본 것은 새로운 중앙역의 위치다. 새 역의 조건은 이랬다.

1. 도시 중심부에 있을 것
2. 도시의 대중교통 수단과 연결이 편할 것
3. 기존 철로를 최대한 활용할 것

새로운 중앙역 자리로는 국립중앙박물관 앞의 넓은 도로와 용산 미군부대가 이전 후 생기는 공원부지의 일부가 좋겠다고 생각했다. 기존 중앙선 라인에 붙어 있어 철로 연결 및 확장이 쉽다. 도로부지와 공원부지를 최대한 활용할 수 있어 토지 확보도 상대적으로 편하다. 단 대중교통 연결이 조금 취약한데, 이는 트램 노선의 신설 등을 추가해 보완하면 좋겠다.
서울 중앙역이 생긴다고 하더라도 기존 역사들 역시 제 역할을 맡게 된다.

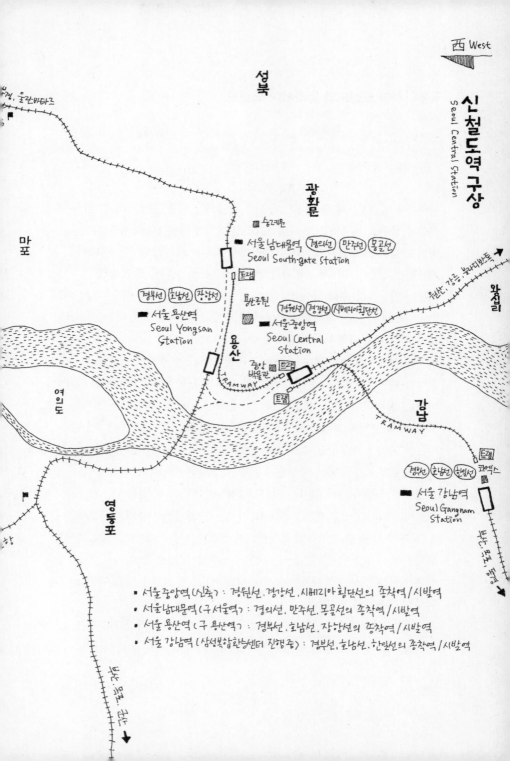

西 West

신철도역 구상
Seoul Central Station

성북

광화문

마포

숭례문

서울 남대문역 [경의선] [만주선] [몽골선]
Seoul South-gate Station

트램

[경부선] [호남선] [장항선]

용산공원

[경원선] [경강선] [시베리아횡단선]

■ 서울 용산역
Seoul Yongsan
Station

용산

■ 서울 중앙역
Seoul Central
Station

원산, 강릉, 블라디보스독

왕십리

중앙
박물관

트램

TRAMWAY

트램

여의도

영등포

강남

TRAMWAY

[경부선] [호남선] [전인선] 코엑스 트램

■ 서울 강남역
Seoul Gangnam
Station

부산, 포항, 통영

부산, 목포, 군산

• 서울중앙역 (신축) : 경원선. 경강선. 시베리아 횡단선의 종착역 / 시발역
• 서울남대문역 (구 서울역) : 경의선. 만주선. 몽골선의 종착역 / 시발역
• 서울 용산역 (구 용산역) : 경부선. 호남선. 장항선의 종착역 / 시발역
• 서울 강남역 (삼성복합환승센터 진행중) : 경부선. 호남선. 한일선의 종착역 / 시발역

극동아시아 노선도와 유라시아 노선도

극동아시아 노선도는 서울 중앙역 구상을 바탕으로 가까운 미래에 역에 게시될 노선도의 일부를
상상해본 그림이다. 다음 장의 유라시아 노선도는 서울 중앙역을 중심으로 극동아시아 노선이 구축된
이후에 새롭게 그려질 철도 노선도를 상상해본 것이다.

시베리아 횡단철도와 유럽 철도 노선을 취급하는 서울 중앙역(SCE)에서는
원산과 함흥을 경유하는 블라디보스톡행 열차가 매일 1회 운영될 것이다.
파리로 향하는 쾌적한 호텔열차는 바이칼 호수와 모스크바, 바르샤바와
베를린을 경유해 주 1회 운행한다. 추가 철로나 옛 교외선 철도 등을
이용해 평양을 경유해 러시아로 향하는 열차도 운행이 가능하다. 금강산과
백두산으로 향하는 열차도 이곳에서 탈 수 있으며, 강릉을 향하는 경강선
노선 역시 서울 중앙역을 시점으로 한다.
아시아 철도 노선을 취급하는 서울 남대문역(SSG)은 평양을 경유해 중국
선양과 베이징을 잇는 노선을 매일 2회 운영한다. 몽골 울란바토르를 경유해
바이칼 호수까지 이르는 노선은 주 2회 운영된다. 서울 - 평양 통근열차를 매일
30회 이상 운행하고 압록강이나 묘향산으로 향하는 열차도 이곳에서 탄다.
기존의 국내선 대부분은 서울 용산역(SYS) 발착으로 전환된다. 고속철도를
포함한 경부선과 호남선, 중앙선과 장항선, 전라선 열차들의 시점이 된다.
용산역과 일부 구간이 겹치는 서울강남역(SGN)은 향후 일본 철도가
연결되는 역이다. 신칸센이 한반도로 넘어올 순 있지만 서울역 이후로는
KTX와 중국, 유럽 열차들만 운행했으면 좋겠다. 서울이 철도의 허브 도시가
되길 바란다. 모든 신칸센 열차는 서울 강남역을 종점으로 하고, 더 가고
싶은 일본인은 서울 중앙역이나 서울 남대문역으로 트램을 타고 이동해 다음
열차를 이용하면 된다.
서울의 새 기차역에서 남북 방향으로 이어진 국제선 열차가 발착하고 육로로
국경을 넘는 일이 일상이 되는 시기가 단지 환상만은 아니길 꿈꿔본다.

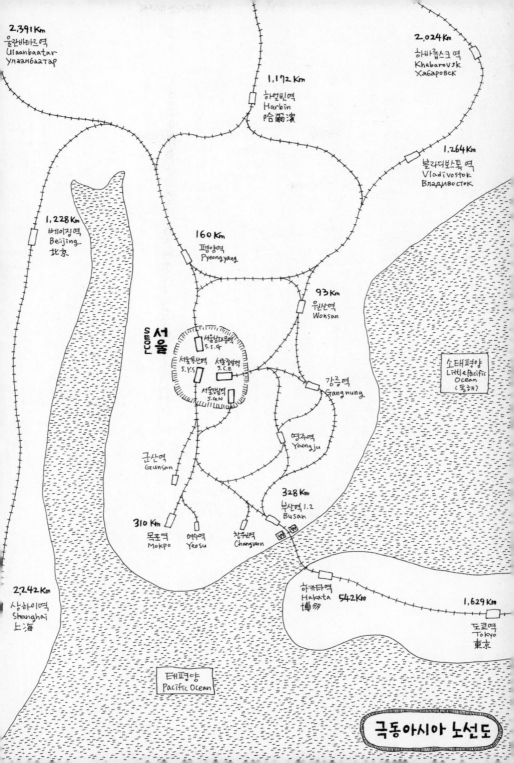

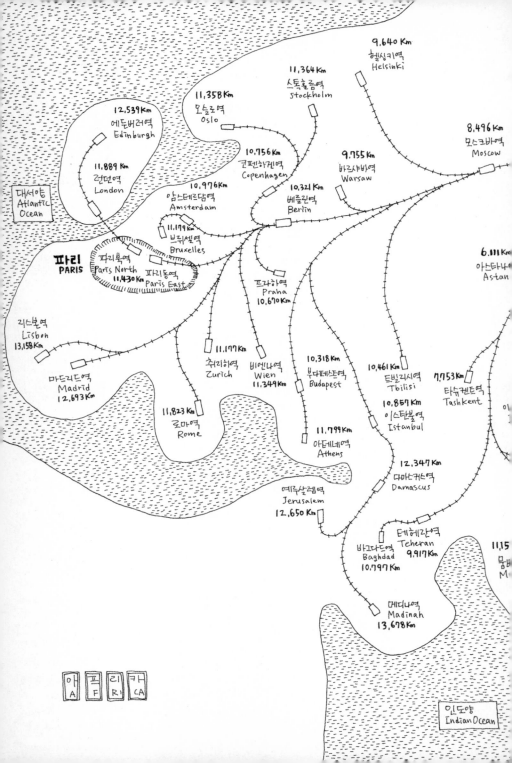

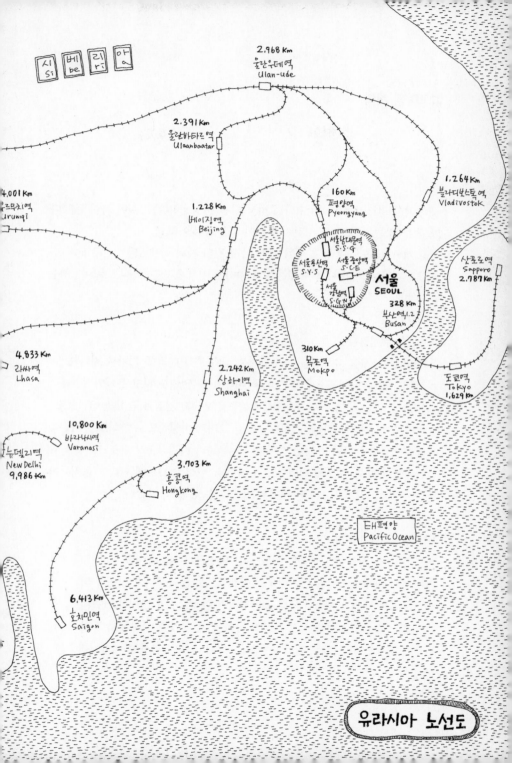

철도여행 계획

첫 장거리 철도여행을 마치고나니 바로 다음 여정을 떠나고 싶어 몸이 달았다.
현실적으로는 어느 정도 시간이 흘러야 가능할 것이다.
미리 계획이라도 세워놓고 싶어 크게 다섯 건의 계획을 세웠다.
유럽과 미국, 아시아 대륙과 일본을 순수하게 기차를 타는 목적으로 여행하는
일정이다.

48일간의 유럽일주
유레일패스 2개월 사용권을 이용해 유럽 대부분의 나라를 기차로 지나는
계획이다. 철도가 처음 놓였던 영국을 빼놓을 수 없기도 하고 유레일패스를
사용할 수 있는 곳이 아니기에(민영화 때문일 것이다) 기점과 종점을 런던으로
정했다. 우선 영국 구간에서 일반 승차권 그대로 아일랜드로 향하고, 이후
유레일패스로 유럽의 각국을 하염없이 여행하다 마지막으로 유로스타를 타고
도버해협 하부를 관통해 런던으로 돌아온다. 현실적으로 배를 타고 움직여야
하는 구간이 있는데 그 또한 즐거운 경험일 수 있을 것 같았다.

신대륙의 희망과 추억
철도가 가장 번성했던 미국은 어느 순간 냉정하게 철도를 버리고 자동차와
비행기의 나라가 되어버렸다. 미국의 여객철도는 천덕꾸러기 신세가 되어
과거를 추억하는 노년층의 느리고 낭만적인 관광코스일 뿐이라고 한다.
그럼에도 불구하고 기꺼이 그 노선에 몸을 싣고 싶었다. 신대륙에 깔린
철로의 위치는 그 자체로 침략과 파멸, 희망과 좌절의 역사를 이야기해주는

증거이기 때문이다. 낯선 기후를 가진 익숙하지 않은 땅에 철도를 건설했던
한 세기 반 전을 잠시 느껴보고 싶다. 뉴욕에서 출발해 시카고를 경유해
로스앤젤레스까지 간 다음 다시 뉴올리언즈를 거쳐 시카고를 경유해
시애틀까지 향하는, 열차에 올라 있는 시간만 거의 11일이 되는 여정이다.

서역기행과 남국열차, 도시락 파라다이스

고대의 비단 상인이 지났거나 혹은 그 이전에 손오공과 삼장법사가 거쳤을 땅을
철도로 왕복하는 서역기행이 하나의 계획이고,
동남아시아 대륙 제일 남단에서 시작해 한반도에 이르는 길을
철도로 종단하는 남국열차 탑승이 또 하나의 계획이며,
열차여행의 모든 낭만을 세련되고 쾌적하게 누리며
온갖 산해진미로 만든 도시락을 기차에서 먹는 일본 열도 내에서의
도시락 파라다이스 여행이 마지막 계획이다.

각각의 여정에는 15~20일 정도가 소요될 것이다. 다만 남국열차의 경우
운행이 중단되었거나 철도가 놓였던 적이 없는 구간이 있어 잠시 배나 버스를
이용해야 한다. 일본에서는 매력적인 JR패스를 이용해 매일매일 신칸센과
협궤 노선을 조합해 탑승한다.

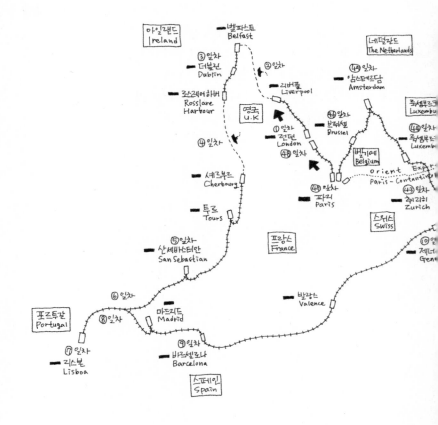

48일간의 유럽일주
Eurail Global Pass - 2month Trip
Via 25 countries, from London

北
North

아일랜드
Ireland

벨파스트
Belfast

③일차
더블린
Dublin

②일차

리버풀
Liverpool

네덜란드
The Netherlands

⑮일차
암스테르담
Amsterdam

로슬레어하버
Rosslare
Harbour

영국
U.K

①일차
런던
London

⑯일차

룩셈부르크
Luxembu

⑭일차
룩셈부르
Luxembu

④일차

브뤼셀
Brussel

벨기에
Belgium

셰르부르
Cherbourg

orient   Expr
Paris - Constantin

⑬일차
파리
Paris

⑫일차
취리히
Zurich

투르
Tours

스위스
Swiss

⑤일차
산세바스티안
San Sebastian

프랑스
France

발랑스
Valence

⑪일
제네
Gene

⑥일차

포르투갈
Portugal

마드리드
Madrid

⑧일차

⑦일차
리스본
Lisboa

⑨일차
바르셀로나
Barcelona

스페인
Spain

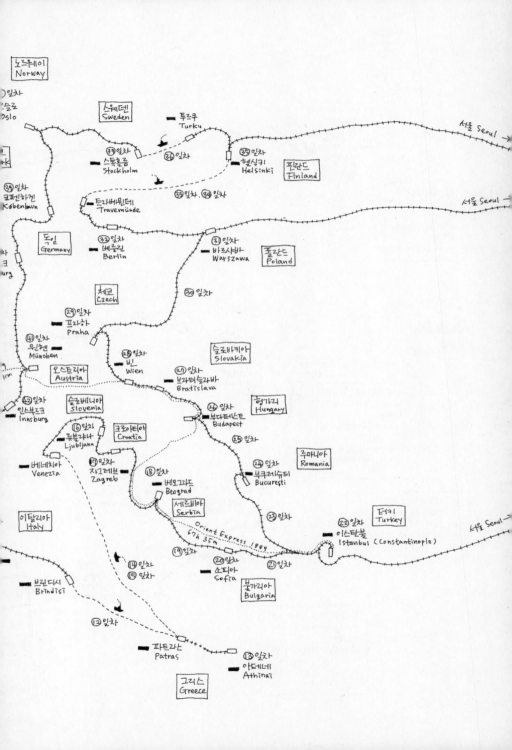

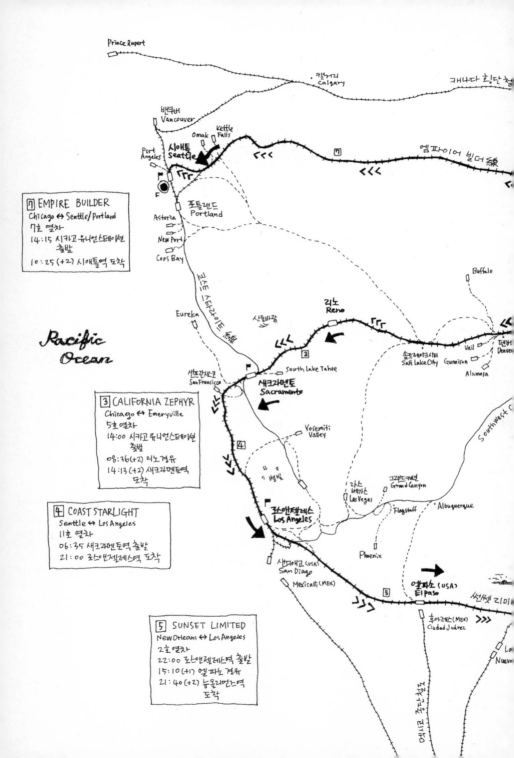

Prince Rupert

캘거리 Calgary

캐나다 횡단철

밴쿠버 Vancouver

Kettle Falls

Omak

시애틀 Seattle

Port Angeles

7 엠파이어 빌더線

F

포틀랜드 Portland

Astoria

New Port

Coos Bay

Buffalo

리노 Reno

Eureka

산들바람

Pacific Ocean

South Lake Tahoe

솔트레이크시티 Salt Lake City

Vail

덴버 Denver

Gunnison

Alamosa

샌프란시스코 San Francisco

새크라멘토 Sacramento

3

Yosemiti Valley

Southwest

4

별밤

라스 베가스 Las Vegas

그랜드캐넌 Grand Canyon

Flagstaff

Albuquerque

로스앤젤레스 Los Angeles

Phoenix

샌디에고 (USA) San Diago

Mexicali (MEX)

엘파소 (USA) El Paso

선셋 리미티드

5

후아레스 (MEX) Ciudad Juárez

Nuevo

Los

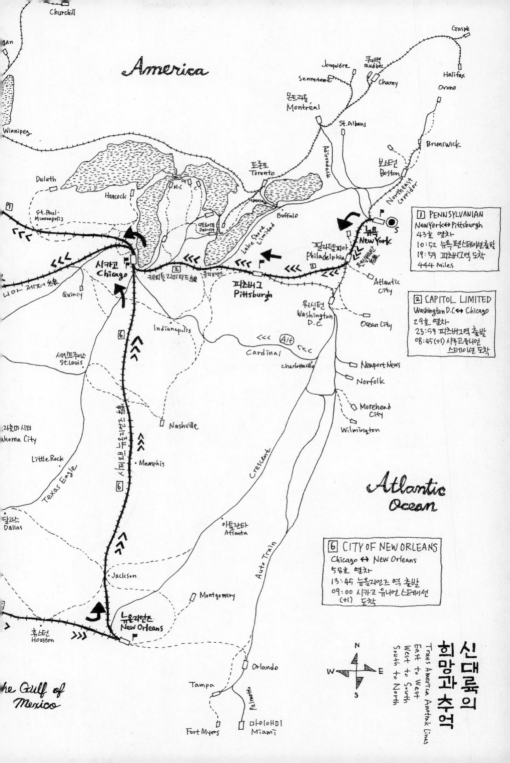

West 西

우루무치역
Ürümqi ⑲

비단길
Silk Road

자신치장구위구르

카스역
Kashi

⑰ ⑯ ⑱

10:29 | 기차116 | 16:42
17:27 | ← | 10:04
기차116

11:34 | Z105 | 11:01
19:17 | Z42 | 20:41

비이징역
北京站
Beijing ①'

⑮ ⑭

시안역
西安站
Xian ③

주이양역
洛阳站
Luoyang ⑪

고속열차편 많음

⑫

②

칭다
青岛
Qing

South 南

남국열차
TROPICAL EXPRESS

리장역
丽江站
Lijiang ⑬

07:52 | K9686 ↑ | 22:03
23:02 | | K9684 ↓ | 06:19

쿤밍역
昆明站
Kunming ⑭

22:29 | K9694 ↑ | 허커우역(중국국경도시) | 14:45
16:16 | | Hekou ⑬ | ↓ G2934
| | ⑫ | 21:05

방콕역
ASOᴴᴹ
Bangkok

라오카이역(베트남국경도시)
Lao Cai | 05:30
SP1 ↑ | 21:35

하노이역
Hà Nội | 11:55

⑩

SE20 train

④

10:10 | 13:05
2171 | 17:35

아라냐프라텟역
(태국 국경도시)
ASᴴᴹᴴᴹ
Aranyaprathet

46호열차

18:00

③

포이펫역(ᴾᴺᴸᴴ)
(캄보디아국경도시)
Poipet ⑤

프놈펜역
ᴴᴹᴴᴹ
Phnom Penh ⑥

21:31

후에역
Huế ⑨ | 16:19

SE2 train

⑧ | 21:55

광저우역
广州站
Guangzhou ⑮

홍콩공항역
Hong Kong Airport

홍콩역
香港站
Hong Kong ⑯

(태국 국경)
배당베사르 Padang Besar
(말레이시아 국경역)

②

쿠알라룸푸르역
Kuala Lumpur
KL Station

차우독
Châu Đốc ⑦

사이공역
호치민 Hồ Chí Minh

15:05
942호열차

09:49

17:20 | 9322호열차
| Transfer
15:00 | in Gremas
14:20 | 40호열차 | 10:00

조호르바루역
Johor Bahru
JB Station

①

싱가포르역 (폐쇄)
Singapore

동아시아해
東亞細亞海
East Asian Sea

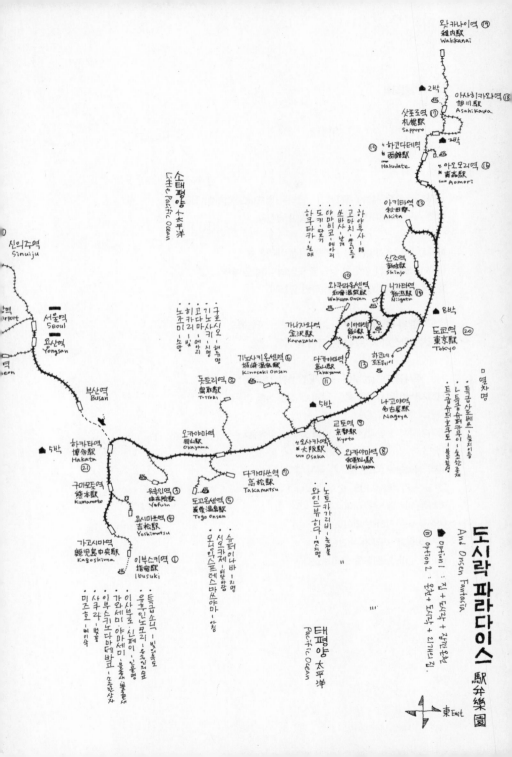

도시락 파라다이스
駅弁樂園
And Onsen Fantasia

小太平洋
Little Pacific Ocean

太平洋
Pacific Ocean

완카나이역 ⑲
稚内駅
Wakkanai

아사히카와역 ⑱
旭川駅
Asahikawa

산포로역 ⑰
札幌駅
Sapporo

하코다테역 ⑮
函館駅
Hakodate

아오모리역 ⑯
青森駅
Aomori

아키타역 ⑫
秋田駅
Akita

신의주역
Sinuiju

신조역
新庄駅
Shinjo

나가타역 ⑭
新潟駅
Niigata

와쿠라온센역 ⑲
和倉温泉駅
Wakura Onsen

이야마역
飯山駅
Iiyama

서울역
Seoul

요산역
Yongsan

가나자와역
金沢駅
Kanazawa

다카야마역 ⑪
高山駅
Takayama

하리네 도트리이
도쿄역 ⑳
東京駅
Tokyo

부산역
Busan

돗토리역
鳥取駅
Tottori

기노사키온센역 ⑯
城崎温泉駅
Kinosaki Onsen

나고야역
名古屋駅
Nagoya

하카타역
博多駅
Hakata
㉑

구마모토역
熊本駅
Kumamoto

유후인역 ③
由布院駅
Yufuin

오카야마역
岡山駅
Okayama

교토역
京都駅
Kyoto

신오사카역
新大阪駅
Osaka

와카야마역 ⑧
和歌山駅
Wakayama

요시마쓰역 ④
吉松駅
Yoshimatsu

다카마쓰역 ⑦
高松駅
Takamatsu

가고시마역
鹿児島中央駅
Kagoshima

도고온센역 ⑤
道後温泉駅
Togo Onsen

이부스키역 ①
指宿駅
Ibusuki

東 East

□ 명차명
ㄱ. 트윈글유후노모리 — 유후인역
ㄴ. 트윈글유후노모리 — 유후인역
ㄷ. 트윈글유후노모리 — 유후인역

▲ Option 1 : 집 + 도시락 + 장만 온천
Ⓜ Option 2 : 온천 + 도시락 + 라멘과 집

Epilogue

사라지는 모든 것이 아름답다는 법칙은 철도에도 정확히 적용된다.
오랜 시간을 견뎌낸 것일수록 매력이 넘친다.

폐쇄된 간이역과 마지막 운행에 나선 새마을호,
녹슨 단선철로와 깜깜한 말발굽 모양의 터널 앞에서
흉물스럽다고 기겁할 사람이 과연 있을까?

철도여행의 매력은 첨단 기술로 발전하는 과정에도
옛 것을 완전히 지우지 않는다는 사실에 있다.

기존 역사를 재활용하여 새롭게 탄생한 철도역,
사라져버린 열차의 이름을 달고 달리는 신형 전동차,
공원이 된 옛 철길,
증기기관차가 달리던 길을 따라 달리는 고속열차.

우리 땅에는 사라진 철도가 적지 않다.
그 모든 기억을 소환할 순 없겠으나
가까운 미래를 낙관하며
여정을 마무리하는 의미로
과거와 현재, 미래가 혼합된
한반도 철도 노선도를 그려보았다.

유라시아 횡단철도 티켓 정보

열차 가격

러시아 국내선의 경우 러시아 국영철도 사이트(https://pass.rzd.ru)가 가장 저렴하다.
이외 열차표는 러시아 인터넷 여행사를 통해야 하는데 수수료가 천차만별이고
노선에 따라 싼 티켓을 파는 곳이 다를 수 있어 Trans siberian train 등의 검색어로
여러 웹사이트를 방문해봐야 한다.
열차표 가격은 열차 등급과 침대 위치에 따라 차이가 크며 변동 가능하다.

러시아 국영철도 운행구간

파리-모스크바 : 1등석(2인실) 50~80만원 / 2등석(4인실) 30~50만원
모스크바-블라디보스톡 : 1등석(2인실) 100~130만원 / 2등석(4인실) 30~60만원 / 3등석
(6인 오픈형 침대칸) 25~40만원
모스크바-이르쿠츠크 : 1등석(2인실) 60~80만원 / 2등석(4인실) 20~40만원 / 3등석(6인
오픈형 침대칸) 15~30만원

중국 국영철도 운행구간

모스크바-베이징 : 디럭스 침대(2인실) 110~150만원 / 푹신한 침대(4인실) 60~80만원
이르쿠츠크-베이징 : 디럭스 침대(2인실) 70~90만원 / 푹신한 침대(4인실) 40~60만원

6-bed
Wagon

4-bed
Wagon

2-bed
Wagon

Capsule
Wagon

Restaurant
Wagon

the Society E

Special Thanks to

《달리는 기차에서 본 세계 : 기관사와 떠나는 철도 세계사 여행》 (박흥수 지음, 후마니타스, 2015)
- 덕분에 철도에 대해 많이 배웠고 애정이 깊어졌습니다.

《시베리아 횡단철도 : 론리 플래닛 트래블 가이드》 (론리 플래닛 편집부 엮음, 안그라픽스, 2016)
- 늘 믿고 따릅니다.

맥심 카누 커피
- 따뜻한 기억을 선물해준, 전체 여정의 동반자였습니다.

팔도 도시락
- 러시아 컵라면계의 지존으로 늘 든든한 친구였습니다.

김동률, 성시경, 차이코프스키
- 쓸쓸한 풍경을 지날 때 위안을 받았습니다.

〈설국열차〉, 〈다즐링 주식회사〉, 〈오리엔트 특급 살인사건〉
- 기차 안에서의 상상력 증진에 도움을 받았습니다.

구글맵, 위키백과
- 덕분에 여행이 훨씬 풍성해졌습니다.

Pool Wagon   Astronomical observatory Wagon   Bar Wagon   Spa Wagon   Library Wagon

the Resort Train

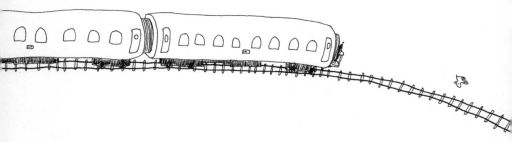

파리발 서울행 특급열차
기차 덕후 오기사의 국제선 열차 탑승기

초판 1쇄 인쇄 2018년 6월 12일
초판 1쇄 발행 2018년 6월 25일

지은이 오영욱 펴낸이 오연조
디자인 이서지 경영지원 김은희
펴낸곳 페이퍼스토리 출판등록 2010년 11월 11일 제 2010-000161호
주소 경기도 고양시 일산동구 정발산로24 웨스턴타워 1차 707호
전화 031-926-3397 팩스 031-901-5122 이메일 book@sangsangschool.co.kr

ISBN 978-89-98690-38-0 03810
© 오영욱, 2018